大家小书·译馆

A Sand County Almanac

[美] 奥尔多·利奥波德　著

侯文蕙　译

沙乡的沉思

北 京 出 版 集 团

北 京 出 版 社

图书在版编目（CIP）数据

沙乡的沉思 / （美）奥尔多·利奥波德著 ；侯文蕙
译 . — 北京：北京出版社，2024. 1
（大家小书 . 译馆）
ISBN 978-7-200-12698-3

Ⅰ. ①沙… Ⅱ. ①奥… ②侯… Ⅲ. ①散文集—美国
—现代 Ⅳ. ① I712. 65

中国版本图书馆 CIP 数据核字（2016）第 313619 号

总 策 划：高立志　王忠波　　　责任营销：猫　娘
责任编辑：王忠波　邓雪梅　　　装帧设计：吉　辰
责任印制：陈冬梅

　· 大家小书·译馆 ·

沙乡的沉思
SHA XIANG DE CHENSI

[美] 奥尔多·利奥波德　著　侯文蕙　译

出　　版　北京出版集团
　　　　　北京出版社
地　　址　北京北三环中路 6 号
邮　　编　100120
网　　址　www.bph.com.cn
总 发 行　北京出版集团
印　　刷　北京华联印刷有限公司
经　　销　新华书店
开　　本　880 毫米 ×1230 毫米　1/32
印　　张　11.25
字　　数　223 千字
版　　次　2024 年 1 月第 1 版
印　　次　2024 年 1 月第 1 次印刷
书　　号　ISBN 978-7-200-12698-3
定　　价　48.00 元

如有印装质量问题，由本社负责调换
质量监督电话　010-58572393

总　序

"大家小书"自 2002 年首辑出版以来，已经十五年了。袁行霈先生在"大家小书"总序中开宗明义："所谓'大家'，包括两方面的含义：一、书的作者是大家；二、书是写给大家看的，是大家的读物。所谓'小书'者，只是就其篇幅而言，篇幅显得小一些罢了。若论学术性则不但不轻，有些倒是相当重。"

截至目前，"大家小书"品种逾百，已经积累了不错的口碑，培养起不少忠实的读者。好的读者，促进更多的好书出版。我们若仔细缕其书目，会发现这些书在内容上基本都属于中国传统文化的范畴。其实，符合"大家小书"选材标准的非汉语写作着实不少，是不是也该裒辑起来呢？

现代的中国人早已生活在八面来风的世界里，各种外来文化已经浸润在我们的日常生活中。为了更好地理解现实以及未来，非汉语写作的作品自然应该增添进来。读书的感觉毕竟不同。读书让我们沉静下来思考和体味。我们和大家一样很享受在阅读中增加我们的新知，体会丰富的世界。即使产生新的疑惑，也是一种收获，因为好奇会让我们去探索。

"大家小书"的这个新系列冠名为"译馆"，有些拿来主义的意思。首先作者未必都来自美英法德诸大国，大家也应该倾听日本、印度等我们的近邻如何想如何说，也应该看看拉美和非洲学者对文明的思考。也就是说无论东西南北，凡具有专业学术素养的真诚的学者，努力向我们传达富有启发性的可靠知识都在"译馆"搜罗之列。

"译馆"既然列于"大家小书"大套系之下，当然遵守袁先生的定义："大家写给大家看的小册子"，但因为是非汉语写作，所以这里有一个翻译的问题。诚如"大家小书"努力给大家阅读和研究提供一个可靠的版本，"译馆"也努力给读者提供一个相对周至的译本。

对于一个人来说，不断通过文字承载的知识来丰富自己是必要的。我们不可将知识和智慧强分古今中外，阅读的关键是作为寻求真知的主体理解了多少，又将多少化之于行。所以当下的社科前沿和已经影响了几代人成长的经典小册子也都在"大家小书·译馆"搜罗之列。

总之，这是一个开放的平台，希望在车上飞机上、在茶馆咖啡馆等待或旅行的间隙，大家能够掏出来即时阅读，没有压力，在轻松的文字中增长新的识见，哪怕聊补一种审美的情趣也好，反正时间是在怡然欣悦中流逝的；时间流逝之后，读者心底还多少留下些余味。

刘北成

2017 年 1 月 24 日

译序

今年春天，忠波曾特意从哈尔滨送母返乡的途中转至青岛，既为问候，亦为此书再版而来。多年不见，相谈甚欢。言及本书的编撰，忠波建议再写一小序。当时，我有点犹豫。自1992年《沙乡的沉思》初版以来，历经三十一年，眼前的这一版已是第八个版本了。此前，除了2019年的译林版，我都曾在书前或书后写点什么，多为庆幸新版问世而感慨。如今，可以这样认为，利奥波德，当初这个在中国曾鲜为人知的名字，已逐渐为国人所熟悉；他的土地伦理亦为越来越多的人所接受。就译者而言，为了将一部自认为有价值的著作引入中国，我自觉说得已经够多了。我生怕自己成为一个过分虔诚的布道者，只管絮絮叨叨，沉醉自我；我期望读者自己去感悟，去领会，并自己去诠释一位先知的思想。那么，又何必赘言！然而，面对新书，许多感触油然而生。曾几何时，或因它的难产而失落，或因它的再版而兴奋；而今日，则更多的是期望，内中还伴随着某种焦虑。因此，不揣浅陋，此刻，再啰唆几句。

首先，我想说的是，这一版又采用了《沙乡的沉思》的书名，并收入了我在2009年世纪版中的后记，编辑用心之良苦，清晰可见。后记中提到2004年发生在我家后窗外林地里的故事，曾引发了许多读者的关注和回响。如今，近二十年过去了，大家一定想知道：当年那片被截留下来的林地会是怎样的景象？那两棵残留的槐树和松树还在对话吗？……令人欣喜的是，在无人干预的情况下，一些在电铲下幸存的小松树苗又顽强地长出了新枝，经过了几年，虽未成参天大树，却也树冠如盖、松果累累了。那棵槐树上衰朽的喜鹊窝不见了，取而代之的是一个新巢。每至春季，尤其是4月，围绕着这棵槐树飞舞或停栖之上的喜鹊尤多。就在这儿，我竟然连续三年在这个季节观赏到喜鹊大战！

有一天上午，我刚打开后窗，就听见喜鹊喳喳的叫声，但是比平时要激烈。我朝窗外望去，只见几只喜鹊在空中一边嘶叫着，一边扇动着翅膀，用尖利的喙鹐对方。有鸟败下阵来，会暂时退出，但飞离不远便又返回，重新战斗。空中飘荡着被鹐落的羽毛，叫声亦愈惨烈……十来分钟后，只见一只立在树梢上观望却未参战的喜鹊，长尾一翘，飞走了。这时，那几只正打得火热的鸟儿，突然停了下来，紧随着那只冷眼旁观的鹊儿飞去。我这才明白过来，原来这是一场争偶之战：鏖战良久，难分胜负，观战的雌鹊不耐烦了。最终花落谁家，不得而知。春季是鸟禽求偶的季节，喜鹊也不例外，但是此前我从未想到，这种在国人眼中被视作喜兆，又能为被分隔两岸的牛郎织女搭桥相会的吉祥之鸟，竟然也有如此凶狠的一面。对此，另有一种说法是，喜鹊斗殴是为了争夺领地。但是，根据我的观察，过了4月，在非求偶期间，就不见这种厮斗场面了，在林间看到的总是我们所熟悉的衔枝筑巢或觅食忙碌的身影。可见，前一种看法似乎更为有理：情之所至，奋不顾身啊！

除了喜鹊，在这片林地里最常看到的还有灰喜鹊，又称山蛮子、蓝鹊等。这是一种与喜鹊同科不同属的鸟，体形比喜鹊略小，浅蓝色的羽毛光洁鲜丽，展翅飞翔时尤其美丽。午后向窗外望去，经常会看到它们停栖在林地的高树上，但是并不会停留很久。它们群起群落，只要有一只离枝，其他鸟就接二连三地跟上，有些钻在繁茂的枝叶中的也会冒出来一同飞走，多时可达几十只，少时也有十几只。与雁群不同，它们没有领头鸟，自然也无规则的队形，但是不离不散，全都朝着一个方向飞去。如果是傍晚，当火球似的夕阳沉落的余晖将西天映照得绯红时，望着那群从东而来的扇动着翅膀的黑影，想象一下，那该是怎样的情景！啊，大自然的精灵……

实际上，被这片林地所吸引的鸟儿远不止前面所提到的两种。只需稍稍留意，你就会发现，斑鸠、燕子……还有色彩缤纷的常被误认为啄木鸟的戴胜，更别说那些总不离人的麻雀，都是这里的常客。我特别想说的是，正是在这片死而复生的林地里，我发现了一种曾经闻听却在此之前从未晤面的鸟。四年前的四五月间，正当我从后窗外的小路走过时，听到林地中传来的鸟叫声，咕—咕—咕——，带着颤音，一声接一声，清脆而嘹亮。我抬头望去，只见那棵槐树的枝头上有两只小鸟，它们一唱一和，甚是动听。是云雀吗？不是，因为云雀一般都生活在空旷宽阔的地带，如草原、湿地，而且从不会停栖在高枝上，通常都是在上升直飞时鸣叫。多年前的一个秋天，我曾在鄱阳湖的滩涂上亲眼见过直飞云霄的云雀。只见它一跃而起，就像诗人雪莱描述的那样，"往上飞翔又飞翔……边飞边唱"，歌声鲜明而欢愉。那么，这两只在高枝上唱歌的鸟是何方神圣？查证后得知：它们是白头鹎，又叫白头翁，因为它们脑后枕部的羽毛是白色而得名。有趣的是，它的幼鸟枕部并非白色，而是橄榄色，只是随着年岁的增长而逐渐变白，且越老越白，与老翁的毛发相似。它们原本生长在南方，但随着人口的密集和生态环境的变化，许多鸟开始移居北方，因此，近些年来，在青岛也可以经常看到它们了。据说，它们的叫声也会随着羽色的变白而愈加悦耳。"白头亦风流，情怀自浅深；岁月催人老，不减少年心。"——由鸟及人，不胜感慨。不知怎的，每每看到此鸟，脑海里总会闪出东坡之句——"忽然浪起，掀舞一叶白头翁。"——诗人在赞颂那个在风浪中搏斗的白发渔夫时，是否也联想过会唱歌的白头翁……我想，至少那棵原来只能与其旁的松树对话的槐树，现在也不会再感寂寞和哀伤了吧！对于因疫情肆虐而被迫禁步的人们，从林地高枝上传来的鸟鸣，似乎有着更多难以言传的情致。

我想，读者们看到这里，肯定都会为这片林地的命运而欣慰吧。

然而，正当我迷醉于这片林地的生命交响乐时，传来了震耳的轰隆声：一台巨大的电铲停在了窗外。去年夏天，市区的老旧小区改造工程开始了，我们这片建成不到三十年的楼群也在其列。整整一个夏天，各种货车、拖拉机、起重机，还有电铲在楼群中穿梭着。小区里尘土飞扬，噪声刺耳。几个月后，终于恢复了平静。有关领导视察了整治后的小区，看到的是一个整齐有序、光洁无染的民居。不错，楼顶铺了新瓦，休憩区内增添了长椅，人行道上换了新砖……但是，少了些什么。噢，少了绿色！原来北面半里长的小斜坡上的植被不见了！那里曾长着松柏、槐树，还有一些灌木和藤本攀缘植物。曾几何时，春季，我们能看到连翘、迎春花绽放；初夏，我们可闻到槐花飘香；仲夏到初秋，我们能见到那火红的凌霄在树丛中闪烁；暮秋时节，可见霜叶斑驳；即使到了冬季，那依然常绿的松柏也能让你感到生气勃勃。它们盘根错节，深深地扎根在这片斜坡上。如今，它们去哪儿了？代替它们的是一层灰色的水泥！这是令决策者们满意的改造成果。

望着那灰秃秃的坡壁，我不明白，难道改造工程的决策者们不知道，植被也是最好的固土方式之一吗？为什么不能留下那一片绿色呢？为什么一定要用那种非自然的、人工的东西去代替那些自然的有生命的东西呢？二十多年前在我后窗外林地上的一幕竟然在一墙之隔的小区里重演了！不同的是，二十多年前的戏被中断了，而眼前的戏却成了现实。看来，人的意识上的转变，绝非是一朝一夕就能发生的。

七十四年前，利奥波德就曾说过，很多现代的人已失去了与土地的有机联系。在他们眼中，"土地只不过是在城市之间长着庄稼的那片空间"，"如果能在溶液里培植庄稼，而不是去耕种，那将很适合于他。木材、皮革、羊毛，以及其他天然产品的各种合成代用品，要比原来的更好"。（见书第 273 页）至今，依然如此。我们中的许多人缺乏一种历史感，缺乏一种对现代事物来源的认识。他们忘了，我们现在所享有的现代技术及其非自然的产品，全都来自那些自然的产品。他们尚未意识到，当后者枯竭时，前者也就难以生存了；当我们听不见鸟叫，看不见花开，大地死寂一片时，生命也就终止了。此刻，在现代化的文明充斥着城市的每个角落时，我们是否应该给那些被忽视的原始自然的事物留一点空间呢？它们会提醒我们，让我们不要忘记，我们来自哪里。

爱什么，取决于对对方身份的认同，同时也取决于对对方价值的认可，这是一种情感的变化。科学帮助我们认识世界，技术帮助我们探讨世界，知识的积淀将促进我们意识的转变。当我们意识到，整个世界、土地、土地上的植物动物，以及生活在土地上的人，都是这个共同体的普通一员时，我们的情感是否也会产生一种变化——一种自觉的对其他生命的热爱和尊重？我希望，《沙乡的沉思》能协助这一转变。

感谢忠波给我这样一个消解胸中块垒的机会，尤其感谢他和责编邓雪梅女士在编校本书时所花费的心血和劳动。

本书尽管已经多次审校，仍难免疏漏，望读者和专家批评指正。

侯文蕙　于青岛浮山松庐

2023 年 10 月 25 日午时

中文版序

苏珊·福莱德[1]

最近四十年，从唤起环境意识的角度上说，在美国，有一本书显然是最为突出的，它对人和土地之间的生态和伦理关系，做了最能经得起检验的表达。奥尔多·利奥波德的《沙乡的沉思》——一本薄薄的，最早在 1949 年出版的自然随笔和哲学论文集，是堪与 19 世纪最著名的美国自然文学的经典——亨利·大卫·梭罗的《瓦尔登湖》比肩的作品。

和梭罗一样，利奥波德是一个热心的观察家，一个敏锐的思想家和一个造诣极深的文学巨匠。不仅如此，他还是一个具有国际威望的科学家和环境保护主义者，在国策制定上，以及奠定林学、野生动物管理、水域管理以及土壤管理等领域的生态学基础方面，也卓有建树。他一生（1887—1948）共出版和发表了三本书和五百多篇文章。自他去世之后，其著作对一些新学科，如资源保护生物学和修复生态学，以及公共和私人政策、可持续农业和环境史，经济学、教育、美学和文学，都具有日渐增长的影响。相比他的其他著作，《沙乡的沉思》则更是他一生观察、经历和思考的结晶。它们蕴含着他的土地健康和土地伦理的基本概念，不仅吸引着专业人士，而且也吸引着那些热爱自然和欣赏美文的普通人。

这本书看似简单。一开始是对一个荒弃了的农场上一年四季不同景象的追述，利奥波德和其家人曾在这里亲手进行着恢复生态完整性的探索；接下来，进一步就资源保护主义方面的问题，陈述了利奥波德在北美的其他地方的某些经历；最后则以几篇有关人与环境的关系和伦理学思考的文章结束全书。他的最具代表性的文章《土地伦理》，通过把土地——土壤、水、植物和动物，包括人类——想象成一个由相互依赖的各个部分组成的共同体，而我们每个成员都只是其中的一个"普通成员和公民"，将前面文章中提到的各种问题串到了一起。

文章的寓意是极其深刻的。今天，在全球气候变暖的阴影之下，在这个星球的生命支撑系统正发生着世界性衰退的时代，利奥波德对我们说，普通老百姓是能够起到举足轻重的作用的。他的文章不是祈求强有力的政府干预的答辩书，也不是通过渲染人们对生存危机的恐惧而宣扬世界末日的小册子。他力图在阐释土地功能的基础上去强化人们对土地的了解，以激发人们对土地共同体的热爱和尊敬。他相信，通过了解和热爱，就会产生一种在行为上的道德责任感，从而有助于维护或恢复这个共同体健全的功能。

利奥波德的寓意，通过对他本人和土地关系的描述，在那些从未到过威斯康星的沙乡及那些他所描写的地方的人中，找到了越来越多的乐于接受它的读者。这本书在世界上的销售量已超过两百万册；利奥波德的土地健康和土地伦理观已经成为众多的美国组织和政府机构确定环境项目的基础。更重要的是，他的思想进一步鼓舞了美国甚至世界各地普通人不断高涨的环境保护主义热情，他们努力在自己的社区里为改善其共同体的健康和持续性工作着。《沙乡的沉思》已有了俄文、日文、韩文、西班牙文、葡萄牙文、意大利文、法文、德文和波兰文的版本，现在，侯文蕙的富有感染力的译文又将再次出现在中国。

侯文蕙在她的译文中注入了一种对自然的爱和一种对利奥波德所描述过的许多地方和环境的亲切感，同时还融入了她毕生在中国文化、语言和文学上的鉴赏力。令我高兴的是，当她在夏日和冬季漫步在利奥波德的沙乡农场的树林、草地和沼泽边，或与利奥波德的子女讨论她的理论，并向其他利奥波德研究的学者请教时，我都与她在一起。她极有资格向她的中国同胞们介绍这样一位作家，一位向土地共同体的所有公民——无论他们住在哪里——发表预言的作家。

侯文蕙翻译的前几版已经在中国引起了深刻反响，其中有多篇文章被收入到选集、杂志，甚至中学和大学的语文和人文通识教材中。如《大雁归来》和《像山那样思考》，就已分别出现在初中和高中的语文课本中，这意味着每个中国的中学生都可以读到它们。每年，都有许多中国的访问者来到美国寻访威斯康星河畔的利奥波德的沙乡农场。一旦到了那儿，他们也会参观新的利奥波德中心——利奥波德基金会的教育和活动场所，它是利奥波德的思想和他耕耘成果的具体体现。这个中心在 2007 年启用时，因其节能和环保的设计受到了来自世界各地的高度评价。

在这个新版本中，收录了最早的英文版中由查理·施瓦茨绘制的富有召唤力的插图。我相信，利奥波德文采飞扬的散文同那些质朴的插图，将会在遥远的中国读者那里得到强烈的共鸣。

美国利奥波德基金会主席　苏珊·福莱德
2009 年 10 月 29 日

注释

1 苏珊·福莱德（Susan Flader），美国密苏里大学历史系退休教授，利奥波德基金会主席，密苏里州立公园协会主席；美国环境史研究的开拓者和权威学者之一。主要著作有《像山那样思考：奥尔多·利奥波德和对鹿、狼及森林的生态观的演变》《大湖地区的森林》《利奥波德的沙乡》《密苏里的遗产》等。本序受利奥波德基金会之托而作。利奥波德基金会网址：http://www.aldoleopold.org/。

英文版序

有些人在没有野生的东西的情况下也可以生活，而有些人就不行。这些随笔就是那些离不开野生的东西的人们之喜悦和身处两难的表达。

野生的东西在开始被摒弃之前，一直和风吹日落一样，是极其平常而自然的。现在我们所面临的问题是：一种平静的较高的"生活水准"，是否值得以牺牲自然的、野外的和无拘束的东西为代价。对我们这些少数人来说，能有机会看到大雁要比看电视更为重要，能有机会看到一朵白头翁花就如同言论自由一样，是一种不可剥夺的权利。

这些野外的东西，我承认，直到机械化为我们提供了美味的早餐，而科学又为我们揭示了它的来源和如何生长的故事之前，是几乎没有什么关乎人类的价值的。全部矛盾由此而凝聚为一个相当有争议的问题。我们少数人看到了在进步中出现的回报递减律，而我们的反对派们却并未看到。

人们必须根据事物的现状来制订对策。这些文章便是我的对应之策。它们分为三部分。

第一部分所描述的是我们一家人在周末时，在那远离过多的现代化的世外桃源——"木屋"中所看到和所做的事情。在这个先是被我们越来越傲慢和越来越完美的社会榨取殆尽，然后又被遗弃的沙乡农场里，我们试图用铲子和斧子去重建我们在其他地方正在失去的那些东西。正是在这儿，我们探索着，而且也发现着上帝赐予我们的本质。

这些"木屋"随笔按季节排列成"一个沙乡的年鉴"。

第二部分："随笔——这儿和那儿"，则列举了我生活中给我以教导的那些插曲，即那些逐渐地，有时是很痛苦地与伙伴们分道扬镳的插曲。这些插曲遍布北美大陆，前后有四十年时间。它们为那些有着一个共同标志——保护主义的各种问题提供了一个非常好的样板。

第三部分："结论"，从更多的推理的角度，提出了我们这些持不同意见者的某些观点，这些观点是对我们的看法的科学说明。只有那些具有同感的读者会希望去弄通第三部分的这些理论问题。我想，也许可以这样认为，即这些文章向同行们说明了怎样才能回过头来取得认识上的一致。

保护主义已逐渐沉寂了,因为它是与我们的亚伯拉罕式的土地观念所不相容的。我们蹂躏土地,是因为我们把它看成是一种属于我们的物品。当我们把土地看成是一个我们隶属于它的共同体时,我们可能就会带着热爱与尊敬来使用它。对土地来说,是没有其他方法可以逃脱机械化的人类的影响的;对我们来说,也无其他方法从土地中得到它能——在受制于科学的情况下——奉献给文化的美学收获。

土地是一个共同体的观念,是生态学的基本概念,但是,土地应该被热爱和被尊敬,却是一种伦理观念的延伸。土地产生了文化结果,这是长期以来众所周知的事实,但却总是被人所忘却。

这些文章试图把这三种概念联结起来。

当然,这样一种关于土地和人的观点是容易由于个人的经验和偏见而被混淆和歪曲的。然而,不论真理是否可能被误传,有一点却是如水晶一般的清晰:我们的自大和完美的社会,现在就像一个忧郁病患者,它是那样为其自身的经济健康而困扰着,结果反而失去了保护其健康的能力。整个世界是那样贪婪地希望有更多的浴盆,以至失去了去建造这些浴盆,或者甚至失去了关掉水龙头所必需的稳定性。在这种情况下,可能没有什么比从卫生角度稍稍轻视一下过多的物质享受更有益的了。

大概这样一种价值观上的转变,可以通过重新评价非自然的、人工的，并且是以自然的、野生和自由的东西为条件而产生的东西而达到。

奥尔多·利奥波德

1948 年 3 月 4 日

于威斯康星州麦迪逊市

目　录

第一篇

一个沙乡的年鉴

一只燕子的来临说明不了夏天，但当一群大雁冲破了三月暖流的雾霭时，春天就来到了。

1月

1月冰融

　　每年，在仲冬的暴风雪之后，接踵而来的便是一个冰融的夜晚，这时，会听到水滴轻轻落地的声音。这个声音不仅给在静夜中甜睡的生物带来奇异的骚动，而且也唤醒了某些在冬眠的动物。正在冬眠的臭鼬，本来正蛰伏在深深的洞穴中，这时则伸展它的身体，在雪中拖着那松弛的肚皮，大着胆子去探索潮湿的世界。在我们称之为一年的自始至终的周期中，它是那些可以推定日期的最早一些现象的标志之一。

对于在其他季节里发生的尘世间不同凡响的现象来说，这个踪迹可能是无足轻重的；它一直越过了田野，就好像它的创造者把他的马车套到了一颗星星之上，同时还洒下来雨点。我跟随着这个踪迹，对它的思想活动、欲念及其目的——如果它有的话——感到好奇。

一年当中有几个月——从1月到6月，有趣现象之多是成几何级数的。在1月份，人们可以去跟踪臭鼬，或者搜寻山雀的合唱，或者看看鹿啃了什么样的小松树，水貂掘出来的麝鼠的家是什么样子。尽管只要有一个偶然的和细微的偏离，就会成为另外的情况。1月的观察仍然几乎是和雪一样单纯和平静，而且几乎能和寒冷一样持久。

一只田鼠由于我走近它而吓得惊跳起来，猛地越过了臭鼬留下的印记。它为什么在大白天跑到外边来？大概是因为冰融而感到悲伤吧。今天它那秘密的地下迷宫——曾经是在它苦心经营下穿过了雪下草丛的地道，已经不再是地道了，那里只有完全暴露在公众面前的小路，寒碜而又可笑。是啊，这冰融时的太阳毁了这个小小经济体系的基本建设。

老鼠是很精明的子民。它懂得，青草生长是为了让自己把它们造成地下草垛而贮存起来，下雪是为了可以让自己建立起一个又一个地道；给养、必需品以及运输，都安排得井井有条。对老鼠来说，雪意味着它们不会有贫困和恐惧。

一只毛脚鵟在前面草地的上空飞翔着。现在，它停住了，像一只鱼鹰一样盘旋着，然后像一只插着羽翼的炸弹一样落到了灌木丛中。它没有再飞起来，我断定它已经逮到了一只忧心忡忡的老鼠工程师，而且现在正在大嚼着——这只可怜的老鼠没有耐心等到天黑，就去巡视它那本来是井然有序的世界而遭遇厄运。

毛脚鵟并不知道青草为什么生长，却很明白，雪的融化是为了它可以再逮到老鼠。它满怀着冰会消融的希望而降落在北极以外。对它来说，冰融则意味着没有匮乏和恐惧。

臭鼬的足迹伸入到树林，穿过了一片空地。在这片空地上，兔子已经在雪上清楚地留下了足迹，现在臭鼬用它粉红色的尿使其斑驳陆离。新冒出来的橡树苗因冰融而从树皮中露出了新茎。一簇簇兔毛证明一年一度的雄性发情期的首次战斗已经开始。接着，我又发现了血点，周围是一圈猫头鹰翅膀扫过的痕迹。对这只兔子来说，冰融使它不怕匮乏，但也使它莽撞地忘掉了恐惧。猫头鹰却提醒它，春天并不能代替谨慎。

臭鼬的足迹继续向前伸去，这说明它既不垂涎于可能得到的食物，也不关心邻居们的喧闹和命运。我想知道它在想些什么。是什么使它离开了它的洞穴？难道是这个肥胖的家伙有着一种罗曼蒂克的情趣，致使它拖着自己的大肚皮穿过了雪泥？

终于，它的足迹进入了一堆漂浮到岸边的圆木中，再没有出现。我听到圆木中的水滴声，我想臭鼬也听到了。我转回家去，仍然想知道个究竟。

2 月

好橡树

人们在不拥有一个农场的情况下，会有两种可能的错觉。一个是以为早饭来自杂货铺，另一个则认为热量来自火炉。

为了避免第一种，人们应当种个菜园子，在这里，大概就不会让杂货铺把问题搞糊涂了。

为了避免第二种，人们应当把一块劈成两半的好橡木放在壁炉架上——大概在那儿不会有火炉；当 2 月的一场暴风雪猛烈地摇晃着外面的树木时，它能使你的小腿暖和起来。如果有人把他自己的好橡树砍倒、劈开、拉回家，堆放起来，再想一想，他就会很好地记住热量是从哪里来的，并且有充分的论据去否定那些在城里暖气炉边度周末的人们的想法。

这棵特别的橡树正在我的壁炉里熊熊燃烧，它曾经生长在那条通往沙丘的旧移民道路的边上。我曾经抚摸和仔细打量过这棵树，直径有三十英寸。它有八十圈年轮，因此，当初那棵小树苗留下它的第一道树轮的时候，应该是 1865 年，即内战结束的那一年。我根据现在橡树苗生长的过程知道，没有十年，或更长的时间，是没有一棵橡树能长到兔子够不着的高度的。在这十年或更长的时间里，每年冬天都要掉一层皮，每年夏天又重新长出来。这的确是再清楚不过了：每一棵幸存的橡

树都是因为要么兔子没注意到它，要么就是兔子少了的结果。有一天，会有一位耐心的植物学家画出一张橡树生长的频率曲线，从上面可以看出，每隔十年，表中的弧线便要突出来，而每一高出的部分都是因为兔子的繁殖在这期间处于低潮。（一个动物区系和植物区系，正是通过物种之间的这种连续不断的斗争而得以共存的。）

因此，很有可能，正是在19世纪60年代中期兔子繁殖处于低潮时，我的橡树开始留下了每年一度的树轮，而且在此时，大篷车队[1]仍然是通过我的道路而进入大西北地区的。可能正是移民交通洪流的冲刷和磨损把这条路的两边弄成了空旷之地，这才使得那颗特殊的橡实得以向太阳舒展出它的第一片叶子。在每一千颗橡实中，只有一颗能够成长到和兔子较量的程度，其他的则在刚一出生时就消失在这浩瀚的大平原中了。

这棵橡树没被大平原吞没，而且因此可以贮存八十年的6月阳光——想到这儿，是很感亲切的。就是这些阳光，现在正通过我的斧子和锯子释放出来，在经历了八十次大风雪之后，温暖着我的木屋和灵魂。从我的烟囱里冒出的每一缕青烟，都在向众人证明，阳光并没有白白地照耀。

我的狗并不在乎热量是从哪里来的。但是它却热切地关切它的到来，而且是马上到来。它确实非常关心我让热量奇迹般到来的能力，因为当我在拂晓前冰冷的黑暗中起了床，并且打着寒战在炉边跪下来生火时，它悄然无声地钻进了我和那些引火物之间——那些引火物是我刚刚放在灰堆上的；这样，我就不得不从它的腿中间把火柴伸出去点燃它们。我想，这正是那种使群山也要为之所动的忠诚。

一次雷电终结了由这棵特别的橡树所进行的木材制造。在7月的一个夜里，我们全被雷电的霹雳声惊醒了，我们都意识到这次雷电袭击了附近的某个地方，但因为没击着我们，我们便又沉入梦乡了。人类拿所有的东西来接受他自身的检验，这一点也极符合雷电。

第二天早晨，我们在沙丘上溜达着，并为那刚刚受过雨水洗礼的雏菊和草原苜蓿喜悦。我们来到了一大片刚从路旁的橡树干上撕下来的树皮旁边。在这个树干上，在没皮的白木上，有一道长长的螺旋形的伤痕，有一英尺宽，而且还未被太阳晒黄。第二天，上面的树叶枯蔫了，这时候，我们就知道，雷电给我们遗留下三捆将来可做燃料的柴火。

我们哀悼老橡树的逝去，但也知道，它的许多在沙丘上挺立着和耸入高空的后代，已经接替了它的制木工作。

我们让这棵不能再派用场的老树经受了一年的阳光暴晒，使它变干，然后，在冬季的一个清新的日子里，把一个刚锉光的锯子安到它的底下。从锯条中喷撒出来的碎小的历史末屑，逐渐在雪上，在每个跪在那里的伐木者的面前，堆积起来。我们觉得，这两堆锯末具有比木头更多的某种东西：它们是一个世纪的综合体的横切面；我们的锯子正沿着它走过的路，一下又一下，十年又十年地，锯入一个终生年表之中，这个年表是用这棵好橡树的具有同一圆心的年轮所组成的。

只锯了十来下，锯子就进入到我们开始拥有这棵橡树的时期。在这几年里，我们已经知道去热爱和珍惜这个农场了。突然，我们开始锯入我们的前任——那个贩私酒者的年代了，他恨这个农场，榨干了它最后所残留的一点地力，烧掉了它上面的农舍，把它扔给县里去管理（另外还欠着税），然后就在大萧条中的那些没有土地的隐姓匿名者中消失了。橡树也曾为他献出过好的木材，他的锯末也和我们的一样，是细碎的，像沙子似的，粉红色的。橡树对所有的人都一视同仁。

贩私酒者的统治在 1936、1934、1933 和 1930 年的尘暴干旱期间的某个时候结束。在这些年里，从他的蒸馏室里冒出来的橡木烟和从燃烧着的沼泽里散发的泥炭烟，肯定曾把太阳都遮住了。新政时期的保护主义也曾经传播到这里，但锯末并未显出变化。

"休息一下吧！"掌锯者喊道。于是，我们停下来喘口气。

现在，我们的锯子拉入到 20 世纪 20 年代，即巴比特[2] 的十年。在这个时期，直到 1929 年股票市场暴跌之前，每样东西都在漫不经心和傲慢中变得更大和更好。即使这棵橡树知道股票跌落的消息，它的木头也不会有任何反应。它也不会留意立法机关的几个有关爱护树木的声明：1927 年的全国森林和森林作物法，1924 年对密西西比河上游低地的大保护，以及 1921 年的新森林政策。它既不会注意到 1925 年这个州[3] 里最后一只美洲貂的死亡，也不会注意到 1923 年第一只紫翅椋鸟的来临。

1922 年 3 月，一场大冰雹把邻近榆树上的大树枝一个个地劈了下来，却未在我们的橡树上留下任何伤痕。对一棵好橡树而言，一吨左右的冰又算得了什么？

"休息一下吧！"掌锯者喊道。于是，我们停下来喘口气。

现在锯子锯入了 1910 年至 1920 年间，这是做排水梦的十年。在这期间，蒸汽铲为建立农场而汲干了威斯康星中部的沼泽，并制造了许多灰堆以代之。我们的沼泽逃脱了，其原因并不是由于有什么警告，或在工程师中有任何克制，而是因为每年 4 月，河水都要泛滥到它里面，尤其是在 1913 年至 1916 年间，泛滥还非常猛烈——大概是一种自卫性的猛烈。甚至在 1915 年，这棵橡树生长的情况也没什么变化；这一年最高法院取缔了州有森林，州长菲利普武断地宣称："州有林业不是件好买卖。"（这位州长想不到可能还有比一个什么是好，甚至什么是买卖的定义更多的东西。这位州长也不会想到，就在法院在法律书上写着什么是好的定义的时候，火却在土地的表面上写着另一个完全不同的定义。也许，作为一个州长，是必须对这类事情采取漠然态度的。）

在这十年里，当林业衰退时，动物保护却得到了推进。1916 年，在沃克沙县已经完全实行了猎物保护法；1913 年，一个州立猎场开始工作；1912 年，一个"公鹿法"保护了母鹿；1916 年，一种"庇护"动物的风气已遍布全州。"庇护"成为一个神圣的词汇，但橡树并未留意到它。

"休息一下吧！"掌锯者喊道。于是，我们停下来喘口气。

现在我们锯到了 1910 年。这一年，一位伟大的大学校长出版了一本关于保护主义的书[4]；一种传播很广的叶蜂流行病使得千百万落叶松死亡；一场大旱灾使得大片松林枯死；一个巨大的挖泥机汲干了哈瑞肯泽。

我们锯到了 1909 年，这一年，胡瓜鱼被养殖在大湖之中；同时，因为这一年夏天雨水特别多，从而使立法机关削减了森林防火的拨款。

我们锯到了 1908 年。这是干旱的一年，森林被无情地烧掉，威斯康星告别了它的最后一只美洲狮。

我们锯到了 1907 年。这一年，一只徜徉着的猞猁在寻求一个乐园时找错了方向，从而，在丹尼县的农场里结束了它的生涯。

我们锯到了 1906 年。这一年，第一位州林务官上任；而大火则烧掉了这个沙乡地区的一万七千英亩森林。我们锯入 1905 年；这一年，一大群苍鹰从北方飞来，吃光了当地的松鸡。（这些苍鹰肯定在我们的这棵树上停歇过，并吃掉了我的一些松鸡。）我们锯到了 1902 年和 1903 年，这两年冬天奇冷；1901 年则带来了历史上最干旱的纪录（降雨量仅为十七英寸）；1900 年，是充满了希望和祈祷的世纪年，而橡树却只增添了一道普通的年轮。

"休息一下吧！"掌锯者喊道。于是，我们停下来喘口气。

现在我们的锯子锯进了 19 世纪 90 年代，这是被那些眼光转向城市而不是土地的那些人称之为欢乐的年代。我们锯到了1899 年，最后一只旅鸽撞到了在巴布科克附近射出的子弹上——即巴布科克最北部的两个县附近。我们锯到了1898 年，这年秋天缺雨，接踵而来的则是一个无雪的冬季，土壤冻到七英尺深，苹果树被冻死了。1897 年，又是干旱的一年，另一个林业机构成立了。1896 年，仅斯普纳一个村子就向市场输送了两万五千只草原榛鸡。1895 年，又是一个苦难的年代。1894 年，又是一年干旱。到了1893 年，这是"东蓝鸲风波"的一年，这一年，一场3 月的暴风雪使正在迁徙的东蓝鸲丧失殆尽。（第一批来临的东蓝鸲总要停在这棵橡树上，但在90 年代中期，它们一定是停也不停地飞走了。）我们锯到了1892 年，又是苦难的一年。1891 年，是松鸡生殖周期的低潮。而1890 年，则是"巴布科克牛奶试验器"的时代，这个试验使得半个世纪后，州长海尔能自豪地夸耀道："威斯康星是美国的乳品之乡。"现在该州的汽车牌照上展示着这项令人自豪的特色，即使巴布科克教授本人也未曾料到这种情形。

同样还在1890 年，我的橡树清楚地看见历史上最大的松木排顺着威斯康星河漂流下来，这些木排为草原各州的乳牛建起了一个红色牛栏的帝国。这些上好的松树为乳牛挡住了风雪，就正如这棵好橡树为我挡住了风雪一样。

"休息一下吧！"掌锯者喊道。于是，我们停下来喘口气。

现在我们的锯子已经锯到19 世纪80 年代，进入了1889

年，这是干旱的一年；在这一年，首次宣布确定了植树节；进入了1887年，威斯康星任命了它的首批狩猎管理人员；进入了1886年，农学院为农场主设立了第一门短期课程；进入了1885年，一个前所未有的，漫长而酷寒的冬天揭开了这年的序幕；进入了1883年，这一年，学院院长W. H.亨利报告说，麦迪逊市的春花开放时间比平均记录晚了十三天；进入了1882年，这一年，在1881年至1882年间的冬季具有历史意义的"大雪"和严寒之后，曼托达湖比往常晚一个月才解冻。

在1881年，威斯康星农业协会辩论的问题是："你怎样看待在近三十年里遍布全国的黑色橡树林的第二次增长？"我的橡树也在其中。一种观点认为这是自然生长的三十年，另一种则认为是由于南边的鸽子所携带的橡实回流所造成的结果。

"休息一下吧！"掌锯者喊道。于是，我们停下来喘口气。

现在我们的锯子锯到了19世纪70年代，这是威斯康星为麦子而狂欢的十年。1879年的一个星期一早晨，长蟓、蛴螬以及疲惫的土壤，终于使威斯康星的农场主们明白，在种植小麦导致土地枯竭的竞赛中，他们是不能与更远的西部原始草原拼争到底的。我怀疑，我现在所拥有的这个农场当初也参与了这场竞赛；而且，我的橡树北面的沙流之根源就正是过多地种植了小麦。

同年，威斯康星首次养殖鲤鱼，同时，从欧洲偷越入境的那种偃麦草也来到了。1879年10月27日，六只迁徙的草原榛鸡停落在麦迪逊市美以美教堂的树顶，俯瞰着这个正在发展中的城市。11月8日，据报道，麦迪逊市场上充斥着十美分一只的野鸭。

1878年，来自索克·拉皮兹的一个猎鹿人很有远见地评论道："猎人的数字看来要超过鹿的数字。"

1877年9月10日，有弟兄俩在马斯克哥湖打猎，一天之内便获取了二百一十只蓝翅鸭。

1876年是历史上雨量最多的一年，降雨量高达五十英寸。草原榛鸡数量减少了，大概是苦于多雨吧。

1875年，在约克草原，即东面的一个县，四个猎人射杀了一百五十三只草原榛鸡；同一年，美国渔业委员会在戴维尔湖——在我的橡树南面十英里的地方——养殖鲑鱼。

1874年，第一批工厂制造的带刺铁丝网圈向了橡树；我希望没有这类制品藏匿在锯子下面的这棵橡树中。

1873年，芝加哥的一家公司收购和向市场上提供了两万五千只草原榛鸡。芝加哥的顾客们以每打三元二角五美分的价格，总共购得六十万只。

1872年，就在西南边距这里两个县的地方，最后一只野生的威斯康星火鸡被杀死。

这十年结束了麦子带给拓荒者们的狂欢，相应地也应该使拓荒者们在鸽子血泊中的狂欢得以终结。1871年，在我的橡树西北方的一个五十英里范围的三角地带，估计约有一万三千六百万只鸽子在那里做巢，而且有一些可能就栖居在这棵树上，因为当时这棵茁壮的小树已有二十英尺高。很多捕鸽者们利用网和猎枪，在俱乐部里和盐碛地上，苦心地经营着他们的事业。满载着未来的鸽肉馅饼的火车向南方和东方的城市奔驰着。这里曾经是威斯康星最后一个鸟巢大基地，而且几乎也是各州中的最后一个了。

1871 年，在这一年，帝国在发展中的艰难有了另一个证据：佩什蒂哥大火[5] 使两个县的树木和庄稼一扫而光；芝加哥大火据说是因为一头用踢蹬来示其不满的乳牛所引起的。

1870 年，田鼠已经在进行着它们伟大的进军，它吃掉了这个年轻之州的年轻果园，然后又死去。它们没吃我的橡树，因为我的橡树皮对田鼠来说已经太粗太厚了。

也就在 1870 年，一位以出售猎物为业的猎人在《猎人》杂志上得意地夸耀说，在芝加哥附近，仅仅在一个季节里，他就打死了六千只野鸭。

"休息一下吧！"掌锯者喊道。于是，我们停下来喘口气。

我们的锯子现在锯到了 19 世纪 60 年代，在这个时期，成千上万的人，为了解决人类自身的共同体是否应被肢解的问题而死去了。[6] 死去的人们解决了这个问题，但是，他们没有看见，我们也还没有看见，同样的问题也出现在人和土地的共同体中。

这十年也并非没有探索过一些较为重大的问题。1867 年，英克里斯·拉帕姆[7] 倡导园艺学会为林场提供奖金。1866 年，最后一只威斯康星的土生驼鹿被杀。现在锯子已锯到了1865年，这一年对我们的橡树具有重要意义。那一年，约翰·缪尔[8]曾指望从他的弟弟那里购买一块土地，以保护那曾给他的青年时代带来过无比欢乐的野花。当时他弟弟有一个家庭农场，就在我的橡树东面三十英里的地方。他弟弟拒绝放弃这块地方，却未能扼制住他这一思想，因为在威斯康星的历史上，1865年，是人们滋生珍惜天然、野生和自由事物的意识的一年。

我们锯到了树心。我们的锯子现在又返回到历史长河的顺方向；我们倒溯了许多年，现在又向树干外面那较远的一边锯过去。终于，在这棵巨大的树干上出现了一阵颤动，锯缝突然变宽，锯子被迅速抽出来，拉锯者们向后面的安全地跳去，大

家拍着手欢呼着："倒啦！"我的橡树歪斜着，吱吱嘎嘎地响着，终于伴随着它震撼大地的轰隆声栽倒，横卧在那条曾赋予它生命的移民道路上。

现在是制造木柴的工作。大槌敲在铁楔子上，树干的横断面一块块地倒放着，只是准备着被劈成碎片，捆起来放在路边。

有一个关于历史学家对于锯子、楔子和斧子的不同功用的寓言。

锯子只是按照历史的顺序工作着，而且必须一年年地通过。锯齿每年都要从中锯出一些零碎的事实来，它们积成一个被伐木者称做木屑的小堆，被历史学家们收集起来；伐木者和历史学家都是根据这些可以看得见的外部样品来判断其内部特点的。在这棵橡树倒来，并且使树干的横断面完全显现出来时，这棵树桩便产生出一个综合一世纪的观点；在这棵树倒下来时，它也就证实了这个被称做历史的又粗又矮的整体的成长。

楔子，从另一方面看，则仅仅是在辐射状的裂口中工作的。这样一个裂口能够在同一时刻提供对所有年代的纵览，但也可能什么也提供不了，这就要看选择裂口平面的技术了。（如果拿不准，就不要动树桩的截面，直到一年后它自己产生一个裂口。很多匆忙被驱使的楔子在林中瑟瑟地响着，实际是被敲进难以劈开的木纹中了。）

斧子则仅仅是从一个对角线的角度进入这些年代的，而且这个角度也只能进入到最近边缘上的年轮。它的特别功用是砍去树枝，这一点无论是锯子或楔子都做不到。

对一棵好的橡树来说，这三种工具都是要求必备的；对一部真正的历史来说，也同样如此。

在我默想这一切时，水壶在歌唱着，那棵好橡树已在白灰上烧成了红色的炭块。这些灰，当春天来到的时候，将被我运回到沙丘下的果园里。它们大概会作为红色的苹果，或者可能作为一种在某只10月份的硕壮的松鼠身上所表现的干事业的精神，返回到我这里来。这只松鼠，出于许多它自己并不知道的原因，正聚精会神地种植着橡实。

3 月

大雁归来

一只燕子的来临说明不了夏天的到来，但当一群大雁冲破了三月暖流的雾霭时，春天就来到了。

一只主教雀正对着暖流歌唱春天，后来却发现自己搞错了，不过，它可以纠正它的错误，再继续保持它在冬季的缄默。一只花鼠想出来晒太阳，却遇到了一阵夹雪的暴风，只有再回去睡觉，而一只定期迁徙的大雁，是下了在黑夜飞行二百英里的赌注的，它期望着在湖上找到一个融化的洞眼，它要想

撒回去可就不那么容易了。它的来临，伴随着一位切断了其后路的先知的坚定信念。

走在3月的早晨，若不看看天空，也不去倾听雁叫，那这美好季节也就变得像你一样单调了。有一次我认识了一位很有教养的女士，佩戴着像鸟的环志似的全美大学生联谊会[9]的标志，她告诉我，她从未听到，也未见过大雁一年两度对她阳光充足的屋顶宣告着去而复来的季节的来临。教育难道有可能是一个用意识来换取极少有价值的东西的过程吗？大雁用它的意识所换取的东西立刻就成了一堆羽毛。

向我们农场宣告不同季节来临的大雁知道很多事情，其中包括威斯康星的法规。11月份南飞的鸟群，高高地、目空一切地从我们的头上飞过，即使发现了它们所喜欢的沙滩和沼泽时，也几乎是一声不响。通常，乌鸦的飞行被认为是笔直的，但与坚定不移地向南飞行二十英里，直达最近的大湖目标的大雁相比，也就成了曲折的了。在那儿，白天大雁在宽阔的水面上闲荡着；晚上就到刚刚收割了的地里偷食玉米。11月份的大雁知道，每个沼泽和池塘，从黎明到夜幕降临，都布满了窥探着它们的猎枪。

3月份的大雁则有不同的经历。尽管它们在冬天的大部分时间里都要遭受枪击——它们那被大号铅弹所击碎的翅膀上的羽毛就是证明；它们仍然知道，现在正是不狩猎的春季。它们顺着弯曲的河流拐来拐去，低低地穿过现在已经没有猎枪的狩猎点和小洲，向每个沙滩低语着，就如同久已失散的朋友一样。它们曲折地在沼泽和草地上空低低穿行着，向每个刚刚融化的水洼和池塘问候着。终于，在我们的沼泽上空做了几次试探性的盘旋之后，它们鼓起翅膀，静静地向池塘滑翔下来，黑色的翅膀慢慢地扇动着，白色的尾部朝向远方的山丘。一触到水，我们刚到的客人就叫起来，它们溅起的水花使得那脆弱的香蒲也把它的那点冬思抖落掉了。大雁又回到家里了。

这正是我每年都希望自己变成一只麝鼠的那一时刻——沼泽里的麝鼠能望到深处。

一旦第一群大雁来到这里，它们便向每一组迁徙的雁群高声地喧嚷着发出邀请，因此，不消几天，在沼泽里到处都可以看到它们。在我们的农场，我们根据两个标准来衡量我们春天的富足：所种的松树和停留的大雁的数目。1946年4月11日，我们记录下来的大雁数目是六百四十二只。

与秋天一样，春雁每天都要往玉米地做一次旅行，不过不是鬼鬼祟祟偷偷摸摸进行的。它们从早到晚，成群地喧闹着往收割后的玉米地飞来飞去。每次出发之前，都有一场高声而有趣的辩论作先导，而每次返回之前的争论则更为响亮。返回的雁群一旦完全到了家，便不再在沼泽上空做试探性的盘旋。它们像凋零的枫叶一样，左右摇晃，从空中翻腾着落下来，并向下面欢呼着的鸟儿们伸展出双脚。我猜，那接着而来的咕哝声，是在论述白天食物的价值。它们现在所食取的遗穗在整个冬天都被厚厚的积雪覆盖着，因此未被那些在雪中搜寻玉米的乌鸦、棉尾兔、田鼠以及环颈雉所发现。

一个显而易见的事实是，大雁选取食物的那些收割后的玉米地，通常总是过去的草原。谁也不明白这种对草原玉米的偏爱反映了什么。也许它反映了某种特殊的营养价值，或者反映了自草原存在的时代以来就代代相传的传统。大概，它反映了这样一个事实，即草原玉米田正在扩大。如果我们能懂得它们每天往返于玉米地前后的辩论，我们就能很快懂得这种偏爱草原的道理，但是我们不能。所以，我极力主张，它应该作为一种神秘的东西保留下来。如果我们懂得了所有有关大雁的知识，这个世界将会多么单调无味！

通过对春雁集会的日常程序的观察，人们注意到所有的孤雁都有一种共性：它们的飞行和鸣叫很频繁。人们很容易把一种忧郁的声调与它们的鸣叫联系起来，而且很快就得出结论说，这些孤雁是心碎的寡妇，或是在寻找失散了的子女的父母。然而，阅历丰富的鸟类学家们认为，这样一种主观的对鸟类行为的解释是不慎重的。对于这个问题，长期以来我都试图不拘泥于一种答案。

我和我的学生开始注意每支雁队组成的数字，六年之后，在对孤雁的解释上，出现了一束不曾预料的希望之光。从数学分析中发现，六只，或以六的倍数组成的雁队，要比偶尔出现一只的情况经常得多。换句话说，雁群是一些家庭，或者说是一些家庭的聚合体，因此，孤雁正好大概符合我们先前所提出来的那种多情的想象。它们是在冬季狩猎中丧失了亲人的幸存者，现在正徒劳地寻找着它们的亲属。这样，我就可以毫无顾忌地为这些孤独的鸣叫者悲痛了。

单调枯燥的数字竟能如此进一步激发爱鸟者的感伤，确实少有。

在 4 月的夜间，天气暖和得可以坐在屋外，我们喜欢倾听在沼泽中的集会过程。在那儿，有很长一段时间都是静悄悄的，人们听到的只是沙锥鸟扇动翅膀的声音，远处的一只猫头鹰的叫声，或者是某只多情的美洲半蹼鹬从鼻子发出的咯咯声。然后，突然间，刺耳的雁叫声重新出现，并且带着一阵急骤的混乱的回声。有翅膀在水上的拍打声，有由蹼的划动而推动起来的"黑色船头"冲出来的声音，还有观战者们为激烈的辩论所发出的呼叫声。最后，一个深沉的声音做了最后发言，喧闹声渐渐地转为一种能听见的模糊的小声谈论。这种大雁的小声谈话是难得停止的。于是，我再一次真的希望自己是一只麝鼠。

等到白头翁花盛开的时候，大雁集会也就逐渐减少。在 5 月来到之前，我们的沼泽便再次成为弥漫着青草湿气的地方，只有红翅黑鹂和黑脸田鸡带给它生气。

大国在 1943 年的开罗会议上发现，各国之间的联合是历史不可预料的。然而，世界上的大雁具有这种观念已经有很长时间了。每年 3 月，它们都要用自己的生命来为这个基本的信念做赌注。

最初仅有冰原的统一，接着是三月暖流的联合，以及大雁向北部的国际性逃亡。自更新世以来，每年3月大雁都要吹起联合的号角，从中国海到西伯利亚大平原，从幼发拉底河到伏尔加河，从尼罗河到摩尔曼斯克，从林肯郡到斯匹次卑尔根群岛。自更新世以来，每年3月大雁都要吹起联合的号角，从卡瑞托克到拉布拉多，从曼塔木斯基到昂加瓦，从霍斯述湖到哈得孙湾，从艾沃瑞岛到巴芬岛，从彭汉德尔到麦肯齐，从萨克拉门托河到育空河。

因为有了这种国际性的大雁活动，伊利诺伊的玉米遗穗才得以穿过云层，被带到北极的冻土带，在那里与白夜中的6月的多余阳光结合起来，在所有其间有土地的地方生出了小雁。在这种每年一度以食品换取光明，以冬季的温暖换取夏季的僻静的交易中，整个大陆所获得的是一首有益无损的，从朦胧的天空洒落在3月的泥泞之上的，带着野性的诗歌。

4 月

春潮来临

大河总要流过大城市，同样的道理也使得劣质的农场有时要受到春季洪水的包围。我们的农场质量很差，因此，有时我们于 4 月中旬去那里时，也会陷入困境。

当然，不必特意，人们也能在一定程度上从天气预报中猜测到，什么时候北方的雪会融化，人们也能估计到，要多少天洪水就会冲破上游城市的防卫。如果可能，星期天晚上，人们肯定会回到城里去工作，然而，人们不能。不断漫溢的水为星期一早上遭难的残骸咕哝着悼文，该是多么新鲜！当大雁远征了一片又一片的玉米田的时候，也正是每一块田变成一个湖的过程。这时，它们的叫声该是多么深沉，多么骄傲！每隔几百码，就会有一只新上任的头雁飞行在空中，为率领它的雁群在清晨巡视这新的水的世界而奋斗着。

大雁对春潮的热情是一件很微妙的事。那些不熟悉大雁饶舌的人，是很容易忽视这一点的；而鲤鱼对水的热情却是显而易见和十分明确的。连上游的洪水打湿草根的速度也没有它们来得快，它们以猪一样的巨大热情搜寻着、翻滚着，最后到达了牧场；它们闪动着红色的尾巴和黄色的腹部，越过马车的车道和牛走的小路，它们摇动着芦苇和灌木，急于去探索那个对它们来说正在扩大的世界。

与大雁和鲤鱼不同，陆生的鸟类和哺乳动物，是以一种哲人式的超然态度来对待大水的。在一棵河杨上站着一只主教雀，它高声地啼叫着，要求认领一片看不见其存在的领地——但不是树木。一只松鸡从洪水蔓延的树林里发出敲鼓般的声音，它肯定是站在那个最高级的发出咚咚响声的圆木的高顶上。田鼠以小麝鼠般的镇静自若，在隆起的高地上摇摇晃晃地走着。从果园里蹦出来一只鹿，它是从平日白天在柳树丛中的床上被赶出来的。到处都有兔子，它们心平气和地接受了我们山丘上的一小方块地，因为诺亚不在这里，这块地方就可为它们做方舟之用了。

春潮带给我们的不只是高度的冒险，同时还带来一种预料不到的，从上游农场里漂来的杂七杂八的东西。一块旧木板漂落在我们的草坪上，对我们来说，它的价值要比刚从伐木场里得到的同样的木板高两倍。每一块旧木板都有它独特的历史，它们的历史常常是不为人知的，但常常又是在某种程度上可以猜测的；从它的木材上，它的尺寸，它的钉子、螺丝，或者绘画上，它的抛光，或者它的缺点，它的磨损和腐蚀上，人们甚至可以从它在沙滩上被磨损的边缘和两头上猜出，在过去的年代里，有多少次洪水曾经携带过它。

我们的木材堆，全部是从河流中募集来的，因此，它不仅是一种个人的收藏，而且是一部关于上游农场和森林的人类奋斗历史的集锦。一块旧木板的自传，是一种在大学校园里还未曾讲到的文献，而任何一个河边的农场，都是一个锤子或者锯子可以随意阅读的图书馆。春潮来了，总会有新书增添进来。

有各种程度和类型不同的僻静之处。湖中的小洲是一个类型，但湖里有船，而且总有一个人们可能要登上岸来进行访问的机会。高耸入云的山峰是另一种类型，但多数山峰都有小径，在小径上有旅游者。我知道，没有一个僻静的地方会像春潮指引的地方那样安全。大雁也会这样认为——它所见到的各种类型的僻静处所要比我多。

现在我们正坐在一个山丘上，在一株刚刚盛开的白头翁花旁边，望着大雁飞过。我看见，道路慢慢地浸入水中。我的结论是（是发自内心的欣喜，而非表面上的不偏不倚），交通问题无论国内或国外，起码在这一天，只在鲤鱼中才会引起争论。

葶苈

现在，在几个星期之内，葶苈，那种怒放着的最小的花，就会把那小小的花朵撒满所有有沙土的地方。

渴望春天，但眼睛总朝上望的人，是从来看不见葶苈这样小的东西的；而对春天感到沮丧，低垂着眼睛的人，已经踩到了它，也仍浑然不知。把膝盖趴在泥里寻求春天的人发现了它——真是多极了。

葶苈所要求和得到的，不过是一点点温暖和舒适，它是靠时间和空间多余的残渣维持生活的。植物学书籍会给它两行或三行的位置，但从来不曾附上一幅它的插图或照片。贫瘠的沙地和微弱的阳光孕育不出较大、较美的花，却足以孕育出这些葶苈。再说，它确实不是春天的花，而仅仅是一种希望之补遗。

葶苈拨动不起人们的心弦。它的芳香——如果有的话，也消失在一阵阵的风中了。它的颜色是简单的白色，它的叶子蒙着一层明显的绒毛。没有动物吃它，它太小了。没有为它吟唱的诗歌。某个植物学家曾经给它起过一个拉丁文学名，然后就把它忘记了。总而言之，它是无关紧要的——它只是一个小小的生物，迅速而妥善地做好一件小小的差事。

大果橡树

当学校的孩子们在投票表决州鸟、州花或州树时，他们并不是在做某种决定，而仅仅是对历史进行认可。因此，就在大草原的禾草取得了这个地区的占有权的时候，历史使大果橡树成为南威斯康星的特色树种。它是唯一能够经受草原大火并得以生存的树。

你是否产生过这样的疑问？为什么整株大果橡树都包有一层厚厚的软木皮，即使最细小的嫩枝也不例外？这层软木是盔甲，大果橡树是由侵略性的森林派去攻击大草原的突击队，火是它们必须搏斗的。每年4月，当新草给草原穿上不能燃烧的绿装之前，火已经自由自在地跑遍了这块大地，未受伤害的只有这种长着厚皮的老橡树。其皮之厚是难以烧焦的。那些散布在各处的老树的小林子，即为拓荒者们所熟悉的"橡树空地"，大部分是由大果橡树所组成的。

工程师们没有发现绝热体，但他们从这些草原战争中的老战士身上仿制出了它。植物学家们能够谈出那个有着两万年长的战争史。其记载包括有压在泥炭中的一部分花粉颗粒，一部分被扣在后方和被遗忘在那儿的残留下来的植物。这些记载说明，森林的前方在某时曾退到苏必利尔湖，但某时也曾推进到南部。有一个时期，它曾向南推进得那么远，以至云杉和其他一些"后方的哨兵"品种，也曾生长到威斯康星南部边界和更远的地方。在这里，所有的泥炭沼泽的某一层中，都可发现云杉的花粉。不过，大草原和森林之间通常所有的战线，大约就是现在它所在的地带，所以，战争的结果是个平局。

造成这种结果的原因中有一个是那些盟友们，它们先支持这一边，然后又支持另一边。因此，兔子和老鼠在夏天扫荡了所有的草本植物，到冬天则又剥着所有幸免于火灾的小橡树苗的皮。松鼠在秋天贮藏着橡实，并在其他季节里也靠此为生。六月的甲虫，幼年时期破坏着草原的草皮，成年期则又使橡树失掉了叶子。如果没有这种盟友们时左时右的不坚定立场，从而使任何一方都可能取得胜利，那么，在今日的地图上，我们就看不到如此多姿多彩的草原和森林土壤的镶嵌画。

乔纳森·卡弗[10]给我们留下了一幅非常生动的在有人居住以前的草原边界的写照。1763 年 10 月 10 日，他到过布卢·芒德斯，这是靠近戴恩县西南角上的一群高山（现在已被树林所覆盖）。他说：

> 我登上了最高的一座山峰，因此能够瞭望这个地区。在数英里内，除了小小的群山之外，什么也看不见。这些群山从远处看来就像是一些尖顶的干草堆，上面没有树。只有寥寥几个小山核桃树林和矮小的橡树遮盖着某些山谷。

19 世纪 40 年代，一种新的动物——拓荒者——介入了这个平原战场。本来他们并未打算介入，他们只是耕耘着足够用的农田，然而却让草原丧失了它自古以来就有的盟友——火。小橡树立即轻而易举地越过了草原，原来是平原的地方成了布满了树木的农场。如果你对这个故事有所怀疑，就去数数威斯康星西南部的无论哪一个"地垄"上的一棵树上的年轮。除了最老的树，所有这些树木，其年代都要上溯到 19 世纪 50 年代和 60 年代，这正是火在平原上熄灭的时期。

约翰·缪尔是在这个时期，在马凯特县长大的，这个时期也正是新的树林在古老的草原上横冲直撞，并用一丛丛小树席卷着"橡树空地"的时候。他在《童年和青年》一书中回忆道：

> 伊利诺伊和威斯康星平原的沃土上，稠密高大的草为火的蔓延创造了很好的条件，以致没有树能在草原上生存。如果那儿没有火，这些美丽的草原——标志着这个地区面貌的草原，早就被浓密的森林所覆盖了。农民预防火的蔓延像"橡树空地"的出现一样快，小树逐渐长成（扎下根来）树木，并形成了高高的小树林，它们长得那么稠密，以致要穿过它们都很困难，所有阳光沐浴着的橡树空地的痕迹都消失了。

因此，拥有一棵大果橡树的人拥有比一棵树更多的东西。他拥有一个历史图书馆，并且在演变的剧场中有一个预定的座位。在有洞察力的眼光看来，他的农场标着草原战争的徽章和标记。

空中舞蹈

当我知道每逢 4 月和 5 月的晚上，在我的树林的上空都可以看到这种空中舞蹈的时候，这个农场属于我已经有两年了。自从我们发现了它，我们全家就几乎连一次表演也难得错过。

表演在四月的第一个暖和的夜晚，准六点五十分开始。每天幕布拉开的时间要比前一天晚一分钟，这样直到 6 月份，这时的时间是七点五十分。这种变化的幅度是由虚荣心所支配的，因为舞蹈者要求一种零点零五英尺烛光[11]的浪漫亮度。可不要迟到，而且要静静地坐着，以免惹恼了它而让它飞走了。

舞台道具，和开场的时间一样，也反映了演出者的情绪性要求。舞台一定要在一个露天的树林或灌木丛中的圆形凹地上，在它的中央必须是一片苔藓，一层不长任何植物的沙子，一块裸露地面的岩石，或者是一段光秃秃的道路。为什么雄丘鹬这样坚持要一块光秃秃的舞蹈地面，最初我也很糊涂，但是，现在我想，问题在于它的腿。丘鹬的腿是很短的，因此它的各种神气活现的样子在浓密的牧草和野草中，是无法取得优

势的，它的"女士"也无法看见它的样子。我这里的丘鹬要比大部分农民们那里多，因为我有着较多的苔藓沙地，这些沙地太贫瘠，因此连草都长不出来。

知道了地点和时间，你就让自己坐在舞场东面的一丛灌木下面，等待着，在夕阳的映照下望着丘鹬的到来。它从某个邻近的树丛中低低地飞来，落在光秃的苔藓上，并立即开始了序幕：一连串古怪沙哑的"嘭嗵"声，其间有两秒钟的间歇，听起来特别像夏天里夜鹰的叫声。

突然，"嘭嗵"声停止了，这只鸟拍打着翅膀，兜着圈子，盘旋着向天空飞去，并发出音乐般的颤动着的叫声。它飞得越来越高，盘旋的幅度也越来越陡和越小，而叫声却越来越高，直到这位表演者在空中成为一个小斑点为止。这时，事先并不警告，便突然像一架失去控制的飞机一样翻落下来，同时发出一阵让3月的东蓝鸲也要羡慕的、柔和而清脆婉转的啼鸣。在离地面几英尺的地方，它转为平飞，并落到它曾发出"嘭嗵"的地面上，通常总是一点不差地落在它开始表演的那块地方。在那里，它又恢复了"嘭嗵"。

天色很快就变得很黑，所以看不见在地面上的鸟了，但是你能看见它在空中的飞翔达一小时，通常这就是它演出的持续时间。不过，在有月光的夜里，它可能还会继续，在幕间休息后，一直持续到月光消失的时候。

在破晓时，演出会再次进行。在4月初，最后的幕布拉下来时是清晨五点十五分；这个时刻每天提前四分钟，一直到6

月，这时，本年度的演出就在三点十五分时闭幕了。为什么在变化幅度上有这样的差别？唉，我想，恐怕是黄昏时的风流已卖弄得疲倦了，因为在拂晓时分的空中舞蹈时长只有日落时的五分之一。

大概幸亏是，不论人们怎样专心地研究着数以百种的树林和草地上的小戏剧，人们仍然永远不能全部掌握有关它们中的任何一种的最明显的行为。关于空中舞蹈，我还不明白的是：那位"女士"在哪儿？那么，如果她在那儿，她正好表演哪一部分？我常常看见两只丘鹬在同一个"嘭嗵"地面上，而且有时两只还一起飞翔，但它们从不在一起发出"嘭嗵"的声音。这第二只是一只雌鸟，还是一只雄性的竞争对手？

另一点不知道的是：那悦耳的嗓音也许是它的机械功能？我的朋友彼尔·菲尼，曾用一只网扣住了一只正在"嘭嗵"

的鸟，并拔去了它外面主翅上的羽毛，结果，这只鸟还在"嘭嘭"和啼叫着，但再也没有喊喊喳喳的颤动声音了。不过，这样一种实验很难就认为是一个结论。

还有一个未知的问题是：雄鸟的空中舞蹈持续到求偶的哪一阶段？我的女儿有一次曾看见一只鸟在离一个里面有孵化了的蛋壳的鸟窝二十码的地方"嘭嘭"着。难道这就是它的情侣的窝？也许这个秘密的家伙在我们还未发现它的时候，已经犯了重婚罪？这些，以及很多其他的问题，都留在那深沉的黄昏的神秘之中。

空中舞蹈的戏剧，每夜都在千百万个农场中表演着，农场主们却为没有娱乐而叹息着，而且总有一个错觉是，娱乐只有在剧院里才能找到。他们靠土地活着，而不是为土地活着。

对那种认为一种猎鸟只是为了做靶子，或者该被人优雅地放在一片吐司上的说法，丘鹬是一个生动有力的驳斥。除了我，没有人会情愿在十月里去打丘鹬。而且，自从发现了空中舞蹈后，我发现自己只要打上一两只就够了。因为我必须肯定，在4月来到时，在日落时的空中，我还能再度见到那些舞者。

5 月

从阿根廷归来

当蒲公英给威斯康星的牧场打上 5 月的标记时，就已经到了听取春天最后一个证据的时候了。在草丛上坐下来，把耳朵对着天空，排除掉草地鹨和红翅黑鹂的喧闹声，于是，你很快就可能听到它：高原鹬的飞行之歌，它刚从阿根廷回来。

如果你的视觉很好，你就能在空中寻找到它。它抖动着翅膀，在绒毛般的云层中盘旋着。如果你的耳朵不大灵敏，就不要去听它，只要盯着栅栏的柱子。马上，一道银色的闪光会告诉你：在那个柱子上，高原鹬已经落了下来，并且收起了它长长的翅膀。不管发明"文雅"这个词的人是谁，他肯定曾经看见过高原鹬合翅的动作。

它停在那儿，它的整个存在都在说，你的下一步行动是从它的领地上退出去。地方档案可能说明了你拥有这片牧场的理由，但高原鹬却轻松愉快地排除了这种世俗的合法性。它刚刚飞行了四千英里，就是为了再次宣称，它早已从印第安人那儿获得了权利，而且直到幼鹬能够飞翔之前，这片牧场就是它的，没有它的声明，谁也不能非法侵入。

在附近的什么地方，鹬正在孵着四只很大的尖头蛋，这些蛋不久就会孵出四只早产的小鸟。从它们的羽毛刚干的那一刻起，它们就像田鼠一样趾高气扬地在草地上乱蹦起来，而且能巧妙地躲过你笨手笨脚地要捉住它的企图。在三十天时，幼雏就全面发育起来，其成熟的速度是其他鸟类所未有的。到了8月，它们就从飞行学习中毕业了。在8月的寒冷的夜晚，你可以听到它们所发出的就要飞向南美大草原的信号，它们要再次证实两个美洲的久远的整体性。半球上的休戚与共，在政治家中间还是件新鲜事，但在这些带着羽毛的空中舰队中间可并非如此。

高原鹬很容易适应农村，它尾随着黑色和白色的"野牛"，那些现在就放养在它的草原上的牛群，发现这是一些可以接受的，能够代替棕色的野牛的动物。[12]它在干草地里做窝，就和在牧场上一样，但和笨拙的野鸡不一样，它不会在割草机

里被捉住。在干草准备收割之前，幼鸟已经羽毛丰满并飞走了。在农业地区，鹬只有两个真正的敌人：集水沟和排水渠。可能有一天，我们会发现这些东西也是我们的敌人。

在20世纪初，有一个时期，威斯康星的农场几乎失去了它的时间概念：5月的牧场是在宁静中变绿的，6月的夜晚也没有带来那预告秋天就要到来的婉转啼叫。万能的黑火药，加上维多利亚时代之后宴席上的烤鹬肉的魅力，曾经带来了极大的损失。姗姗而来的《联邦候鸟法案》的保护来得正好。

6 月

桤树岔——钓鱼叙事曲

我们发现这条干流是那么浅，以至那摇摇摆摆的鸊也能在去年鳟鱼弄水的地方喋喋不休；水是那么暖和，结果我们无须任何强迫命令就能潜水到最深的地方。但即使在凉凉快快地游泳之后，从水中出来的人仍然觉得像是在阳光下发着热的沥青纸。

晚间钓鱼的情况证明它和各种先兆一样让人扫兴。我们向那条河要鳟鱼，它给我们的却是察布鱼。那天晚上，我们坐在驱蚊火堆的浓烟下，讨论着第二天的计划。我们已经走了两百英里炎热和尘土飞扬的路，现在又感到红点鲑和硬头鳟化为泡影的苦楚。这儿没有鳟鱼。

不过我们记得，这是一条有好几个支流的小河。在离源头不远的上游，我们曾经看见过一个岔道，很窄、很深，从紧挨着的围着它的桤树丛里流出来的冰凉的泉水注入其中。在这种天气里，一条钟爱自己的鳟鱼会做什么？我们立即决定：到上游去。

在早晨清新的空气中，就连一只白喉带鹀都会忘记，这一天的天气除了惬意和凉快之外，还有可能变成任何一种情况。我攀援着下到了洒满露水的河岸，进入了桤树岔。一条鳟鱼正从上游冒出来。我把钓线放出去一些——希望这根钓线永远保持着这样一种柔软和干燥的状态，我按照抛出一次或两次钓线的比例计算着距离，准确地在那只鳟鱼最后打旋的上方投下了一只几乎不能再用的鱼饵。现在，炎热的路程、蚊子，以及不大光彩的察布鱼，统统都抛到脑后了。它张开大口把那只鱼饵吞了下去，不大一会儿，我就能听见它在鱼篓底上的桤木叶子上扑腾的声音。

另一条鱼，虽然大一点，同时也从紧连着的水面上冒出来，这个水面是"航行的尽头"，因为它的上端是长得非常稠密的桤树丛。一丛灌木，棕色的茎在水的中流被冲刷着，就像一个永不消失的、静默的嘲笑者，嘲笑着那被上帝或人在离它最外边的叶子一英寸的地方所抛下的鱼饵。

为了抽支烟休息一会儿，我坐在溪流中间的一块岩石上，并且望着我的鳟鱼从守护着它的灌木丛下面冒出来。这时，我的钓竿和鱼线正挂在洒满阳光的河岸上的桤木上，等着晒干。为了谨慎起见，还是再等一会儿。往上游去的那片水面特别宁静。一阵微风吹皱了它，可能在刹那间就会溅起浪花，而这样，就将使我马上要把鱼钩准确地抛入它的正中的打算化为泡影。

　　这种情况会发生的——一阵强风足以把一只棕色的粉蛾从哄笑着的桤木上吹下来，并把它推到那个水面上。

　　现在就准备好，把鱼线绕起来，站在河中间，鱼饵也马上就绪。风就要来了——山丘上白杨的颤动就是小小的预兆，于是我抛出了一半鱼线，并且轻轻地抽回来，又放出去，准备着强风袭击到这个水面。鱼线剩下不到一半了，你要注意！太阳现在已升得很高。因此，任何一个在头顶上摇曳不定的影子都会预先向我那肥大的鱼警告它不测的命运。现在，最后的三码钓鱼线已经放了出去，鱼饵轻轻地落到喧闹着的桤树脚边，——它咬住了鱼饵！我费了很大劲才把它从后面的树丛中拉出来，它向下游冲去。几分钟后，它也在鱼篓里扑腾着。

　　在我又晒我的鱼线的时候，我坐在石头上，心满意足地默想着鳟鱼和人的生活方式。我们和鱼多么相似：准备着，并且是急切地抓住那不论是什么样的、由周围的某种风抖落到时间长河上的新事物！而当我们发现那表面上是那样美妙的佳肴中包含着让你上当的鱼钩时，我们又是多么后悔自己的鲁莽！尽管如此，我认为在急切的程度上还是有某种差别的，且不论事实证明是真的，还是假的。一个纯粹谨慎的人，或者鳟鱼，或者世界，真是愚蠢极了！刚才我不是说过"为了谨慎起见"，要等一等吗！那可不是愚蠢。在钓鱼人中唯一的谨慎，是用来布置一个为了得到，而且可能是难得的机会的场面的。

现在时间已经到了——它们不久就会停止上浮。我蹚过齐腰深的水来到那"航线的源头"，我把头硬伸进了摇动着的桤树中，向里面望去。真让人迷惘！上边是一个漆黑的洞，被绿荫遮盖得严严实实，在它那疾驶而下的深度上，你连一片蕨叶也挥动不起来，更不用说比它长得多的钓竿了。也就在那儿，一条硕大的鳟鱼，几乎是把它的肋骨贴在那漆黑的河岸上揉搓着，在把一只路过的虫子吸吮到口的时候，它懒懒地滚了过去。

没有时间去追踪它了，即使慢慢地爬过去也不行。不过，在我上面二十码的地方，我看见了映照在水面上的灿烂的阳光——那是另一条通道。顺流投放干鱼饵？这是不能干的，但必须去干。[13]

我缩了回来，爬上了岸。水凤仙和荨麻长得有齐腰高，我绕道穿过桤树林，到了上面的空地上，我像猫一样蹑手蹑脚地走进去，生怕打搅了陛下的沐浴，并悄悄地站在那里达五分钟之久，为的是等所有的东西都平静下来。在这期间，我抽出了鱼线，加上油，让它晾干，三十码鱼线绕到了我的左手上。我在离那个让人迷惘的地方的正上方很远的位置。

现在是机不可失！我吹着我的鱼饵[14]，最后一次使它更蓬松些，把它投放到我脚边的溪流中，并迅速地，一圈又一圈地放出鱼线。这时，刚好就在鱼线被拉直绷紧，鱼饵也被吸往那个让人迷惘的地方时，我迅速往下游走去，并尽力往那个黑洞中望去，想知道鱼饵的命运如何。在它经过一个阳光透过的阴影时，在一次或两次就一闪而过的模模糊糊的光线中，可以看到，它仍在畅通无阻地漂流着。它随着流水转了弯。很快，在我的走动所引起来的动荡还未使圈套暴露之前，它已经到达了那个黑洞。我听到了——而不是看到，那只肥大的鱼上钩时的那阵忙乱劲；我用力往回拉着线，战斗在进行中。

没有一个谨小慎微的人会用值一美元的鱼饵和鱼线，去通过那参差不齐的布满了河湾的桤树干，往上游拖一条鳟鱼。但是，正如我说过的，没有一个谨小慎微的人能成为一个钓鱼人。我一次又一次地，异常小心地越过了重围，终于把它拖到开阔的水面上，并让它进了鱼篓。

现在，我将向你承认，这三条鳟鱼，是没有一条必须被砍掉头，或把身子折成两半，以便能装进它们的棺材的。重要的不在于这些鳟鱼，而是机会。装满的不是我的鱼篓，而是我的记忆。像那些白喉带鹀，即使我全忘了，它们也总会再现，但是这个河岔上的早晨将不会再有。

7 月

巨大的领地

按照县管理员的说法，一百二十英亩是我的领地范围。不过，这位县管理员是个贪睡的家伙，在九点以前，他是从来不去查他的记录簿的。这些记录簿在拂晓时会证明些什么，在这儿还真是一个值得争论的问题呢。

不管记录簿不记录簿，拂晓时，对我的狗和我本人来说，我就是所有我可以走过的地方的唯一事实上的主人。这不仅是指边界的消失，而且还有思想限制的消失。不为人知的扩张对每个黎明来说都是很熟悉的，而僻静——在我国已被认为是不存在了，也一直扩张到露水能洒到的所有地方。

和其他伟大的土地拥有者一样，我也有租佃者。它们不在乎租金多少，却很关心它们的使用权。从4月到7月的每天拂晓，它们确实都在相互声明自己的边界，而且——起码根据推断可以认为——为它们的领地来向我表示感谢。

这个每天进行的典礼和你能够想象的完全不同，它是以极其隆重的礼节开始的。我不知道，是谁最早拟定了它的仪式。每天清晨三点三十分，担负着能够唤起一个7月的清晨的使命，我从我的木屋中走出来，两只手中都持有我的统治权的象征：一个咖啡壶和一个笔记本。我让自己坐在木凳上，面对着启明星的白色的尾光。咖啡壶放在我身旁。我从衬衣前面的口袋里抽出一个杯子——希望没人注意到这种随便的携带方式。我取出我的表，斟上咖啡，把笔记本放在膝盖上。这是暗示声明就要开始了。

三点三十五分，那只最近的原野雀鹀用非常清晰的男高音歌唱般的声音宣称，它持有北到河岸，南到旧马车道的短叶松树林，一只接着一只，所有的原野雀鹀都在能听到的范围内声明了各自所持有的领土。这儿没有争论——至少在这一时刻是这样，因此，我只需倾听，并从心底里希望，它们的雌性同胞能默许这种欢悦的、超然于先前状态的和谐。

在原野雀鹀轮唱完毕之前，旅鸫已经在那棵大榆树上高声地叫着，声明它对那个被冰雹劈掉了一个大树枝的树权的权利，并包括所有其他的附属物（从它的角度上说，是指那个树下面的不怎么大的草坪上的所有的蚯蚓）。

旅鸫不断的歌唱唤醒了那只黄鹂。它向所有的黄鹂宣称，那棵老榆树的下垂的树枝，还有附近所有的盛产纤维的马利筋的茎，以及花园里所有散落的纤维，都是属于它的，而且，它还拥有一个特权：它要像火花一样地掠过它的所有物，从这一个到另一个。

现在我的表指示的时间是三点五十分。山丘上的靛蓝彩鸫坚持着它对那棵在1936年的旱灾中残留下来的死榆树杈以及附近的种种虫子和灌木丛的所有权。它虽然没有宣布——但我想它实际上具备着——使所有的东蓝鸲和那已经面对黎明的紫鸭跖草的蓝色成为黯然无光的权利。

接着是那只莺鹪鹩——就是在木屋屋檐上发现了小孔的那只，唱了起来。有半打莺鹪鹩开始合唱，于是，现在歌唱变成了乱叫。玫胸白翅斑雀、褐矢嘲鸫、黄莺、东蓝鸲、北美黄林莺、绿鹃、棕胁唧鹀、主教雀也全加入其中。我的正式演出者的名单，是按照它们开始演唱的次序和时间排列的，现在则出现了停顿、摇摆并终止下来了，因为我的耳朵再也辨别不出它们的次序了。另外，咖啡壶已经空了，太阳大概就要升起，我必须在我的臣属们解散之前去视察我的领地。

我们出发了，狗和我，任意地走着。我的狗对所有这些音响都不曾给予足够的尊重，因为对它来说，封邑里的各种现象并不是歌声，而是它可追逐的猎迹。现在，它要为我翻译那谁

52

也不知道是什么的生物在这夏夜里所写下的嗅觉之歌。在每首诗的末尾都有一位作者——如果我们能发现它的话。我们实际上的发现可真是无法预言的：一只兔子，突然在什么地方打着哈欠；一只丘鹬，正在为它所放弃的权利而焦急；一只雄雉，正在为它在草地上弄湿了的羽毛而生着气。

偶尔，我们会发现一只刚在夜袭后迟归的浣熊或水貂。有时，我们会打搅一只还未捕完鱼的大蓝鹭，或者惊吓了一只带着一支幼鸭护航队的母林鸳鸯，它正在逆流而上，为的是找一个雨久花草荫。有时，我们还看见一只鹿正悠闲地返回树林，它刚刚用紫苜蓿花、婆婆纳和野莴苣填饱了肚子。但更常有的情况是，我们只看到那懒洋洋的牲畜蹄子在洒满露珠的、丝一样光滑的地上所踏出来的，错综交织的暗色的足迹。

现在我已经能感觉到阳光了。鸟儿的合唱已经停息。远处乳牛的铃铛声说明，一群牲畜正在缓缓地走向牧场。一阵拖拉

机的轰隆声警告我，我的邻居已经起床。世界又缩回到县管理员所了解的那种意义上的范围去了。我们往家里走去，去吃早饭。

大草原的生日

从4月到9月，在每个星期中间，平均总有十种野生植物第一次开花。6月间，在一天里就会有一打之多的不同品种绽开它们的花蕾。没有人能注意到所有的这些纪念日，但也没有人能把它们全部忽略掉。踏在5月的蒲公英上却对它视而不见的人，可能要被8月豚草的花粉干扰一会儿，不曾注意到4月里榆树烟雾般的红色的人，他的汽车会在6月梓树的落英上打滑。你只要告诉我，某个人注意了什么植物的生日，我就能告诉你很多有关他的事情，如他的假期，他的爱好，他的花粉热病，以及他的总的生态学教育水平。

每年7月，我都急于去看一个乡村墓地，它是我在往返农场时，开车必然要经过的地方。这正是大草原的生日的时候，在这个墓地的一个角落里，生活着一个在那一度是非常重要的事件中幸存下来的赞颂者。这是一个普通的墓地，与非常普通的云杉相邻，由很普通的粉红色或白色大理石的墓碑作点缀，每个墓碑前都放着很普通的红色或粉红色的天竺葵扎成的星期六花束。唯一不普通的是，在它的三角形的而不是方形的，用栅栏围起的尖角内，隐藏着一个极小的，当这个墓地在19世纪40年代建立起来时所残留下来的草原遗迹。在此之前，它不曾被长柄镰或割草机接触过。每年7月，在这块一码平方大的原威斯康星的残迹之上，都要长出一种一人高的指南花，或者叫花边叶草的长茎来，茶碟大小的，类似向日葵的黄色花朵闪烁摇曳着。它是这种植物在这条公路一带的唯一残迹，也可能是我国西半部的唯一残迹。当它们曾经摩擦着野牛肚皮使它们发痒的时候，那成千上万亩的指南花会是个什么样的景象？这是个永远不会再有答案的问题，而且恐怕也永远不会被问起。

今年，我发现这些指南花初次开花的时间是 7 月 24 日，比平时迟了一个星期。最近六年，它们初次开花的平均时间是 7 月 15 日。

当我在 8 月 3 日再次经过这片墓地时，栅栏已经被一帮修路的搬走了，指南花也被砍掉了。现在是很容易预测未来的：几年之内，我的指南花还将会枉费心机地试图在割草机上生长，然后就会死掉。随它死去的将是那草原时代。

公路局说，在每年夏季的三个月里，经过这条路的小汽车有十万辆，而这三个月正是指南花开放的时候。乘坐这些小汽车的人肯定至少也有十万人，他们曾经"上过"叫作"历史"的这门课，而且其中大约有两万五千人曾"上过"所谓的植物学。但我怀疑是否有一打人曾经看见过这些指南花，在这一打人中，可能几乎没有一人会注意到它的死亡。如果我要告诉一个与墓地相毗连的教堂的神父，修路队一直在他的公墓里，在刈割杂草的借口下，焚烧着历史书，他会感到惊异和不解：一种杂草怎么会是一本书？

这是当地植物区系葬礼的一个小小的插曲，反过来，也是世界植物区系葬礼的插曲。机械化了的人们，对植物区系是不以为然的，他们为他们的进步清除了——不论愿意或不愿意——他们必须在其上度过一生的地上景观而自豪着。大概，比较聪明的做法是，立即禁止讲授真正的植物学和真正的历史，免得某个未来的公民会因为他的美好生活所付出的植物区系代价而于心有愧。

因此，现在就植物区系匮乏的比率来看，农业区的情况还是好的。我自己的农场就其质量之差和道路之缺乏来说，是数一数二的，而我整个邻近的地区可真正全被进步之河的回流所淹没了。我的道路是原来拓荒者的马车道，没有斜坡，没有砾石，没有扫帚，也没有推土机。我的邻居们给县管理局带来了感叹。他们的篱笆不曾动摇地竖立了许多年，他们的沼泽从未筑过沟渠，也未被排过水。在去钓鱼还是去飞机场的选择之间，他们是倾向于钓鱼的。因此，在周末，我的植物生活标准是在边远地区；在工作日期间，我则尽最大的努力去依靠大学的农场、大学校园和邻近郊区的植物区系。十年来，为了消遣，我保存了两个极为不同的地区里的野生植物初次开花的记录：

首次开花的品种在	郊区和校园	边远农场
4 月	14	26
5 月	29	59
6 月	43	70
7 月	25	56
8 月	9	14
9 月	0	1
总的可见数	120	226

显然，边远地区农民们的眼睛所得以欣赏的东西，在同一时期里，是大学生和企业家们看到的两倍。当然，迄今还没有

任何人去注意他的植物区系。因此，我们面临着前面已经提到过的两种选择：要么使这种持续了很长时期的民众的盲目性保持下去，要么就认真检查一下，问题是否真在于我们不能同时享有两种事物：进步和植物。

植物区系的萎缩，是农田清除杂草、林地放牧和高质量的道路结合起来的产物。但是，它们中没有任何一种情况要求非把各种植物从整个农场、城镇或县区里抹去，或者非此举就不能受益。每个农场都有一些闲置的空地。每一条公路都有一条与其一样长而相连的狭长的空地。如果能保证这些闲置的地方不被放牧、耕种和挖掘，那所有的空地上的植物，再加上几十种从外地偷偷钻进来的有趣的植物品种，就可能成为每个公民正常环境的一部分。

那些杰出的草原植物的保护者们，也真让人哭笑不得。他们不了解，或很少注意这样一种轻率的举动，即铁路有权在其沿线筑防护栏。很多这样的铁路围栏，是在草原开垦之前就筑

起来的。在这些直线样的保留区里，草原植物不顾煤渣、黑烟以及每年一度的野火的扫荡，仍然按照不同的时间满布了各种色彩；从 5 月的北美仙客来到七月里的蓝紫菀。我一直有个愿望，即在某个像煮得太老的鸡蛋一样不动感情的铁路局长面前，摆出他的"好心肠"的具体证据。我还没这样做，因为我不曾遇到过一位局长。

铁路沿线使用喷火器和化学喷洒剂来清除轨道上的杂草，但这种清除剂的成本太高，因此还远不能满足铁路的要求。可能这在不远的将来会有进一步的改善。

一个人类亚种的消灭，在很大程度上是无关痛痒的——对我们来说——如果我们对它的了解太少。我们只为我们所了解的事物悲痛。指南花从西部戴恩县的消失是没有理由引起悲伤的，如果人们只知道它是一本植物学书上的一个名称的话。

指南花最初成了一种在我看来是有其特点的植物，是在我试图把它挖出来栽到我的农场里——就像挖一棵橡树苗一样——的时候。经过半小时的劳动，又脏又累，它的根仍然在延伸着，就像一棵纵向生长的甜薯。就我所知，那棵指南花的根一直通到了基岩。我没得到指南花，但我已从它那地下的精明计策中知道，它是如何对付草原干旱季节的气候的。

于是我播下了指南花的种子。这是一种很大的肉质的味道很像向日葵的种子。它们迅速地长出来，但是，经过五年的等待。它的秧苗仍然没有成熟，一直没有长出一枝花茎来。一棵指南花大约要花十年的时间，才能达到开花的年龄。那么，在那个墓地里的我那种心爱的植物有多大年纪？它大概要大于那个最老的墓碑。那个墓碑上的日期是 1850 年；它大概曾眼见过逃亡的黑鹰[15]从麦迪逊湖撤退到威斯康星河，因为它就站在那个著名的行军线上。当然，它也看见过当地的拓荒者们在他们安眠在那蓝紫菀下面时所进行的一个个连续不断的葬礼。

我曾看见一个电铲，在挖掘一条路边的水沟时，铲起了一棵指南花的甜薯根，这个根很快就抽出了新叶，而且竟然还再次长出了一枝花茎。这就说明了，为什么这种植物从不侵入新的土地。然而有时还能在最近筑成的有坡的公路边上被发现。一旦扎下根来，它显然就能经受起任何一种摧残，除了不断的放牧、刈割和翻犁。

为什么指南花从牧区消失了？我曾经看见一个农民把他的乳牛赶到了未曾开垦过的大草原的草地上。早先，这种草地仅偶尔被用来割取野生的牧草。这些乳牛，在把所有的植物彻底吃掉之前，先把指南花吃得见了地皮。人们可以想象，美洲野牛也曾这样特别喜爱指南花，但美洲野牛不让栅栏把它在整个夏天都限制在同一块草地上一点点地啃咬。简言之，野牛的牧场不是持续性的，因此指南花可以承受得起它的吞噬。

这是一种天意，它没让那在彼此灭绝中建立起现今世界的成千上万的动物和植物物种具备一种历史意识。现在，同样的天意也使我们与这种意识无缘。当最后一只美洲野牛离开威斯康星时，几乎没人悲伤，因此，当最后一棵指南花跟随着它到那人烟稀少的茂盛的草原去的时候，也几乎无人悲伤。

8 月

绿色的牧场

有些绘画变得非常有名，而且能使名声持久下去，是因为它们被持续不断的许多代人所看到，而在每一代人里，似乎总能发现几双富有鉴赏力的眼睛。

我知道一幅画，它是那样易于消失，以致除了某些徜徉四处的鹿以外，根本不为人们所见。这是一条挥舞画笔的河，然而，同是这一条河，在我能把我的朋友带去看它的作品之前，它就永远从人类的视线中消失了。从那以后，它仅存于我的脑海里。

　和其他艺术家一样，我的河是非常敏感的。何时绘画的灵感会来到它的脑中，或者这种灵感能持续多久，都是不可预测的。但是在盛夏时，在一个接着一个的好天气里，当那白色的巨大的云块像战舰一样巡游在天空时，就只为了看看那位画家是否在工作，也是值得沿着沙滩漫步下去的。

　作品是以一条宽阔的泥带开始的，它淡淡地涂在一个向后倾斜的河岸的沙子上。当这条带子在阳光下慢慢变干的时候，金翅雀在水中洗着澡，而鹿、大蓝鹭、北美鸽则用一条用足迹织成的花边遮住了它。在这个场景中，无需告诉你还会有什么进一步发生。

　但是，当我看见这条泥带因为荸荠草而变成绿色时，我便特别小心地注视着，因为它是这条河正处于绘画灵感时刻的信号。几乎过了一夜，这些荸荠草才变成了厚厚的草甸，那样葱翠，那样稠密，连那些从邻近高地上下来的田鼠也经不起诱惑了。它们倾巢出动，来到这绿色的牧场，而且显然是要整夜整夜地在天鹅绒般光滑的厚毯子上摩擦它们的肋骨。一条整洁漂亮的曲曲弯弯的田鼠足迹证实着它们的热情。鹿在绿毯上走来走去，显然只是为了使脚下感到舒适。甚至一只不爱出门的鼹鼠，也掘出了一条跨过干枯的河岸通向荸荠绿带的路，在那里，它可以尽情地拖拉和堆起那嫩绿的草甸。

　在这幅画里，幼小的植物多得数不清，而且幼小得难以意识到，那生命的源泉就来自这绿色丝带下面的潮湿温暖的沙子之中。

　　为了看到这幅画，必须使这条河在三个多星期里无人打搅，然后，在某个晴朗的早晨，在太阳刚刚冲散了破晓时的晨雾时，来访问这个河滩。这时画家正在调制它的颜色，并把它们和露珠一起喷洒出去。莘莘草甸变得比以前任何时刻都要绿，现在上面正闪烁着蓝色的沟酸浆、粉红色的青兰和乳白色的慈姑的花朵。这儿或那儿还不时有一株红花半边莲把它的叶片伸入空中。在河滩的顶端，紫色的斑鸠菊和淡粉色的泽兰，正趾高气扬地靠着柳林的围墙站着。而且，尽管你来得非常安静和恭顺，就如同你要到任何一个美景只能一现的地方一样，你还是可能会惊动一只狐红色的鹿，它正站在使它赏心悦目的花园里没膝高的花草之中。

　　不要再回去第二次看那绿色的牧场，因为那儿什么也没有了。要么是雨水把它冲走了，要么就是上涨的河水把河滩擦洗成原先的那种简朴而清一色的沙地了。然而，在你的脑海里，你可能已挂起了一幅画，并常常希望在另外的一个夏天，那绘画的灵感可能又回到了这条河中。

9 月

丛林里的合唱

到了9月，黎明是在几乎没有鸟儿的帮助下开始的。一只歌带鹀可能会唱一支胡编乱凑的歌，一只丘鹬则可能会在它高高地飞往日间栖息的树林的途中，叽叽喳喳地叫上一阵，一只猫头鹰也可能会用最后一声颤抖的呼唤终止了夜间的辩论。而其他的鸟则几乎什么也不说，什么也不唱。

但是，在这雾蒙蒙的秋天的黎明时分，有时——并不是在所有的时候，人们可能听到山齿鹑的合唱。突然间，寂静会被十几个女低音冲破，它们按捺不住对白天到来的赞美。然后在一分钟或两分钟之后，音乐会又会像它开始时一样，突然终止。

在这种难以捉摸的鸟的音乐中，有一种特别的优点。从最高的树梢上唱歌的鸟，很容易被看见，但也同样容易被忘掉，它们具有易于被忘却的庸才。人们记住的是那从不露面的，从深不可测的树荫中倾泻出银弦一样的声音的隐士夜鸫；是那翱翔在高空的从云层后发出号角般声音的鹤；是那不知从什么地方的薄雾中发出嚁嚁声的草原榛鸡；是向黎明的寂静说再见的山齿鹑。甚至还没有一个自然科学家看见过合唱表演，因为这些小小的鸟群总是静静地待在草原上看不见的栖息处，任何想接近它的打算都会自动导致一片宁静。

在6月份，预先就完全可以知道，在亮度达到零点零一烛光时，旅鸫就要发出声音，而其他歌唱者们的喧闹则会按着预告的顺序进行下来。但另一方面，在秋天，旅鸫是完全沉默的，因此，根本不能真正预测群鸟的合唱是否会进行。我在这些寂静的清晨中所感受到的沮丧说明，使人期望的事物要比确定有把握的事物更有价值。为了期望听到山齿鹑的歌唱，是值得起个大早的。

秋天，在我的农场里，总有一窝或两窝山齿鹑，但拂晓时的合唱总要在很远的地方。狗对山齿鹑的兴趣甚至比我本人还高。这些山齿鹑栖息在一棵北美乔松的树枝下，这样，即使在露水很重时，它们也能保持干燥。

我们为这支几乎就在我们的门口台阶上唱出的清晨赞歌而骄傲。而且，不知怎么地，在秋色中，那些松树上的发蓝的针叶，从那时起，就变得更蓝了；甚至那些松树下由悬钩子铺成的红地毯，也变得更红了。

10 月

烟样的金色

有两种狩猎：普通狩猎和松鸡狩猎。有两个地方可打松鸡：一些普通的地方和亚当斯县。在亚当斯县有两个打猎的时间：普通的时间和落叶松变为烟样的金色的时候。这是写给那些不走运的人们的，当战胜了他们的长着羽毛的火箭，一点也未受损地驶入短叶松林的时候，他们只能提着空枪，露出一副目瞪口呆的样子，却从来不会站下来看看那纷纷筛落的金色的松针。

当落叶松从绿色变成黄色的时候，也正是初霜把丘鹬、狐色带鹬和灰蓝灯草鹀携带出北方的时候。旅鸫大军正在从株木林里剥取着最后的白浆果，剩下的空树干就像一层粉红色的、浮在山上的雾。桤树上的叶子刚刚落去，露出了四处都有的冬青。黑莓树丛发着红光，为你指引着通向松鸡栖息之处的踪迹。

　　狗对什么是松鸡栖息之处，要比你知道得更清楚。你要认真地、紧紧地跟着它，从它竖起的耳朵上读出微风正在讲述的故事。当它终于停下来一动也不动，并用向旁边的一瞥表示——"现在，做好准备"的时候，问题就提出来了：准备做什么？是一只翱翔着的丘鹬，还是一只松鸡所发出来的回响，或者仅仅是一只野兔？正是在这个不确定性时刻，凝聚着真正松鸡狩猎的乐趣。知道做好什么样的准备的人，是会找到和打到松鸡的。

　　打猎在情趣上是不尽一致的，而且其原因也很微妙。最惬意的打猎是偷偷摸摸进行的。如果要进行一次暗中的打猎，要么是去一个很远的没有人迹的荒野，要么就是找某个就在大家鼻子底下，但尚未被发现的地方。

　　几乎没有什么猎人知道在亚当斯有松鸡，因为当他们驾车驶过它的时候，他们所看到的只是荒凉的短叶松和矮橡树。因为这条公路与一连串向西流的小河交错着，每条小河都来自一个沼泽，并且通过干燥贫瘠的沙地注入河中。通向北方的公路很自然地要交叉在这些没有沼泽的贫瘠地区中。但是，就在公路的上边，在那干枯的丛林屏障之后，每条小河都延伸到一个宽阔的沼泽区域，这自然是一个松鸡的天堂。

在这里，在10月来到的时候，我坐在我的落叶松林的僻静之处，听着狩猎者的汽车在公路上轰响的声音——他们一门心思奔向北部拥挤不堪的地区。我暗暗地笑着，想象着他们跳动着的示速器、他们紧张的面孔，以及他们紧紧地盯着北方地平线的焦急的眼睛。就在他们疾驶而过的噪音中，一只雄松鸡敲起了挑战的鼓点。当我们注意到它的方向时，我的狗咧开了它的嘴。我们一致认为，那个家伙是需要经受某种锻炼的。我们现在就去拜访它。

落叶松不仅长在沼泽中，而且也长在接界的高地脚下，那里有很多泉水涌出来，所有的泉眼都因为长满了苔藓而被堵塞

了，这样便形成了潮湿多泥的台地。我把这些台地叫作悬挂着的花园，因为在它们潮湿的淤泥外面，挂着流苏的龙胆擎着蓝色的宝石。这样一株10月的龙胆，笼罩着落叶松朦胧的金色，是完全值得停下来，并且好好地看一看的，哪怕狗已经发出了松鸡就在前面的信号。

在每个悬挂着的花园和小河之间，都有一条铺满苔藓的鹿径，很便于猎人的追踪，而突然冒出来的松鸡要在一刹那间掠过它，也很容易。问题在于，是否鸟儿和猎枪都能在怎样安排那个一刹那上取得一致。如果他们不能，下一只经过这里的鹿就只能发现一对可以嗅一嗅的空弹壳，而不是羽毛。

往小河上游走不远，我碰到了一个荒弃的农场。我想从一些穿过田野的小短叶松的树龄上知道，是多久以前，那个不走运的农民才发现，这块沙质的平原的意义在于出产荒僻，而不是出产玉米。短叶松对那些粗心大意的人讲述着难以置信的故事，因为每年它们都长出几轮树枝，而不只是一轮。[16]我在一

棵小榆树上发现了一个较确切的计时表，这棵榆树现在已堵住了牲口棚的门，它显示的年轮是干旱的 1930 年。从那年之后，就再没有人从牛棚里提出牛奶来了。

我很想知道，当这家人的抵押超过了他们的收获，从而得到了驱赶他们出走的信号时，他们在想些什么。很多思想，如飞翔的松鸡，并不留下它们所经历的踪迹，而某些思想则留下了可能比十年还要长的线索。在某个被遗忘的四月里，那位种下这棵紫丁香的人，一定曾经想过在以后所有的四月里鲜花怒放时的喜悦。这块洗衣板已经被磨平了，那位在很多星期一里使用过它的妇女，可能曾经希望过不要再有任何星期一，而且马上就没有。

在我沉思这些问题时，我突然发觉狗已被泉水吸引，下去了，而且一直耐心地站在那里给我以暗示好长时间了。我行动起来，并且为我的漫不经心表示歉意。一只丘鹬叫了起来，像蝙蝠一样，橘红色的胸脯沐浴着十月的阳光。打猎在进行着。

在这样一个日子里是很难把一个人的注意力集中在松鸡上的，因为有很多让人分心的事物。我跨过了一条沙地上的鹿径，并且出于一种莫名其妙的好奇心而跟踪下去。这条小径直接从一个鼠李灌木丛通向了另一个，被咬断了的嫩树枝说明了原因。

这提醒我该吃午饭了。但就在我把午饭从我的猎袋里掏出来吃之前，我看见了一只盘旋的游隼，高高地翱翔在空中，需要鉴定它属于哪一类。我等待着，直到它倾斜着飞起来，并露出了红色的尾巴。

我再次准备吃午饭，可我的眼光又落到了一棵树皮剥落的白杨上。一只公鹿曾在这儿摩擦它那发痒的鹿茸。是多久之前？剥露的木质已成为棕色，因此，我断定，那对鹿角现在一定长成了。

我又伸手去拿我的午饭，可狗发出的兴奋的叫嚷打断了我。一只公鹿蹦了出来，尾巴高高地翘着，鹿角一闪一闪的，它的外套是发亮的蓝色。一点不错，白杨树说出了实情。

这次，我得以把午饭全部取出来，并坐下来吃它了。一只黑头山雀盯着我，对它的午饭越来越有信心。它没说它吃过什么，可能是冰凉的胀得鼓鼓的蚂蚁卵，也许是某种与冷的烤野鸡当量相等的鸟食。

午饭吃完了，我向一排小落叶松表示敬意，它们金色的枝丫直插入空中。在每棵树下，昨天落下的针叶正在织就一幅烟样的金色的地毯；在每棵树顶，已经孕育着明天的萌芽，静静地，等待着另一个春天。

特别早

起得特别早是大雕鸮、星星、大雁和载货火车惯有的怪癖。有些猎人为了大雁而早起，而某些咖啡壶则为了猎人而早起。奇怪的是，在所有那些一定要在早晨的某个时刻起床的大批生物中，只有极少数会发现一个最欢悦和最少实用的时刻去早起。

猎户星座是那些起得特别早的伙伴的最早的朋友，因为正是它为早起发出了信号。当猎户座经过西边天顶，其距离大概是人们能够瞄准到一只水鸭那么远时，就到了起床的时候了。

早起者相互之间都感到很惬意。这大概是因为，和那些睡懒觉的人不一样，它们习惯于克制地陈述自己的收获。猎户座旅行的范围最广，却真是什么也不说；咖啡壶，从最初发出轻轻的汩汩声开始，就不肯声明有什么特别好的东西在里面煮沸着。猫头鹰，在它的三音节的连续不断的评述中，也是藏头纳尾地不肯细讲那夜间谋杀案的故事。岸边的大雁，起床的目的只是为了遵守某个听不见的雁群辩论会的制度，从其无意间透露的口风中，也得不到任何关于它和远方的群山、大海当局谈话内容的暗示。

至于货车，我承认，即使它也有着一种谦逊的美德：只盯着自己喧闹的公务，从不会到任何别人的营地里轰轰隆隆，它还是很难对自己的重要性保持沉默的。在货车的这一独特的意向上，我有着一种强烈的安全感。

在特别早的时候来到沼泽，纯粹是一种听觉上的冒险；耳朵在夜晚的喧嚷中随意游荡着，而且没有来自手或眼睛的阻挡或障碍。当你听到一只绿头鸭在津津有味地、响亮地咂着它的汤汁时，你就可以充分地想象那一副在水浮萍中大吃大喝的情景。当一只赤颈鸭发出尖叫时，你可以想象出一大群来，而不用担心与视觉发生冲突。一群小潜鸭向池塘冲去，当它们用拖着长音的俯冲划破了黑缎般的天空时，你会屏住呼吸去追逐那声音；但是，除了星星外，什么也看不见。这同一种表演如果是在白天，必然会看见，瞄准，射击，也可能打不着，然后就急急忙忙给自己找出一个没打中的托辞来。白天的光线确实不能给你头脑中的视觉添上一副颤动着的双翼的画面，——那副翅膀是那样整齐美妙地把天空划成了两半儿。

当倾听的时刻结束时，鸟儿们也振动着它们打湿的翅膀飞向更宽阔、更安全的水面，每一群鸟都在灰蒙蒙的东方形成一团模模糊糊的黑影。

这个黎明前的盟约和许多另一类抑制性的条约一样，只延续到黑暗得以压制住那种傲气的时候。仿佛白昼每日都有责任把沉寂从世界上撤走似的。不管怎样，反正一到薄雾把低地上空抹成白色时，所有的雄鸟就即兴地吹起牛来，所有的玉米堆也都要装出一副比从前长出来的玉米高两倍的样子。当太阳升起来的时候，所有的松鼠都在夸大着某种想象出来的有辱其"鼠格"的行为；所有的冠蓝鸦都在用一种虚假的感情，宣布着在这个非常的时刻里由它所发现的，有关社会的种种想象出来的危险。远方的乌鸦正在训斥着一只假设出来的猫头鹰，其目的仅在于向世界说明乌鸦是多么有警惕性；而一只松鸡大概正在沉思着它从前的风流韵事，同时用翅膀在空中拍打着，它用粗哑的警告语调告诉世界，它拥有这个沼泽，并拥有其中所

有的母松鸡。

这些庄严而虚幻的设想并非只限于鸟兽之中。到早饭时刻，被唤醒的农庄院子里传来了马达隆隆声，喊叫声和口哨声。……最后，晚间时分，一台被忘记关掉的收音机的嗡嗡声也来了。于是，大家都上床去重温那夜间的功课。

红灯笼

有一种打松鸡的方式，是先有一个确定的进行狩猎的地方的计划，这个计划是根据逻辑和可能性制定的。这种方式将会把你带到那些鸟儿应该待的地方以外。

另一种方式是漫游，即无一定目的，从一个红灯笼走向另一个红灯笼。这种方式则很可能把你带到那些鸟儿的真正所在。那些红灯笼就是悬钩子的叶子，它们在十月的阳光下变成了红色。

在我的许多地方的许多令人兴奋的打猎中，红灯笼都为我照亮了路，而且，我想，悬钩子肯定是第一个知道怎样在威斯康星中部的沙地区域里发出红光的。沿着这些友善的荒地上的一个接一个的小小的泥沼溪流，从初次降霜开始，一直到这个季节的最后一天，在每个阳光和煦的日子里，悬钩子丛林都发着浓艳的红色，而这些荒地是被那些摇晃着自己灯光的人称作贫瘠的。每只丘鹬和每只松鸡，在这些多刺的灌木丛下都有着它私人的日光浴室。但大多数猎人都不知道这一点，他们在无刺的丛林中搞得精疲力竭，然后，一只鸟也没打到就回了家，心安理得地把我们大家抛到了一边。

所谓"我们"，我是指鸟儿、小溪、狗和我自己。这条小溪是一个慢吞吞的家伙，它慢悠悠地淌过那些桤树，就好像它将永远待在这儿，而不是要流到那条河里去似的。我也会如此。它在每一个急转弯的踌躇都意味着那是个更好的河岸，在那儿，山边的悬钩子丛林紧连着在淤泥地上长着冻伤的蕨类和凤仙花的潮湿的河床。没有一只披肩鸡能让它自己长期离开这样一个地方。我也不能。因此，披肩鸡狩猎是一种小河边的溜达——迎着风，从一丛悬钩子到另一丛。

狗在接近这些悬钩子丛时，便向周围张望着，看我是否已在射程之内。肯定了之后，它便诡秘地前进着，湿漉漉的鼻子要从一百个猎迹中筛选出一个来，这个猎迹的暗中存在为这个地上景观赋予了生命和意义。它是空气的勘探者，终生为嗅觉上的"黄金"探索着空气的"地层"。披肩鸡猎迹是使它的世界与我的世界发生关系的金本位。

另外，我的狗认为，我作为一个职业的自然科学家，必须很好地了解披肩鸡，我同意这一点。它坚持来指导我，以一种教授式的平静耐心，和一种从一个有教养的鼻子中勾画演绎出来的艺术指导着。当看到它从那些对它来说是很明显，而在我的肉眼来看要进行推测的论据中，形成了一种观点，并做出了一个结论时，我是很高兴的。它大概希望它的迟钝的小学生有一天也能学学嗅的能力。

和其他的愚笨的小学生一样，我知道什么时候教授是正确的，即使我不知道为什么。我检查我的枪，并紧跟上去。和许多优秀的教授一样，这条狗在我错过了机会时，从不会耻笑我，而我错过机会的情况是经常发生的。它只是看我一眼，然后继续沿河向上走，并窥测着另一只松鸡。

沿着这些河岸中的某一个行走时，人们将跨在两种地面的景观之上：人们从中搜索的山坡，以及在其中探察的底部。特别诱人的是踩在那柔软而干燥的像地毯一样的石松子上，把那些鸟从沼泽中惊飞出来。因此，对一条猎取披肩鸡的狗的第一个考验就是，当你和它并行在干燥的河岸上时，它是否情愿去执行那件潮湿不堪的任务。

一个特殊的问题在桤树林带变宽的地方发生了，狗从视线中消失了。要赶快去找一个土墩或瞭望点，静静地站在那里，尽力用眼睛和耳朵去跟踪狗。白喉带鹀的突然飞散可能会说明它就在附近的什么地方。你也可能会听到它折断了一根树枝，或者在一个有水的地方踩着水行走，或者扑通着跳进了小河。不过，等所有的声音都平息下来时，可就要做出紧急行动的准备了，因为它可能就在猎点上。现在，注意听有没有预先就知道的那只濒临危险的松鸡在惊飞起来之前的咯咯声。然后去追逐这只疾飞的鸟，也可能有两只，或者，据我知道，可多到六只，它们一只接一只地咯咯地叫着惊飞起来，每一只都高高地驶向高地上它自己的目的地。是否有一只会飞经射程之内，这当然是一个机会问题。如果你有时间的话也可计算一下机遇：把三百六十度除以三十度，或许会有不管是一条怎样的切线在你的枪可能射到的范围之内。再用三或四去除，这是一个你有可能丧失的机会！于是，你就有可能在你的猎装里装上真正的羽毛了。

对一只猎取披肩鸡的狗的第二个考验是，它是否能在这样一段插曲之后来请求指示。因此，在它气喘吁吁的时候，你就要坐下来，并且来和它磋商。然后去找另一盏红灯笼，打猎继续进行。

10月的微风给我的狗所带来的，除了披肩鸡以外，还有很多其他的猎迹，每一种都可能引出一段它自己特有的插曲。当我的狗用它的耳朵，以一种富有幽默感的表情有所表示时，我就知道，它发现了一只正在窝里的兔子。有一次，根据它的一个特别严肃的表示去搜寻，却并没有发现鸟儿，但是狗仍然站在那里一动也不动，原来，就在它鼻子下面的一丛莎草中，有一只正在睡觉的、肥壮的浣熊，它正在享受10月的阳光。每次出猎时，至少有一次，狗会对着一只臭鼬吠叫。通常，这只臭鼬都在某个比较稠密的，而不是一般的悬钩子丛里。有一次，狗在溪流中有所表示，河上游传来了翅膀扇动的呼呼声，接着是三声音乐般的啼叫。这些声音告诉我，我的狗打搅了一只林鸳鸯的美餐。它在非常茂密的桤树丛中发现姬鹬的情况也并非稀奇；不过最难得的是，它可能会打搅一只鹿，这只鹿正卧在靠近桤树泥沼旁边的高高的溪边上度过它的白昼。是这只鹿对那弯弯的流水有着一种诗意的癖好，还是特别喜欢一张不弄出响声就不能接近的床？从那条拂来拂去的生气的大白尾巴来看，任何一种原因都有可能，或者两个原因都有。

在猎松鸡季节的最后一天的日落时刻，所有的悬钩子丛都不再发出红光。我真不明白，一种小小的灌木怎么能这样准确地接到威斯康星的法令，不过我也确实不曾在第二天去发现它的原因。在接下来的十一个月里，这些灯笼只在记忆中闪着红光。我有时想，其他月份主要是作为两个 10 月份之间的，一支适当的幕间曲而被持续下来的。我猜想，猎狗，可能还有披肩鸡，都持有和我同样的看法。

11 月

如果我是风

在 11 月的玉米地里奏着乐曲的风是急匆匆的。玉米秆嗡嗡地响着，脱落的外壳突然被带到空中，半玩儿似地打着旋，而风还是急急忙忙的。

在沼泽里，大风在长满草的泥沼上吹起的波浪汹涌起伏，一直吹到远处的柳树上。一棵树竭力抵抗着，光秃秃的树枝摇晃着，但是，什么也不能把风阻挡住。

沙滩上只有风。河水向大海流去。每一束草都在沙地上画着圈子。我走上河滩，向一根木筏的圆木走去。我坐在那里，倾听着这空间的轰鸣，以及浪花拍打在岸边的声音。这条河是没有生命的：没有一只野鸭，没有一只大蓝鹭，也没有一只白尾鹬或者一只水鸥在这里寻求避风的安全港。

在云层外面，我听到一阵轻轻的吠声，就好似远处有条狗在叫。多么奇怪，这个世界怎么会竖起它的耳朵来听那个声音？真有点纳闷儿。很快，这声音就高了起来：是雁叫声，看不见，但渐渐地接近了。

雁队从低空中出现，这是一条由鸟组成的，被撕得参差不齐的旗子。它降下来，升上去，被吹起来，又被吹下去，合起来，又散开去，风正在和每一个扇动的翅膀有力地搏斗着。当雁队在天边成了模糊的黑点时，我听到最后一声雁叫，听起来像是在企求夏天。

现在这块木筏圆木的后面是很暖和的，因为风已随着雁群消逝了。我也会随着雁而消逝——如果我是风。

斧在手中

上帝在赐予，上帝也在索取，不过他不再是唯一的一个这样的人了。当我们的某个远古的祖先发明了铲子，他就成了一个赐予者：他能够种一棵树。当斧子被发明出来的时候，他就成了一个索取者：他能把那棵树砍倒。任何一个拥有土地的人都如此设想这种创造和毁灭植物的神圣功能，不论他明白或者不明白。

其他的祖先——不是太古的，从那时以来也发明了其他的工具。不过，每一种发明，在经过仔细的观察之后，就证明要么是一种对原先就有的基本工具的进一步的精心改造，要么就是原先就有的基本工具的附属物。我们把我们自己分成不同的职业，每种职业都在使用或销售某种工具，或者使某种工具更为锋利，或者提出改造某种工具制造的方法。由于有了这种劳动分工，我们就逃避了我们滥用任何一种为我们所用的工具的责任。而且，还有一种职业——哲学，它知道，所有的人们，按照他们所想的，以及所希望得到的，实际上是在使用所有的工具。它知道，人们也因此按他们所思考和所希望得到的事情而确定这种工具在使用时是否有用。

11 月是一个用斧头的月份，这是有很多道理的。在这个月，天气很暖和，因此在挥舞斧头时不会挨冻，但又很凉爽，从而在你砍倒一棵树时，也不会大汗淋漓。这时，硬木树的叶子已经脱落，因此，人们只要能看见树枝交错的情况，就能了解夏天时树木生长得怎样。如果看不清树顶，人们就不能断定，为了保护这块土地，需要把哪一棵树砍掉，如果有这个需要的话。

我读过许多关于论述保护主义者的定义的文章，而且我自己写过的也不少。但是，我想，最好的定义不是由笔来写，而是由一把斧子来写，它涉及一个人在他砍树，或者在决定要砍什么的时候，想的是什么。一个保护主义者是一个这样的人，即在他每次挥动斧子时，他非常谦卑地知道，他正在他的土地的面孔上写下自己的名字。不论是用笔还是用斧子，签名当然都有所不同，但这不同确实应当是存在的。

回溯往事，我发现，要分析一下我自己做出的砍伐决定之后所隐藏的原因，是有点尴尬的。首先，我发觉，并非所有的树生来就是自由和平等的。在一棵乔松和一棵黑桦树挤在一起时，我就有着一种先入为主的偏见，我总是砍掉桦树，而取悦于松树。为什么？

唔，首先，这棵松树是我亲手用铲子种下的，而那棵桦树却是从篱笆下钻出来自然生长的。因此，我的偏见带着某种父亲般的感情。然而，这并不是整个故事，因为如果松树像桦树一样是天然育苗的，我会更加重视它。因此，我必须要找出隐藏在我的偏见之下的那个原因，如果有的话。

在我们这一带，桦树是很多的，而且变得越来越多。难道是我怕我的签名会失去光彩？我的邻居们都不种松树，但是都有桦树，所以我是因为虚荣心作怪而想有一个不同于众的树林？松树在整个冬天都保持着绿色，而桦树在10月份就敲起了下班钟。因此我偏向这棵松树，是因为它和我一样不怕冬天的寒风？松树能给一只松鸡提供住所，而桦树则提供食物，难道是我认为一张床要比饭食更重要？松树最后绝对地能卖十美元，而桦树只能卖两美元，所以我仅仅是把我的眼睛盯着银行？所有这些解释我的偏见的理由似乎都具有某种分量，但没有一条是很充分的。

因此，我想再去找找原因，大概这儿多少有一些。在这棵松树下面，将会长出一株五月花、一株水晶兰、一株鹿蹄草，或者一株北极花，而在这棵桦树下，一株龙胆汁大概就是最有希望得到的了。在这棵松树上，一只黑啄木鸟将会凿出一个窝来，而在这棵桦树上，能凿出一撮毛就足够了。在这棵松树上，风在四月里会向我唱歌，而在这个时候，这棵桦树却只能摆动着它那光秃秃的细枝条。这些可能说明我的偏心的理由是重要的，但是为什么呢？是因为这些松树比桦树更能激发我的想象和希望？如果是如此，那么，这差别究竟在树，还是在我？

我曾能做出的唯一的结论是：我喜欢所有的树，但爱恋着松树。

正如我曾说过的，11 月是用斧之月，因此就和其他的恋爱事件一样，在运用偏向上存在着技巧。如果桦树长在松树的南面，而且又比较高，那么，在春天它就会遮住松树的顶枝，这样就能防止象鼻虫把卵产在松树顶上。与这种象鼻虫相比，桦树在竞争上的影响是很小的，象鼻虫的后代能摧毁松树的顶枝，从而使这棵树变形。想到这一点是很有趣的，即这种虫子喜欢蹲在太阳底下的癖好不仅决定着自身品种的延续，而且还决定着我的松树的未来面貌，同时还有我本人作为一个斧子和铲子使用者的成功程度。

另外，如果在我移走了这棵桦树的树荫之后，接着而来的是一个干旱的夏天，炽热的土壤就会抵消桦树对水分的那种较小的竞争。我的松树并不会因为我的偏向而更好点。

最后，如果在一个刮风的天气里，这棵桦树的大树枝摩擦着这棵松树顶端的嫩枝，这棵松树则肯定会变形。这样，这棵桦树要么必须不加任何考虑地被移走，要么就必须在每个冬天得到修剪，以便使其高度大于这棵松树在夏天可望生长的高度。

诸如此类的情况，一般来说，被证明是一把斧子的使用者必然要镇静自若地预测、比较和决定他们的偏向上的那些比良好的意愿还更具有某种涵义的正面和反面的依据。

一把斧子的使用者所具有的偏向，和他的农场里所有的树的品种一样多。在一年当中，根据他对它们的美感或用途的反应，以及他为它们服务或为除去它们而进行的劳动的反应，他在每个品种中都注入了一系列构成一种特点的属性。我惊奇地发现，不同的人们向同一种树中注入的特点是如何的多种多样。

因此，对我来说，杨树的名声就很好，因为它在10月里还长得很茂盛，并且在冬天为我的松鸡提供着食品。可对我的某些邻居来说，它仅仅是一种"杂草"，这大概是因为在他们的祖父打算清除有残木的空地时，它在上面长得太茂盛的缘故吧。（我不能嘲笑这一点，因为我自己就不喜欢威胁着我的松树发芽生条的榆树。）

另外，落叶松也是我特别喜欢的，其程度仅次于乔松。这可能是因为在我们这个区域里，它是一种几乎要灭绝了的品种（倒霉的偏向！），或者是因为它给 10 月的松鸡涂上了金色（猎手们的偏向），或者是因为它使土壤变成酸性，因此能使土壤长出我们的兰花中最美丽的一种：拖鞋兰。然而，林业工作者们已把落叶松逐出了教籍，这是因为它长得太慢，因此赚不到合适的利润。为了解决不同的意见，他们还提到这种树要周期性地死于叶蜂流行病。不过，这对我的落叶松来说将是五十年以后的事了，所以我将让我的孙子去担忧它。同时，我的落叶松长得那样苗壮，以致我都要随它魂飘天外了。

在我看来，在树中最了不起的要数古老的三角叶杨了，因为在它年轻时，曾为北美野牛提供阴凉，并给候鸽戴过光环。不过我也喜欢年轻的三角叶杨，因为它可能在某一天成为古老的。但是这位农场主的太太（这位农场主因此也同样）鄙视三角叶杨，因为在 6 月份，母树用杨花堵塞了纱窗。现代的教义是不惜代价的舒适。

我发现，我的癖好比起我的邻居们来，是比较多的，因为我对许多品种都有着个人的爱好。这些品种属于不受人重视之列：灌木丛。我喜欢紫果卫矛，部分原因是因为鹿、兔子以及田鼠，是那样贪婪地吃着它的宽阔的枝条和绿色的嫩芽；另一部分原因是，它那鲜红的浆果在 11 月的白雪的映照下，散发着使人感到温暖的光。我喜欢栋木，因为它给 10 月的东蓝鸲提供食粮。我喜欢花椒，因为我的山鹑每天在它的刺丛中进行着日光浴。我喜欢榛树，因为它的 10 月的紫色使我饱尝眼福，而且还因为它的 11 月的花穗喂养着我的鹿和松鸡。我喜欢美洲南蛇藤，因为我父亲喜欢它，同时也因为，每年 7 月 1 日，鹿便突然开始吃它的新叶，我一直记着把这个事件预先告诉我的客人们。我不能不喜欢一种使我——一个纯粹不过的教授——每年都在开花时成为一个成功的预言家和先知的植物。

显然，我们的植物爱好部分地具有传统性质。如果你祖父喜欢山核桃，你就会喜欢山核桃树，因为你父亲告诉你去喜欢它。另一方面，如果你祖父曾经烧过一根带着毒漆藤的木头，并且毫不介意地站在浓烟里，你就会不喜欢这种植物，而不管它在每年秋天用怎样美丽的绯红色使你的眼睛感到温暖。

还有一点也很明显，即我们的植物爱好不仅反映了职业，而且还反映了业余的爱好，具有一种像是在勤奋和懒惰之间分配谁应在先的微妙性。喜欢打松鸡甚于乳牛的农场主，就不会不喜欢山楂树，而不管它会不会侵入他的牧场。猎浣熊的人不会不喜欢椴树，我也知道猎山齿鹑的人，会不加反对地容忍豚草，尽管他每年都要和花粉病进行一次较量。我们的偏向确实是我们的感情，我们的趣味，我们的忠诚，我们的慷慨，以及我们的未充分利用的周末习惯的一种最敏感的标志。

不论是否可能是那样，在 11 月份，我都甘愿用我手中的斧子去消磨我的周末。

巨大的堡垒

每个农场的林地，还有其生产的木材、燃料以及木椽，是应能为它的主人提供一种内容非常丰富的教育的。这种智慧的产物永远不会终止，但却不是总能获得的。这里，我记录了我在自己的树林里曾经学到的很多东西。

十年前，我买下了这片树林，其后不久，我便发觉，我买来的树病几乎和我买得的树一样多。我的林地被这片树林所继承下来的各种毛病搞得千疮百孔。我开始希望有个诺亚，因为当他往方舟里装东西时，曾经把树的疾病扔到了一旁。但是，很快就变得非常清楚：上述的这些疾病已经把我的林地筑成了一个巨大的堡垒，在全县都是无可匹敌的。

我的树林是一个浣熊家族的大本营，我的邻居们却几乎连一只也没有。在11月的一个星期天，在一场初雪之后，我知道了原因。一个猎浣熊的人和他的狗的新脚印通向一棵根被半拔起来的枫树——我的一只浣熊曾在这棵枫树下避过难。树根和泥土缠结在一起，冻得和岩石一样硬，既砍不开，也挖不动，根上的洞多得难以用烟把它熏出来。猎人没捉到浣熊就离开了，因为一种真菌疾病把这棵枫树的根挖得满是洞。这棵被一场风暴打得半倒的树，正好给浣熊提供了一个坚不可摧的城堡。没有这个防空洞，我的浣熊每年都会被猎人发现。

我的树林里还住着一打松鸡，不过，在积雪很深的时期，我的松鸡就迁往我邻居的树林，那儿有更好的住所。然而，我还是总能挽留住我的松鸡，数量和被夏天的暴雨所击倒的橡树一样多。这些在夏天被吹倒的树保留了它们的枯叶，在下雪期间，每棵这样被吹倒在地上的树都藏着一只松鸡。这些林间倒落下来的东西，在整个暴风雪的日子里，为每只松鸡提供了一个吃住、歇息、闲散的场所，在这个狭窄的、用叶子制成的伪装下，它不怕风，也不怕猫头鹰、狐狸和猎人。恢复了健康的橡树的叶子不仅能遮阴，而且，由于某种奇怪的原因，是一种松鸡特别感兴趣的食品。

这些橡树的掉落物当然是有害于树木的，但是，没有疾病，就几乎没有橡树会折断，因而也就几乎没有松鸡会落到上面去藏身。

有病的橡树还提供着另一种显然是美味的松鸡食品——橡树虫瘿。瘿，是一种在新发的枝条鲜嫩多汁时，被五信子虫叮蜇后的疾病产物。在十月份，我的松鸡经常狼吞虎咽地吃着橡树虫瘿。

每年野蜂都要在我的一棵有洞的橡树上筑满蜂房，而且每年那些未经许可就非法入境的采蜜人总是在我之前就收走了蜜。其部分原因是在"一排排"有蜂的树中，他们要比我更灵巧，而另一部分原因是他们戴着网罩，因此，能够在秋天，当这些蜂开始蜇伏之前就行动起来。如果内部没有霉烂，就将

不会有带洞的橡树来为野蜂提供橡树蜂房。

　　在周期性的兔子繁殖高潮的年份，在我的树林里，总有兔害发生。它们吃掉了几乎所有的我努力让其增多的树木和灌木的树皮及枝条，却不去光顾那些我想让其减少的树种。（当打兔子的人给他自己种植了一片松林或果园时，野兔就无论如何不再是一种猎物，而是一种祸害了。）

　　兔子，尽管有着什么都吃的好胃口，却也是一个在某些方

面很讲究饮食的享乐主义者。它总是喜欢一株手植的松树、枫树、苹果树或者梓木，而不是野生的。它还坚持，凉拌生菜要在它屈尊去吃它们之前就准备好。梾木在受到蟛壳虫的袭击之前，是得不到它的青睐的，但在这之后，梾木树皮便变成了一种美味，从而被这一带的所有的兔子急切地吞噬掉。

有一打黑头山雀整年地待在我的树林里。冬天，当我们砍掉有病的或死掉的树做柴火时，斧子的声音就是黑头山雀部落的吃饭铃。它们逗留在附近，等待着这棵树倒下来，并对我们慢腾腾的劳动发表着辛辣的评论。当这棵树终于倒下来，劈裂的部分开始露出里面的东西时，这些黑头山雀便抽出它们的餐巾，落到上面。对它们来说，每片死树皮都是一个藏有卵、幼虫和蛹的宝库。在它们看来，每个被蚂蚁凿出来的树木中心都鼓鼓地装满了牛奶和蜜糖。我们常常靠在附近的一棵树上，只是要看看这些贪吃的小鸟把蚂蚁卵一扫而光。这使我们的劳动

得到一种感受：它们也和我们一样，从新劈开的橡树发出的浓郁的芳香中得到了帮助和舒适。

如果没有疾病和害虫，在这些树中可能就没有吃的，这样，在冬天，就没有黑头山雀来为我们的树林增添欢乐。

许多其他种类的野生动物也靠树的疾病生活。我的黑啄木鸟在活的松树上凿着孔，从它得病的树心中抽出肥大的蛴螬；我的横斑林鸮在一棵老椴木树的洞里可以不受乌鸦和冠燕鸦的干扰，要不是这棵病树，它们在日落后的小夜曲也会停止演奏。我的林鸳鸯在有洞的树上做窝，每年6月，都给我林中的沼泽带来一窝毛茸茸的小林鸳鸯。所有的松鼠，就其住所而言，是依靠一个烂掉的树洞与这棵树企图使其伤口得以愈合的伤痕组织之间的斗争的均势而生活的。每当伤痕组织开始过分地缩小松鼠前门的尺寸时，松鼠就用啃去伤痕组织的方式来充当这场竞争的仲裁。

在我的疾病横行的林地里，真正受到珍视的是蓝翅黄森莺，它在一棵悬在小小的死树残干上的旧啄木鸟洞里或者其他的小洞里做窝。在6月的树林里的阴湿的腐物中，它的金色和蓝色的羽毛所发出的亮光，其本身就是一棵死树转变为活生生的动物的证据，反过来也如此。当你对智慧的这种安排有怀疑时，就去看看蓝翅黄森莺。

12 月

家园

居住在我农场上的野生动物不大情愿地——却是非常确切地——告诉我，在我的这个区域内，有多大范围包括在它们日夜不停的巡行路线中。我对这一点感到好奇，因为它在它们的和我的空间规模之间，提供了一个比例，所以也就很容易地提出这样一个更重要的问题：谁更彻底地了解这个它们生活于其中的世界？

和人们一样，我的动物们常常用它们的行动泄露了它们拒

绝用语言泄露的机密。很难预言何时，或如何会使这些泄露出来的秘密公开化。

狗，因为没有拿斧子的手，所以在我们其他人砍树时，它自由自在地搜索着。一阵突来的汪汪声引起了我们的注意，一只野兔从它草中的床上蹦了起来，急急忙忙地不择方向地跑着。它笔直地奔向一个 1/4 英里远的木堆，钻进两捆木头之间，这是一个超过追踪者的射程的安全的所在。狗在一棵坚固的橡树上留下了几个象征性的牙印之后，就不再追它，而重新去搜寻某只不大精明的棉尾兔，我们也重新砍起树来。

这段小小的插曲告诉我，这只野兔对所有在它的草地上的窝和木堆之下的防空洞之间的地面，都是很熟悉的，而且还知道怎么能笔直地跑到目的地。这只野兔的家园至少有1/4英里方圆。

光顾过我们的放食点的黑头山雀，每年都要被逮住，并被戴上环志。我们的某些邻居也给黑头山雀喂食，但没人给它们戴环志。我们注意了距离我的喂食器最远的，可以看见黑头山雀的地方，从而得知，我们的鸟群在冬天的家园有半英里之遥，而且只是在可防风的区域以内。

夏天，当这群鸟散开去求偶的时候，戴着环志的鸟在很远的地方都能被看到，并且常常和没有环志的鸟搅在一起。在这个季节，黑头山雀不在乎风，经常能发现它们待在空旷而有风的地方。

三只鹿的脚印非常清晰地印在昨天下的雪上，它们穿过了我们的树林。我逆着这些脚印的方向向后走去，发现了在一起的三个窝，在雪的映照下显得很清楚，它们在沙滩上的一个很大的柳树丛里。

我又顺着这些脚印往前走，它们一直通向我的邻居的玉米地，在那里，鹿从雪中刨出残留下的玉米，还把一个柴火堆弄得乱糟糟的。脚印从这里折回沙滩，不过是另一条路线。在回沙滩的途中，这些鹿刨过某些草丛，用鼻子在其中寻找嫩的绿芽，它们还到一个泉边饮过水。我的夜间行军图完成了：从鹿窝到早饭地点的全部距离是一英里。

我们的树林总是藏有松鸡，但在去年冬天的某一天，在一场又深又轻柔的雪之后，我却未能发现一只松鸡，也未能发现任何它的足迹。我已经大致上断言，我的鸟搬走了。就在这时候，我的狗停到了一个猎点上，这个猎点在一棵去年夏天被风吹倒的布满叶子的橡树梢上。三只松鸡惊飞出来，一只接着一只。

无论在那棵倒下的树梢下，或者周围附近的地方，都没有任何踪迹。很明显，这些鸟曾经是飞进去的，但是来自何方？松鸡必须吃食，特别是在冰点的天气里，于是，我检查着那些掉在地下的东西，以便发现一条线索。我发现了鳞苞，还有结了冻的龙葵的粗糙的果皮。

我曾经注意到，夏天，在一片幼小的枫树丛里，那里长着很多龙葵。我到了那儿，经过一番搜索，在一根圆木上发现了松鸡的足迹。这些鸟不曾在柔软的雪上跋涉，却曾走过这些圆木，并在它们到达的地区里啄食着散布在这儿或那儿的突出来的浆果。从这里到那棵倒下的橡树的东面，共有1/4英里。

那天晚上，在日落时，我看见一只松鸡在西面1/4英里的杨树丛中露了出来。但在那儿也没有它们的足迹，故事就在这里结束了。这些鸟，在雪层很柔软的日子里，是用翅膀掠过它们的家园的，而不是用脚走，这个家园是在半英里的范围之内。

科学对这种家园的了解极少，几乎不知道在各种不同的季节里它有多大，在它的疆界内必须包括怎样的食物和住所，它在什么时候和怎样抵制侵犯者，它的拥有权是属于个人的，家庭的，还是群体的。在那里有着动物经济学，或者说是生态学的基本原则。每个农场都是一本动物生态学的教科书，熟知森林的人的知识是这本书的说明。

雪上的松树

创作的条例本来是专为上帝和诗人们而设的，而卑贱的老百姓则可能设法越过这种限制，如果他们知道怎样越过的话，例如，要种一棵松树，人们既不需要上帝也不需要诗人，人们需要的仅仅是有一把铲子，由于在这些规则中存在着这种古怪的漏洞的好处，所以任何一个乡下人都可以说：让那儿有一棵树。于是那儿就会有一棵树。

如果他的脊梁是结实有力的，他的铲子也很锋利，在那儿可能就会有一万棵树。而且，在第七个年头，他就可能靠在他的铲子上，望着他的树，并发现它们长得很好。

上帝在第七天就早早地肯定了他的手工劳作，可我却注意到，自那时以来，他从未对其作品的真正价值表示过任何态度。我猜，要么是他肯定得过早，要么就是立在那儿的树木要比无花果的叶子和穹隆更受看。[17]

为什么铲子被认为是一件枯燥无味的工作的象征？大概是因为大部分铲子都是钝的，做苦工的人肯定都有一把秃钝的铲子，但我不能肯定在这两个因素中，哪一个是原因，哪一个是结果。我只知道，一把好的锉子在强有力的手中，会让我的铲子在切削那肥沃的土壤时唱起歌来。听说在锋利的刨刀中，锋利的凿子中，锋利的解剖刀中，都有音乐，可我听到的最美的音乐来自我的铲子。在我种一棵松树时，这把铲子在我的手腕中唱着歌。我猜，那位竭力要奏响一种清晰的近似竖琴旋律的先生，挑选了一件太难懂的乐器。

种树的季节只有在春天是很好的。因为，在一切事物中，温和适中是最好的，哪怕是一把铲子。在其他月份，你可以观察一棵松树变化的过程。

松树的新年从 5 月份开始，这时，最晚的那枝嫩芽也变成了"蜡烛"。不管是谁为这个新生儿起了这个名字，这个人在精神上是具有敏锐的感受力的。"蜡烛"，听起来好像是一个对明摆着的事实的一般解释：新芽有蜡样的光泽，长得直挺挺的，很脆弱。然而，和松树生活在一起的人知道，这支蜡烛具有更深刻的含义，因为在它顶部所燃的永不熄灭的火焰，照着一条通往未来的小道。一个 5 月接着一个 5 月，我的松树跟着蜡烛向空中伸展，每一棵都笔直地被带入天穹，而且每一棵都意味着，在临终的号角吹响之前，只要有足够的年月，它们就能到达那儿。那棵终于忘记了在它的很多蜡烛中哪一个是最重要的松树，正是一棵非常老的树，因此，它正在天空的映衬下磨平着它的树冠。你也可能忘掉什么，但你不会忘掉你一生中亲手种植的任何一棵松树。

如果你喜欢节俭，你将会发现，松树是一个气味相投的伙伴，因为它不像那些勉强糊口的硬木，它从不现挣现花，它只靠它前一年的存款生活。事实上，每棵松树都有一个可通用的银行存折，在这个存折里，它的现金收支账是在每年6月30日结算的。如果在这个时候，它已有的蜡烛又生出了最后的十个或十二个一簇的嫩芽，这就意味着，它已经为来年的春天向空中伸入二英尺，甚至三英尺的高度，而储存了足够的雨水和阳光。如果那儿只有四个或六个嫩芽，它向空中伸出的高度就要小一些，然而，它将仍然会表现出那种具有偿付本领的独立不羁的样子来。

当然，艰苦年月也会像对人一样地降临到松树头上，这些年月是作为较低的推进度而被记录下来的，这种较低的推进度也就是相互接替的树枝的涡轮之间的较短的空隙。这些空隙便成了一种自传，是那个与树并行的人能够随意阅读的自传。为了正确地确定一个艰苦的年代，就总是必须从那个生长得较慢的年份减去一年。因此，1937年所有的松树长得都较矮，它记录了1936年普遍的旱灾。而另一方面，1941年所有的松树长得都较高，可能它们早已看见了即将来临的事件的阴影，从而特别努力地向世界说明，松树仍然知道它们要走向哪里，尽管人们不知道。

当某一棵松树展示了生长较慢的一年，而它的邻居并非如此，你就能有把握地从中推断出某种纯粹是当地的或个人的不幸：一场火灾留下的创痕，一只田鼠啃噬的结果，一场风灾，或者是在那个被我们称作土壤的黑暗实验室中发生的某种当地的障碍。

在松树中有很多悄悄话和邻居之间的闲聊。在留意到这种闲聊之后，我就知道了当我不在这里的这个星期里发生过什么事情。3月份，是鹿常常吃乔松的时候，它们啃咬的高度就告诉了我它们饥饿的程度。一只填饱了玉米的鹿，是懒得去咬高过地面四英尺以上的树枝的；而一只真正饿得发慌的鹿，就会用它的后腿站着，去咬八英尺高的树枝。这样，我了解了鹿的烹调规则，却无需看见它们。同时，我还知道我的邻居是否已往家里运他的玉米垛了，即使我没去过他家。

5月份，当这些新蜡烛嫩绿和脆弱得像一根芦笋苗时，落在它上面的一只鸟就常常会毁了它。每年春天我都会发现几棵这样被砍了头的树，每一棵旁边都有一支躺在草上的凋残了的蜡烛。臆想发生过什么是很容易的，但是在十年的观察当中，我却一次也没见过一只鸟折断过蜡烛。这是一个客观的教训：人们无需怀疑未曾见过的事物。

每年6月，总有几棵乔松会突然出现蜡烛枯萎的情况，随后，这些蜡烛就很快变成棕色，并且死去。一只松树象鼻虫生在末端的一簇嫩芽中，而且在其中存下了卵；蛴螬孵化出来后，就沿着木髓蛀入下去，从而使这个枝条死亡。这样一棵没有顶枝的松树注定是要遭厄运的，因为幸存下来的树枝在它们向空中发展的路线上，意见是不一致的。它们在一起争执不休，结果，这棵树就成了灌木形状。

有一种古怪的现象，即只有那些得到充分阳光的松树才会被象鼻虫啃噬，而那些得不到阳光的松树是得不到它们的光顾的。逆境的神秘用途就在于此。

10 月份，我的松树用它们被摩擦掉的树皮告诉我，这时，公鹿开始"自命不凡"了。一棵大约八英尺高的短叶松，孤零零地站在那里，似乎特别促使一只公鹿产生了这个世界需要刺激的想法。这样一棵树也肯定会被迫忍受下来，而且在耐磨性上显得要糟得多。在这样一场格斗中，仅有的公正因素是，这棵树被惩罚得越厉害，这只公鹿的不很亮的鹿角带走的树脂就会越多。

树林的这种简短的聊天，有时是很难解释的。有一次，在冬天，我在一棵有松鸡栖息的树下的粪便中，发现了某种半消化物的组织，我无法辨认它们是什么。它们类似缩小了的玉米棒，大约有半英寸长。我检查了所有我能想到的当地松鸡的食物，但仍未发现任何一种关于这种"玉米棒"来源的线索。最后，我切开了一棵短叶松顶端的嫩芽，在它的核心，我发现了答案。松鸡吃了嫩芽，消化了树脂，在它的嗉囊里磨掉了它的皮，留下了那个小圆块（"玉米棒"），这个小圆块实际上就是未来的蜡烛。人们可以说，这只松鸡一直在短叶松的"前途"上投机。

威斯康星当地的三个松树品种（北美乔松、多脂松和短叶松）在它们的结婚年龄上，意见是不一致的。早熟的短叶松在刚脱离襁褓一年，或两年，就开始开花，并结出松果。我的几棵十三岁的短叶松已经在夸耀着孙子了，我的十三岁的多脂松今年才第一次开花，而我的乔松到如今还不曾结蕾，它们严格地遵循着盎格鲁-撒克逊的自由、纯洁和二十一岁方算成人的教义。

如果在社会观上没有这样广泛的多样性，我的红色松鼠们在其"福利法案"上的权利就会被大大地剥夺了。每年，在仲夏时，它们就开始剥开短叶松的松果，取出松子。没有一个劳动节的野餐曾撒下比它们还多的果壳和果皮：在每棵树下，它们每年一度的宴会上的残羹剩饭都是一堆一堆的。那儿总还有松果剩下来，这是由从一枝黄花中突然冒出来的下一代所证实的。

几乎没人知道松树也开花，而且就是那些知道这一点的人的大部分，也是太缺乏想象力，因此在这样一个鲜花怒放的节日里，看不到比一个日常的生物功能更多的任何东西。所有醒悟过来的人应该到一个松林里去度过五月份的第二个星期，就如同要戴眼镜，就应该带上备用的手绢一样。松树花粉之丰富，会使任何一个粗心大意的人对这个繁盛的季节表示信服，甚至在戴菊鸟不再唱歌的时候也是如此。

乔松的幼树在它们的父母不在时长得特别好。我熟知整个林地，在它里面，年轻的一代，即使被安置在一个有阳光的地方，也会由于它们的长者而变得又矮又瘦。在这个树林里，这种居住状况是再也不会被允许存在了。我希望我能知道，之所以这样不同是因为年幼者的宽容，还是因为年长者或土壤。

松树，和人一样，对伙伴是很挑剔的，而且还不善于抑制其好恶。因此，在乔松和覆盆子之间，在多脂松和花大戟之间，在短叶松和杨梅之间，都有一种密切的关系。当我把一棵乔松种在覆盆子的地里时，我可以很有把握地预言，在一年之内，它就会发出一束硕壮的嫩芽，它的新发的针叶也将会向它那健康和意气相投的伙伴展示出那种茂盛的青光。它将比那些和它在同一天种植、得到同一种照料、在同种土壤中，但没有青草做伴的同伙们长得快、长得壮。

在10月份，我喜欢在这些笔直而坚定地从那覆盆子叶子的红色地毯上出现的青色羽状物中走过。我不知道它们是否意识到它们的健康状态，我只知道，我是意识到了。

由于具有和政府用于获得那种持久的外表一样的手段，松树赢得了"常青"的声誉——它也有像办公室里所发生的那种交叠的任期。由于它们有每年新添的针叶，并丢弃旧的针叶，它们就使漫不经心的旁观者相信，针叶永远是绿的。

每种松树都有它自己的组织结构，这种结构为了针叶享用它自己的生活方式而提出了一个"办公室任期"。因此，乔松保存它的针叶期限为一年半，多脂松和短叶松为两年半。新添的叶子在6月份进办公室，即将离职的叶子在10月份写告别演说词。所有离职的叶子写的是同一内容，都用黄褐色的墨水，这种墨水到了10月就变成了棕色。然后针叶凋零，并被填进地面上的落叶层中，为那些还在生长的植物增添才智。正是这种积累起来的才智，才使得任何一个走在松树下的人的脚步肃穆起来。

就在隆冬季节，有时我也会从我的松树那里搜集到比林地政治，以及风和天气的消息更为重要的东西。这种情况尤其可能发生在朦胧的傍晚。这时雪掩埋了所有不相干的情节，自然力的惆怅的静谧深沉地笼罩在每个活着的东西之上。然而，我的松树，每一棵都带着雪，笔挺地站立着，一排又一排。在这黄昏时分，从远处看去，我总觉得，那里站立着千百棵树。在这样一种时刻，我感到一种少有的勇气。

65290

给鸟戴环志，是为了持有一张抽奖大赛的票子。我们大部分人都靠我们自己的侥幸而取得了票子，而不是从保险公司那里买到它们。这个保险公司知道得太多，因此不能出售给我们一个真正中奖的机会。抽得一张正好是那只陷入罗网的戴上环志的麻雀，或那只可能有一天将重落罗网的戴环志的黑头山雀的彩券，从而证明那只鸟还在活着，在客观上就是一种锻炼。

初学者在给新来的鸟戴上环志时感到兴奋；因为，为了总成绩，他在打破着他先前的记录；他是在玩着一个与自己进行竞争的游戏。而对那些老手来说，给新鸟戴环志已经不过是件令人愉快的例行公事，真正的激动在于重新逮住某只在很久以前就戴上环志的鸟——某只鸟，你对它的年龄、冒险，以及从前的胃口状态知道得可能比它自己还要清楚。

因而，在我们家，黑头山雀65290是否还活着过了另一个冬天的问题，在五年当中，一直是一个头等重要的涉及我们的户外活动的议题。

十年来，每个冬天我们都要逮住我们农场里的某些黑头山雀，并给它们戴上环志。在初冬时，捕捉和所得到的大部分是不戴环志的鸟，它们可能大部分都是本年出生的幼鸟，从而，它们一旦被戴上环志，此后就可以被"注明日期"。冬天渐渐逝去，未戴环志的鸟也随着停止在捕捉器里出现了。这时，我们就知道，当地的鸟群在很大程度上都是由有标志的鸟组成的。我们可以根据环志的数字来说明现有的鸟有多少，而这些现有的鸟中有多少是在前一年被戴上环志的幸存者。

65290 是组成"1937 级"的七只黑头山雀中的一只。当它第一次进入我们的捕鸟器时，它并没有表现出有什么特别才智的迹象。和它的同班同学一样，为了一块板油，它显示出的勇猛精神要超过它的判断能力；和它的同班同学一样，当它从捕鸟器中被拿出来时，它啄了我的手指。当它被戴上环志，并被放走的时候，它高高地飞翔着，落到一个大树权上，有点烦恼地啄着它新戴上的铝脚镯，抖搂着它乱蓬蓬的羽毛，并轻轻地诅咒着，然后就急急忙忙地飞去追赶同伙。它是否从其经验中得出了任何哲学上的推理演绎（如"闪光的小玩意并不全是蚂蚁蛋"），可真值得怀疑，因为在同一个冬天里，它又被逮住了三次。

到第二个冬天，我们的再一次的俘房证明，同班的七个同学已经减为三名；到第三个冬天则减少为两名；到了第五个冬

天，65290 则成了它这一代的唯一幸存者。它仍然不带任何有天赋的标志，可它的卓越的生活能力现在已成为历史的证据。在第六个冬天，65290 没有再出现，现在，根据它在其后四年中未曾在罗网中露面的事实，已经能够断定，它已在"战斗中失踪"了。

另外，在十年当中，在所有被戴上环志的鸟里，只有65290 竟然设法活过了五个冬天，有三只活了四年，七只活了三年，十九只活了两年，其他六十七只在第一个冬天过去后就不再出现了。因此，如果我要出售小鸟的保险，我就能标出最低的保险金。不过，这将会出现一个问题，我将给那位寡妇付什么样的货币，我想应该是蚂蚁卵吧。

我对鸟的了解太少了，所以，对于为什么 65290 能够逃脱它的伙伴们的厄运这个问题，我就只能进行一些猜测。是因为它在哄骗它的敌人时显得更聪明？是什么样的敌人？一只黑头山雀太小了，所以几乎没有什么敌人。那个想入非非的被称作"进化"的家伙，曾经要恐龙变得更大，结果一直大到恐龙让自己的足趾绊倒时才为止；它也曾试图让黑头山雀缩小，直到它变得没有小到会被捕虫的鸟当成甲虫去捉到，而又刚好小到游隼和猫头鹰不能把它当成肉食去捕捉时为止。因此"进化"高度地评价着它的手工劳动，并且高声地笑着。可是，大家对那过于渺小的自由热情的组合是采取嘲弄态度的。

美洲隼、鸣角鸮、呆头伯劳，尤其是在同类中比较小的棕榈鬼鸮，可能会发现弄死一只黑头山雀是值得的。不过我只有一次发现了实际的凶手证据：在一团鸣角鸮吐出来的未消化的东西中，有我的一个环志。大概这些小土匪们对弱者还有点同情吧。

似乎有这种可能，即天气在杀死一只黑头山雀时，才是唯一缺乏真正的幽默和气度的刽子手。我猜想，在黑头山雀的主日学校里，教导着两条训诫：在冬天，你不要冒险到有风的地方去；在暴风雪前，你不要让自己淋湿。

在一个冬天的细雨濛濛的黄昏，当我注视着一群鸟飞向我的树林里的栖息地时，我得知了这第二个训诫。细雨来自南方，但我能够断定，在清晨前，它将转向西北方，而且特别冷。这些鸟到一棵死了的橡树上睡觉，这棵橡树的皮已经剥落，并且卷成圈状、环状，以及有着各种各样尺寸、角度和方位的洞。那只选择了背着南来的小雨的干燥的住地，但却容易受到北方雨的袭击的鸟，到早晨时肯定会冻僵。而那只选择了四面八方都是干燥的鸟，则会安安稳稳地醒来。我想，这是一种在鸟类中意味着得以幸存的才智，也是对65290及其同类来说非常重要的才智。

黑头山雀害怕有风的地方，这一点很容易从它的行为中推断出来。在冬天，只有在温和的天气里，它才会冒险飞离树林，而且其距离与微风成反比地变化着。我知道有几处有风的林地，在那里，整个冬天都不见黑头山雀，但在其他季节里却被完全占用着。这些地方有风，是因为乳牛吃光了下层的树丛。对那个靠暖气取暖的银行家来说，农民在他那里有抵押，这个农民需要更多的乳牛，而乳牛又需要更多的牧场，因此大概除了弗拉蒂龙[18]的角落以外，风并不是一件怎么讨厌的事，但对黑头山雀来说，冬天的风就是不能进入的世界的边界。如果黑头山雀有一个办公室，它的办公桌后面的座右铭将会是："保持平静"。

它在捕鸟器里的行为也泄露了原因。把你的捕鸟器转一个方向，从而使鸟进入时必然在尾部带着哪怕是一股很温和的风，这样，即使用所有的御马去拽它，也不能把它拉到诱饵那里去。如果把捕鸟器转到另一个方向，你的成绩就会很好。来自后面的风吹到羽毛下面，又湿又冷，而这些羽毛是它的轻便的屋顶和空调器。鸭、灰蓝灯草鹀、树麻雀以及啄木鸟也怕来自后面的风，不过它们的加热工厂及其由此而来的抗风的能力，在一定的正常情况下是比较大的。有关自然的书籍几乎不提风，风只被写在火炉的后面。

在鸟的王国里，我怀疑还有第三条训诫：你应该分辨清楚所有高声的噪音。当我们开始在树林里砍伐时，这些鸟立刻就出现了，它们待在那里，一直等到倒下的树，或劈裂的圆木露出了新的虫卵或蛹来供它们享受。一声猎枪的射击也会使鸟振作起来，但却很少有满意的红利。

在用斧之日的前夕，是什么为它们敲吃饭钟？是大锤，还是猎枪？估计是倒下来的树木的碰撞声。1940 年 12 月，一场冰雹击倒了我树林里的大量死的残树干和活的大树杈。我们的小鸟对那个捕鸟器窥视了大约一个月，在此期间，一直狼吞虎咽着冰雹带来的红利。

65290 自去领它的奖赏以来，已经有很长时间了。我希望在它的新树林里，充满着蚂蚁卵的大橡树会整天地倒下来，从不会有风去搅乱它的平静，或者败坏它的胃口。而且，我希望，它仍然戴着我的环志。

注释

1　大篷车队，指 19 世纪美国向西部移民的洪流。

2　巴比特，美国著名作家辛克莱·刘易斯的小说《巴比特》中的人物，20 世纪 20 年代美国小镇上的一位中产阶级商人。他的形象被认为是美国中产阶级的庸俗和市民性格的代表。

3　指威斯康星州。

4　"一位伟大的大学校长"，即前威斯康星大学校长查尔斯·R. 范海斯（Charles R. Van Hise）。1910 年，他写了《美国自然资源的保护》一书。

5　佩什蒂哥大火，即 1871 年因干旱引起的威斯康星大火，佩什蒂哥城和几个村子被烧为灰烬，火灾也殃及了邻近的密执安州。火灾中共有一千二百人丧生，财产损失达五百万美元。芝加哥大火发生在同一年，有三百人死亡，九万人无家可归，财产损失达两亿美元。

6　指南北战争。

7　英克里斯·拉帕姆（Increase A. Lapham, 1811—1875），美国地质学家。

8　约翰·缪尔（John Muir, 1838—1914），美国著名的自然保护主义者和探险家，著述甚多，代表作有《加利福尼亚的群山》（1894 年）、《我们的国家公园》（1901 年）等。

9　全美大学生联谊会（Phi Beta Kappa）是美国优秀大学生和校友的荣誉协会。

10　乔纳森·卡弗（Jonathan Carver, 1732—1780），美国旅行家。

11　英尺烛光（foot-candle），照度单位，为标准烛光的一英尺距离之照度。

12　作者在这里使用了 Buffalo（野牛）这个词，白色和黑色的"野牛"，是指家养的牛群，它们代替了草原上原有的棕色的野牛。

13　通常钓鱼是往上游投掷鱼线的。

14　一种人工制的鱼饵，上有彩色羽毛，以诱鱼上钩。

15　黑鹰（Black Hawk, 1767—1838），大平原印第安人的部落酋长，在白人
　　向西部扩张时，曾领导其部落与扩张者进行过顽强的斗争。

16　短叶松通常每年只生出一轮树枝。

17　出自《圣经·创世记》。据说，上帝在第一到第五天创造出天地万物，第
　　六天造了人。他对自己的劳作很满意，并在第七天歇了工。

18　弗拉蒂龙（Flatiron）是纽约最老和最有名的摩天大楼之一。

第二篇

随笔——这儿和那儿

一声深沉的、骄傲的嗥叫，从一个山崖回响到另一个山崖，荡漾在山谷中，渐渐地消失在漆黑的夜色里……

威斯康星

沼泽地的哀歌

　　黎明的风在这个巨大的沼泽上空轻轻地吹拂着。它慢慢地，几乎是让人难以察觉地，掠过广阔的泥沼，吹向朦胧的河边。薄霭像一条冰河的白色幻影，它向前推进着，飘拂在密密的落叶松林之上，带着细小的水珠，低低地滑过了沼泽。一种独特的宁静笼罩在地平线之上。

　　从天空某个遥远的深处，传来了一阵清脆的铃声，轻柔地落到正在倾听着的大地上。然后，又是寂静。现在听到的是一只猎狗轻快悦耳的吠声，接踵而来的则是与其相呼应的一大帮的嘈杂叫声。这时，一阵极为清晰而急促的狩猎号角声从空中传来，又消失在雾中。

号声时而高亢，时而低沉，时而寂静，最后是汇成一气的喇叭声，急促的脚步声，死神降临时的悲鸣声，追猎的叫喊声，它们几乎震撼了沼泽，但还是搞不清楚这些声音来自何处。最后，一大队排成梯形的鸟群飞过来了。它们用一动不动的翅膀，滑翔着出现在沼泽左侧，掠过了穹隆似的天空，鸣叫着，像螺旋一样降落在它们觅食的地上。新的一天在鹤泽开始了。

在这样一个地方，时间观念是很浓厚的。自冰河时期以来，年年都要让春天听到鹤鸣。沼泽的泥炭层原位于一个古代湖泊的底部。鹤群现在正站在它自身历史黏湿的篇页上——那过去是湖的地方。这些泥炭是充塞在池塘的地衣在受到压缩之后的残留，也是遮盖了地衣的落叶松的压缩残迹，同时还是在冰层退去之后聚集在落叶松之上的鹤的残迹。一代又一代的旅队，用它们自己的骨骼建筑了这座通向未来的桥梁——这块再次由新来者所主宰的栖息地，它们会生活、繁息，并且死去。

结局会如何？沼泽旁出来一只鹤，它一面吞咽着一只倒霉的青蛙，一面将笨重的身体跃入空中，用它那有力的翅膀拍打着朝阳。落叶松随着它坚定的叫声回响着。它似乎知道。

我们领会自然特性的本领与对艺术的观察能力一样，是从美丽的东西开始的。这种特性通过日臻完美的阶段，发展到难以用语言捕捉其真义的程度。我想，就这种较高的整体角度而言，鹤的特性，也正是用语言难以表达的。

虽然如此，还是能够这样说：我们对鹤的认识，是随着缓慢的对世俗历史的认识而增长的。我们现在知道，它的族源来自遥远的始新世。它所起源的那个动物群的其他成员，自从被埋葬在这些山丘之中以来，已经有很长时间了。当我们听到它的呼唤时，传入我们耳中的不再是鸟叫。我们听到的是"进化"管乐队的号声。它是我们蛮荒的过去的标志，是那个不可思议的黄金时代的气势之标志，这个时代构成了，并提供了鸟类和人类日常生活的基础和条件。

因此，这些鹤，它们并不是生活和存在于停滞了的现在，而是经历着更为广阔的变迁着的时代的不同阶段。它们每年一度的返回就是地质钟的正常运行。它们给其返回的地方以独特的意义。在无数平庸的沼泽当中，一个有鹤的沼泽确实具有特别高的古生物学上的价值，它是漫长的竞赛中的优胜者，除非猎枪才会使它消失。在某些沼泽中所出现的令人悲哀的现象，大概正是因为它一度有鹤栖息过。现在，这些沼泽忍辱负重，漂流在历史的长河之中。

鹤的这种特性的某种意义，似乎已被各个时期的猎人和鸟类学家们所感受到了。为了得到这样一种鸟，神圣罗马帝国的皇帝弗雷德里克放出了他的大隼。忽必烈可汗的鹰也曾扑向这种鸟。马可·波罗告诉我们："他从使用隼和鹰的狩猎中得到了最大的乐趣。在察罕淖尔[1]可汗有一座被一个美丽的平原所环绕着的宫殿，他让人在平原上种植小米和其他谷类，目的是使鹤不至于挨饿。"

鸟类学家本特·伯格（Bengt Berg），在他还是个瑞士荒原上的小男孩时，看到了鹤，自那以后，他便把对鹤的研究当成了他终生的事业。他随着它们到了非洲，并且发现了它们在白尼罗河上的冬季栖息地。他曾谈到他第一次的体会："那是一种能使天方夜谭中的大鸟飞行也黯然失色的奇观。"

当冰川从北方移动下来时，它们吱吱嘎嘎地碾过山丘，凿挖着山谷，有一部分则竟然越过了冰块的壁垒，爬上了巴拉布山，然后又落回到威斯康星河谷的出口。涨起的河水倒流上来，形成了一个有这个州一半长的湖，它紧挨着冰崖的东部。从融化了的冰山上冲下来的激流不断注入其中。这个老湖的湖滨现在仍然可以看得见，它的湖底正是大沼泽的底部。

这个湖在很长时期里一直在上升，最后则漫过了巴拉布草原的东部。在那里，它开出了一条新的河道，以使它本身得以流出去。鹤来到残留下来的小湖上，吹起了冬季旅行凯旋的号角，召唤着姗姗而来的大群动物来执行集体建筑沼泽的任务。飘浮着泥炭水藓的淤泥堵塞在降下来的水中，填满了它。莎草、地桂、落叶松和云杉接着也进一步遍布泥沼，并通过它的根系而固定下来，从水中吸取营养，生产着泥炭。湖泊消失了，鹤却依然存在。它们每年冬天都要返回到替代了古代水路的沼泽边的草地，在那里跳舞和吹奏，哺育着瘦弱丑陋的红褐色幼鹤。这些幼鹤，尽管是鸟，却不宜于称作小雏，而应叫它"小驹"。我说不出这是为什么。如果你在七月里的某个清晨去看它们在祖传的牧场上紧跟着红褐色"牝马"（母鹤）玩耍嬉戏的情景，你自己就会明白了。

不久前的一年，一个穿着鹿皮衣的法国捕兽者曾把他的小木船推到一个穿过大沼泽的塞满水藓的小湾。鹤对这种侵犯它们泥泞据点的企图报以高声的耻笑。一二百年后，英国人乘着篷车来了。他们在与沼泽接壤的长满树木的冰碛层上伐出空地，在上面种上了玉米和荞麦。他们并不像察汗淖尔的大汗那样打算去喂这些鹤。可这些鹤却不理会冰川、皇帝，以及拓荒者的意图是什么。它们吃掉了这些谷物，而且当某些愤怒的农民决不肯放弃他们在玉米上的收益权时，这些鹤便发出警告的叫声，然后越过沼泽飞到另一个农场。

在那些年月，还没有苜蓿，因此山地的农民们种植的牧草地非常糟糕，特别是在干旱的年月里。有一年非常旱，有人在落叶松林里点起了火。空地上很快便长成一片拂子茅的草地，当清除掉死树后，它便成为可靠的牧草草场。自那以后，每年8月，人们便来这里收割干草。冬季，当鹤飞往南方以后，他们便把马车赶过结了冰的沼泽，把干草运到他们在山上的农场里。每年他们都用火和斧头来对付沼泽，因此，在短短的二十年里，牧草地便密布在这整个广阔的区域里。

每年8月，当制干草的人唱着歌，喝着酒，用鞭子和吆喝声赶着马车来到他们的帐篷时，鹤就对它们的"小驹"发出嘶声，催促着它们退到远处僻静的地方。制干草的人称它们为"红色的沙丘鹤"，因为在这个季节，鹤身上美丽的战舰般的灰色羽毛常常被染上铁锈的色彩。当干草被堆成垛之后，沼泽又重新为鹤所有，它们飞了回来，并且从10月的天空中招引来自加拿大的候鸟群。它们一起在刚收割过的田野上空盘旋着，向玉米发出袭击，直到霜冻发出冬季撤离的信号时为止。

这些牧草地的岁月是沼泽地居民的田园牧歌式的时代。人和动物、植物以及土壤，为了大家共同的利益，在相互的宽容和谅解中生活和相处着。沼泽可能会永远不断地产生牧草和草原松鸡、鹿和麝鼠，以及鹤的音乐、蔓越橘。

新领主们则不懂得这一点。他们未把土壤、植物或鸟包括在他们互惠关系的观念中。这样一种平衡经济学的红利是太有限了。他们设想的农场不仅在周围，而且还在沼泽之中。一种挖渠、开垦土地的流行病开始了。沼泽被排水的渠道划成了格子块，到处都星星点点地散布着新的田野和空地。

但是庄稼长得很糟糕，并且被霜冻所困扰，而昂贵的水渠又增添了一个后果——债务。农民们搬走了。泥炭层干涸、萎缩，并招来了大火。来自更新世的太阳的能量，用腐蚀性的烟雾弥漫了旷野。没有人去呼唤人们抵制这种浪费，只有他们的鼻子反对这种气味。在一个干旱的夏季之后，就连冬天的雪也未能熄灭慢慢燃烧着的沼泽。田野和草地布满了燃烧后的疤痕，老湖的沙滩也被弄得满目疮痍，因为这些沙滩在多少世纪以来都是由泥炭所覆盖着的。讨厌的杂草从灰烬中长了出来，接着，一二年后，山杨树丛也长出来了。鹤的境遇极为艰难，在残存的未被燃烧的草地上，它们的数目缩减了。对它们来说，电铲的声音几乎就是一首哀歌。宣扬进步的高级牧师们对鹤是一无所知的，因此也就几乎不会留意它。一个动物品种的多与少与工程师们何干？一个没有干涸的沼泽又有什么好处？

在一二十年里，一年年地，庄稼越来越糟糕，火越来越起劲，林间的空地越来越大，鹤也越来越少。只有洪水，在它出现的时候，才能使泥炭不至燃烧。在这同时，种蔓越橘的人靠堵塞水渠的方法，让水流进了几个地区，从而获得了好的收成。于是，远方的政治家们大肆鼓吹起边远的土地、非常的收成、失业的解决、资源的保护等。经济学家们和规划者们来看沼泽了。勘测员们、技术人员们、国家资源保护队的队员们，也蜂拥而来。一个抵制"流行病"（挖渠）的运动开始了。政府购买了土地，重新安置农民，大批地堵塞水渠。慢慢地，沼泽又重新湿润起来。火烧后留下的疤痕变成了水塘。草地的火仍在燃烧，但它们不能再烧掉潮湿的土壤。

所有这一切，只要国家资源保护队的营地一撤离，都应该是有利于鹤的，然而并非如此。那无情地蔓延在燃烧过的地方的灌木丛在起伏不停，更不用说那些随着政府的资源保护队所必然出现的曲曲弯弯的新道路了。修筑一条新路要比考虑什么是这个地方的真正需要简单得多。一个没有道路的沼泽对按字母排列的保护主义者来说[2]，就如同一个没有排掉水的沼泽对帝国的建筑家一样，是没有价值的。荒凉和偏僻，—— 一种还没有被编入产业字母顺序的自然资源，其价值还仅仅被鸟类学家和鹤所意识到。

因此，历史，不论是沼泽的或是市场的，总是在自相矛盾中结束。这些沼泽的最终价值是荒野，而鹤则是荒野的化身。但是，所有荒野的保护主义都是自己拆自己的台，因为我们对它很珍惜，就必然要去看它和爱抚它，但是，等我们看够和爱抚够了的时候，就再没有荒野来珍惜了。

有一天，可能就在我们施着这种善行的时候，在某个地质时期，最后的一只鹤将吹起它的告别号，然后从大沼泽盘旋着飞向广阔的天空。从高高的云层中将会传来狩猎的号声，令人恐惧的猎狗的吠声，清脆的小铃声，然后便是再也不会被冲破的寂静，除了可能在银河上的某个遥远的牧场上会有例外。

沙乡

各种职业都保留着一小组美称，因此需要有一个地方来表现其特征。于是，经济学家们一定要为他们所偏爱的贬义词来发现一个有所用场的地方，诸如边际利润啦，退化啦，以及制度僵化之类。在广阔的沙乡，这些带有责备意味的词得到了非常有益的实践，找到了一个自由自在的，不受那些讨厌的人的批评辩驳，和运用自如的地方。

再说，如果没有沙乡，土壤专家们的日子将会不大好过。他们的灰化土、潜育化和厌氧微生物之类，还能到哪儿找到生存之处？

近些年来，社会规划者们为了一种不同的——尽管也有点类似——目的来使用沙乡。这个多沙的地区可以作为一个无人居住的空白区域来使用，它有着让人满意的外表和规模，在它的布满圆点花纹的地图上，每个圆点都标明有十个澡盆，或者五个女性辅助工作人员，或一英里沥青路面，或一份带血的鹿肉。这种地图如果一律点画出来，将会变得千篇一律。

总之，沙乡是贫瘠的。

还在三十年代，当那些用字母排列的社会福利活动像骑手越过大沼泽一样高涨起来时，疲惫不堪的沙乡农民们却纷纷迁往别处，甚至就在联邦土地银行提供百分之三利率贷款的时候。实际上，这些善良的人们本来并不想走。我开始想知道为什么。于是，为了找出答案，我终于为自己买了一块沙乡的农场。

有时在6月份，当我看见挂在每一株白羽扇豆的露珠所给予的分外恩惠时，我就怀疑，沙乡是否真是贫困的。在一个获取利润的农场的土地上，是连白羽扇豆也长不出来的，更不用提什么搜集那每天都会有的五彩缤纷的露珠了。它们一旦长出来，清除杂草的官员们——他们是很少看到带着露珠的黎明的，就会毫不迟疑地坚持，必须把它们清除掉。那么，经济学家们是否知道白羽扇豆呢？

大概那些不想迁出沙乡的农民，也有着某种使他们情愿留下来的来源已久的深刻原因。我想起每年4月，当白头翁花在每个布满砾石的山岭上开放的那个时候，白头翁花并没有多说什么，但我猜想，它们的这种选择要追溯到冰川时代，是冰川把砾石放到了那儿。砾石的山冈是那样贫瘠，它只能为白头翁花提供一个充分享有4月阳光的地方。白头翁花只是为了独自享有开花的特权而忍受着冰雪、冷雨和凛冽的寒风。

还有另外一些植物，它们似乎向这个世界要求的并不是富饶，而是空间。如那种小小的蚤缀草，在白羽扇豆向它们炫耀其蓝色以前，就已经给最贫瘠的山头上投下了一顶带有白边的帽子。蚤缀草完全拒绝在良好的农场里生长，哪怕是一个很好的，有着完整的假山花园和秋海棠的农场。还有那小小的柳穿鱼草，它是那么小，那么纤细，而且是那么低沉，以致它就在你脚下时，你还看不见它。除了在沙地上，谁还见过一株柳穿鱼草？

最后还有莘苈，和它比起来，柳穿鱼草也成了高大而粗壮的了。我还从未见过一个知道莘苈的经济学家。不过，如果我是一个经济学家，我就要把我全部的经济学上的思考对准这些沙子，还有就在鼻子下面的莘苈。

有一些鸟也只能在沙乡发现，对其原因，有时很容易猜测，有时则很困难。那儿有泥色雀鸦，原因很清楚，那是因为它倾心于短叶松，即沙地上的短叶松。那儿还有沙丘鹤，原因也很明白，因为它喜欢僻静，这在别处是再也找不到的。但是，为什么丘鹬也喜欢在这个沙区筑巢呢？它们的选择并不在于需要食物这一类普遍的原因，因为在较好的土壤中蚯蚓要多得多。经过多年的研究，现在我想我是知道原因了。雄丘鹬，在它拉开它的"嘭哐"空中舞蹈的序幕时，就像是一位穿着高跟鞋的矮小的女士；它不会在有着纠缠在一起的稠密的覆盖物的地面上来显示它的优点。但是在沙乡，在最贫瘠的牧场或草地上的最荒凉的沙地上，至少在 4 月，是没有任何地面覆盖物的，除了苔藓、葶苈、碎米芥、小酸模以及蝶须，这些障碍对于一只短腿鸟来说，是无关紧要的。因此，雄丘鹬可以在这里趾高气扬、昂首阔步和装腔作势，不仅没有任何障碍和阻挡，而且完全可以被它的观众所看到。这是一个真正的、理想的所在。这个小小的事实，仅仅是在一天中的一小时，或一年中的一个月，而且只是对两性中的一方才具有的重要性，当然是与生存的经济标准全无相干的，但它却决定了丘鹬对象的选择。

经济学家尚未试图让丘鹬迁居。

漂流

自从古生代的海洋淹没了大地以来，X 一直是把时间标在石灰石的暗礁上的，时间，对一个被封锁在岩石里的原子来说，是停滞不前的。

当一棵大果橡树的根伸进了一个裂缝，并开始试探似地摸索着生长和吸取养料时，断层出现了。在一个世纪的瞬间，岩石衰败了，X被拉出来，并进入了生物世界。它协助组建了一朵花，这朵花变成了一只橡果，这只橡果喂给了鹿，这只鹿又喂给了一个印第安人，所有这些事情都发生在单独的一年里。

自从停留在这个印第安人的骨骼中以后，X再次回到了追逐和奔驰、盛宴和饥饿、希望和恐惧之中。它感到，这些事情，作为那种小小的化学推拉的变化，对每一个原子来说，它们的争斗是没有时间限制的。当这个印第安人和草原永别之后，X在地下就很快退化了，只有等待通过土地的循环系统来进行第二次旅行。

这一次是在冰草的一个小根里，它吸收了X，并让X停在一片叶子里，这片叶子乘着草原六月的绿浪，分担着积聚阳光的共同任务。这片叶子还有一个一般的任务：为一只鸻鸟的卵遮阴。这只欣喜若狂的鸻鸟翱翔在空中，它在对某种完美无缺的东西倾诉着它的赞美：可能是那些卵，也可能是那些阴影，也可能是遍布在草原上的福禄考的粉红色的朦胧色彩。

当就要登上新程的鸻鸟向阿根廷振起翅膀时，所有的冰草都挥动着那长长的新穗向它们告别。当第一只雁队从北方飞来时，所有的冰草都闪耀着葡萄酒的红色，一只节俭的拉布拉多白足鼠取下了X所呆的那片叶子，并把它埋在地下的巢中，好像要把印第安人的一点夏天贮藏起来，以防止那悄然而来的霜冻似的。但是一只狐狸扣留了这只老鼠，霉和真菌弄垮了这个巢，X再次被置于土壤中，大吃大喝着，胡思乱想着。

接着，它进入了一簇垂穗草，接着是一头野牛中，又到了一条野牛肉片中，最后又回到了土壤。它到了一株鸭跖草，后来又进入了一只野兔，最后是在一只猫头鹰中。在那以后，则是在一簇鼠尾粟里。

整个旅行路线到了一个尽头。这是由一次草原大火结束的，它把草原植物化成了烟雾、煤气和灰烬。含磷和氢氧化钾的原子留在灰里，而氮原子却随风而逝了。一个旁观者可能会从这一点来预言这场生物学戏剧的早期结局，因为大火消耗了氮，而土壤也可能失去它的植物，从而流失掉了。

但是草原在它的弓上有两根弦。火使它的草稀疏了，却促进了它的豆科草本植物的生长：草原苜蓿、胡枝子、野豇豆、野豌豆、灰毛紫穗槐、山蚂蟥，以及巴布豆，都把它们自己的菌带在其细根的小瘤中。每个根瘤都从空气中吸收氮，先把它们带到植物中，然后又最终地进入土壤。因此，草原上的库存中所保留的从豆科植物中接受的氮，要比它支付给大火的氮多。草原之富饶是连最低级的白足鼠也知道的。草原为什么富饶，是一个在所有悄然逝去的年代中很少有人问起的问题。

X在每次通过这动植物群的旅行中，都进入过土壤，并被雨水携带着，一英寸一英寸地往下坡走。活着的植物靠贮存原子来阻止流失，死了的植物则把原子固定在自己腐烂的软组织中。动物吃了这些植物，把它们直接带上山或带下山，至于带到哪里，则取决于这些动物是否死去，或排出粪便的位置比它们的食物所在地点高还是低。没有动物意识到它死的高度会比它的死本身更重要。于是，一只狐狸在一片草地上捉到一只黄鼠，并把 X 带到山上，它在一个峭壁的顶上有一个窝。但是在那儿，一只鹰弄死了狐狸。死去的狐狸意味着它在狐狸王国的历史已经结束，但并不意味着是一个原子远航中的新起点。

一个印第安人实际上继承了鹰的意外收获，把它作为祭品而献给了命运之神。他认为命运之神特别关心印第安人，他并没有想到，命运之神可能只是忙着在重力下玩骰子；老鼠、人、土壤、歌声，可能都仅仅是延续原子向大海进发的方式。

有一年，当 X 呆在河边的一棵三角叶杨树中的时候，它被一只河狸吃了。河狸是一种吃的地方总要比死的地方高的动物。在一个非常严寒的时期，河狸的池塘干涸了，它饿死了。X 乘着这具死尸流到春季的洪水中，在一个世纪期间，每个小时它都要比前一个小时位置低一些。最后，它停在一个回水水湾的淤泥中，在那儿，它被一只蝲蛄吃了，蝲蛄被一只浣熊吃掉，浣熊又被一个印第安人吃掉，这个印第安人把它带到自己长眠的河边山丘的下面。一年春天，河水弯曲的水流使河岸下陷，因此，在短短的一个星期的洪水之后，X 再次来到了它在古代被禁锢的地方——大海。

一个在生物界逍遥自在的原子是太自由了，因而不知道什么是自由；一个返回大海的原子干脆就忘记了自由。每当一个原子消失在大海之中，草原就会从被腐蚀的岩石中拉出另一个。唯一能肯定的事实是，草原上的生物必须努力吸收，很快成长，而且要常常死亡，以免得不偿失。

向裂缝伸展是根部的特点。因而当Y从它的母体礁石中释放出来时，一种新的动物已经到达，并开始整顿草原，以便使草原适合它自己的关于规律和秩序的概念。一副牛犁把草原的草皮翻了过来，于是Y便开始了每年一度的令其头晕目眩的旅行，这种旅行是通过一种叫麦子的"草"进行的。旧的草原是靠它多种多样的植物和动物来生存的，所有这些动植物都是有用的，因为它们相互合作和竞争的总和换来的是持续。而麦农只是某一个范畴的建设者，对他来说，只有麦子和牛是有用的。如果他看见鸽子滞留在他的麦子上面的云层中，他马上就要把它们从空中消灭掉。如果他看见长蟵在偷窃，他便会怒气冲冲，因为这种没用的东西长得太小，所以无法去杀死它。然而，他看不见被滥种上小麦的沃土在流失的趋势，以及土壤在春天连续的大雨中已经处于裸露的状态。当土壤流失和长蟵终于终止了小麦的种植时，Y以及它的同类已经旅行到流得很远的洪水中去了。

当小麦帝国崩溃之时，居民们从旧的草原纪录上又撕下了一页：他通过牲畜来贮存肥料，用吸收氮的苜蓿来增强地力，并种起扎根很深的玉米来，以便挖掘下面的土壤潜力。

除了使用苜蓿外，他还使用了其他各种阻止土壤流失的武器，于是他不仅保住了原来已耕种的土地，而且还开发了新的土地，当然，这些新的土地也需要保住。

因此，尽管有苜蓿，黑色的沃土却日渐变薄。水土保持工程师们建筑了堤坝和梯田来保持它，陆军工程师们建了大堤和侧坝，以避免河水冲刷它。河水将不会再冲刷黑土地，但代之而来的是河床增高，因此航运被阻塞了。于是，工程师们又建起了许多像巨大的河狸池塘一样的水塘，Y便待在某一个水塘，它从岩石到河流的旅行便在一个短暂的世纪里完成了。

在刚来到水塘时，Y进行过几次穿过水生植物、鱼类和水鸟的旅行。但工程师们在建坝的同时还建了下水道，它们被带了下来，成为远处山丘和大海的战利品。那些原子，曾经生出过向回归的丘鹬致意的白头翁花的原子，现在变得呆头呆脑，它们困惑地被禁锢在油污的淤泥之中。

根仍然在岩石中伸展，雨仍然在向田野倾泻，白足鼠仍然在掩藏着夏日的收获，曾经协助消灭了鸽子的老人们还在讲述着那心烦意乱的主人们的光荣史。黑色和白色的"野牛"从红色的牲口棚中进进出出，向巡游的原子们提供免费的交通工具。

关于一个鸽子的纪念碑[3]

我们树立了一个纪念碑，用它来作为追念一个物种的葬礼。它象征着我们的悲哀。我们悲痛，是因为活着的人们将再也看不见这胜利之鸟的气势磅礴的方阵。它们曾在三月的天空为春天扫清道路，把战败了的冬天从威斯康星所有的树林和草原中驱逐出去。

还记得他们青年时代的旅鸽的人仍然活着，那些在它们年轻时曾被鸽群呼啸着的有力的风摇撼过的树木也还活着。然而，十年后，就将只有最老的橡树还记得，时间再长一些，就将只有那些山冈还记得。

在书中和博物馆里总会有鸽子，但这是一些模拟和想象中的形象，它们对一切的艰难和一切的欢乐都全然无知。书中的鸽子不能从云层中突然窜出来，从而使得鹿要疾速地去寻找一个躲藏的地方；也不会在挂满着山毛榉果实的树林的雷鸣般的掌声中振翅飞翔。书中的鸽子不可能用明尼苏达的新麦做早餐，然后又到加拿大去大吃蓝莓。它们不懂得季节的要求，它们既感觉不到太阳的亲吻，也感觉不到寒风的凛冽和天气的变换。它们在没有生命的情况下永存着。

我们的祖父在住、吃、穿上都不如我们。他们用以和命运作斗争的努力，也是那些从我们这里剥夺了鸽子的努力。大概，我们现在悲痛，就是我们不能从内心确信我们从这种交换中真有所得。新发明给我们带来的舒适要比鸽子给我们的多，但是，新发明能给春天增添同样多的光彩吗？

自从达尔文给了我们关于物种起源的启示以来，到现在已有一个世纪了。我们现在知道了所有先前各代人所不知道的东西：人们仅仅是在进化长途旅行中的其他生物的同路者。时至今天，这种新的知识应该使我们具有一种与同行的生物有近亲关系的观念，一种生存和允许生存的欲望，以及一种对生物界的复杂事务的广泛性和持续性感到惊奇的感觉。

总之，在达尔文以后的这个世纪里，我们确实应该清醒地认识到，当人类现在正是探险船的船长的时候，人类本身已经不是这只船唯一的探索目标了，而且，也应该认识到，他先前所担负的责任，就其意义而言，只是因为必须要在黑暗中鸣笛罢了。

照我看来，所有这些都应该使我们醒悟了。然而，我担心还有很多人未能醒悟。

由一个物种来对另一个物种表示哀悼，这究竟还是一件新鲜事。杀死最后一只猛犸象的克罗—马格诺人想的只是烤肉。射杀最后一只旅鸽的猎人，想的只是他高超的本领。用棍棒打死最后一只海雀的水手根本什么也没想。而我们，失去了我们的旅鸽的人，在哀悼这个损失。如果这个葬礼是为我们进行的，鸽子是不会来追悼我们的。因此，我们超越野兽的客观证据正在于这一点，而不是在杜邦（Dupont）先生的尼龙[4]，也不在万尼瓦尔·布什（Vannevar Bush）先生的炸弹上。[5]

这个纪念碑，就像一只立在这个悬崖上的游隼，它将瞭望这个广阔的山谷，并将日日夜夜，年复一年地注视着它。在一个又一个的3月里，它将看大雁飞过，看着它们向河水诉说冻原的水是怎样清澈、冰冷和寂静。在一个又一个的4月里，它将看着红色的蓓蕾长出来，然后又消失。在一个又一个的 5 月里，它要看着那布满千百个山丘的橡树翠色。探询着什么样的林鸳鸯将在这些椵树中搜寻带洞的树枝，金色的黄森莺将从河柳上抖下金色的花粉。白鹭将在 8 月的沼泽做短暂的停留；鸻鸟将从九月的天空传出哨音；山核桃将啪嗒啪嗒地打在 10 月的落叶上；冰雹将在 11 月的树林中引起骚乱。但是，没有旅鸽飞过来。因为没有鸽子，所以留下来的只是这个悄然无声的、用青铜制成的立在这块岩石上的阴沉形象。旅行者们将会来读它的碑文，但他们的思想将不会得到鼓舞。

经济学的说教者对我们讲，对鸽子的悼念只不过是一种怀旧的感情，如果捕鸽人不把鸽子消灭掉，农民们为了自卫，最终也将当仁不让地来执行消灭鸽子的任务。

这是那些非常特别的确有根据的事实之一，但是，却没有理由来这样说。

旅鸽曾经是一种生物学上的风暴。它是在两种对立的不可相容的潜力——富饶的土地和空气中的氧——之间发出的闪电。每年，这种长着羽毛的风暴都要上下呼啸着穿过整个大陆。它们吸吮着布满森林和草原的果实，并在旅行中，在充满生命力的疾风中消耗着它们。和其他的连锁反应现象一样，鸽子只有在不减弱其自身的能量强度时，才能生存。当捕鸽者减少着鸽子的数目，而拓荒者又切断了它的燃料通道的时候，它的火焰也就熄灭了，几乎无一点火星，甚至无一缕青烟。

今天，橡树仍然在空中炫耀着它的累累硕果，但长着羽毛的闪电已不复存在了。蚯蚓和象鼻虫现在肯定是在慢腾腾地和安安静静地执行着那个生物学上的任务——然而，那一度曾是个从空中发出雷霆的任务。

问题并不在于现在已经没有鸽子了，而是在于，在巴比特时代以前的千百年中，它一直是存在着的。

鸽子热爱它的土地：它生活着，充满着对成串的葡萄和果仁饱满的山毛榉坚果的强烈渴求，以及对遥远的里程和变换的季节的藐视。只要威斯康星今天不提供免费食品，明天就会在密执安、拉布拉多，或者田纳西搜寻和找到它们。鸽子的爱是为着眼前的东西，而且这些东西过去是在什么地方存在过的。要找到这些东西，所需求的仅仅是一个自由的天空，以及去振动它的双翅的意志。

到底该追求什么？是现在世界上的一个新问题，也是大多数人和所有的鸽子所不了解的一个问题。因此，从历史的角度来看看美国，从适当的角度去相信命运，并去嗅一嗅那从静静流逝的时代中度过的山核桃树——所有这些，对我们来说都是可能做到的，而要取得这些，所需要的仅仅是自由的天空，以及振动我们双翅的意志。我们超越动物的客观证据正是在这些事物中，而并非在布什先生的炸弹里和杜邦先生的尼龙中。

弗兰博河

那些从来不到荒僻的河中去划船，或者，如果去，也要有一位向导坐在船头的人，总是认为，新奇，再加上良好的锻炼，就足以说明旅行的价值了。在我于弗兰博河上遇到两名大学生之前，我也一直这样认为。

洗完晚饭的餐具之后，我们坐在岸边，看着一只公鹿走向远处岸边的草丛。很快，这只公鹿抬起了它的头，并向河的上游竖起了耳朵，然后，便向隐蔽的地方奔去。

在河流拐弯的地方说明了公鹿警觉的原因：两个小伙子坐在船上。在发觉我们后，他们把船靠近岸边，并和我们打起招呼。

"现在几点了？"这是他们的第一个问题。他们解释说，他们的表停摆了。而且，有生以来第一次，他们没有钟、汽笛或收音机来对表。在两天里，他们是靠太阳测定时间的。因为不能断言到底是什么时间，所以感到有点不安。没有仆人给他们送来饭菜，他们是从河里得到他们的肉食的，或者没有肉也能对付。没有交通警笛警告他们在下一个险滩中有暗礁；当他们对天气估计错误，或没有地方扎帐篷时，也没有友好的屋顶来为他们遮雨，没有一本指南告诉他们，哪个宿营点整夜都有微风，而哪个宿营点整夜都要受蚊子的折磨；没有指南来说明，哪种篝火木柴燃烧得非常旺，而哪一种则只会冒烟。

我们年轻的冒险家们向下游继续他们的旅行，这时，我们已经知道，他们在旅行结束后，马上就要入伍服役。这次旅行是他们对自由的首次，同时也是最后一次尝试，是在两种管辖之间——校园和兵营之间的一段插曲。荒野旅行的最基本的朴实性是令人激动的，这不仅因为它们非常新奇，而且还因为它们能体现犯错误的充分自由。荒野使他们第一次尝到了由聪明和愚蠢的行为所带来的奖赏和惩罚。这些行为是在森林活动的人日常所具有的，但是文明已经筑起了千百种缓冲物来抵制它们。这两个年轻人则在这种特殊的情况下，按照他们个人的意愿行动着。

大概每个年轻人都需要有一次偶然的荒野旅行，以便了解这种特别的自由的含义。

当我还是个小男孩时，我父亲就曾讲述过许多可供选择的野营、钓鱼和森林的地方，"几乎就和弗兰博河一样好。"当我终于把自己的小船驶入这条传奇般的河流时，我发现，它不仅是远远超过了我所预期的一条河，而且是一个时已暮年的荒野。因为新的别墅、胜地和公路桥梁已把连绵不断的荒野切成越来越短的碎段。沿着弗兰博河顺流而下，在精神上，会有两种交替的印象拉锯似地来回变换：一看见一个停泊点，你就会在脑子里描绘出一幅置身荒野的图像，然而，马上你又会驶过一些住在别墅里的人种植的芍药花。

安全地经过这些芍药花，一只公鹿会从岸边蹦出来，这又会使你重新筑起荒野的印象，下一个激流险滩则使这种印象得以完善。但是，在下面的那个池塘的旁边，闪入你眼中的是一个人工合成的圆木房，屋顶全部是合成材料，挂着"请在此停留片刻"的招牌，还有一个乡村式的，可以在那里打午后桥牌的凉亭。

保罗·布尼安[6]是个过分忙碌的人，因此考虑不到他的后代，不过，如果他曾要求保留一块地方来让后代看看老北部的树林的样子的话，他可能会挑选弗兰博河。因为在这里，最好的北美乔松和最好的糖槭、黄桦以及铁杉都长在同一块地里。这种松树和硬木树种的丰富的混合，无论在过去或现在，都是很少有的。弗兰博河的松树，因为长在硬木树林的土壤里，所以要比在一般情况下得以生长的松树茂盛。因为它们长得非常高大而有价值，并且还那样靠近一条易于漂运圆木的溪流，所以在很早时就被砍伐了，它们已经腐烂的巨大的树桩就是证据。只有那些有缺陷的松树被赦免了，但是，这些活到今天的树，也已足以勾画弗兰博河的轮廓了。它们是以往日子的绿色纪念碑。

硬木的砍伐要晚得多，事实上，最后一个硬木公司在它最后的伐木铁路上"拖运钢材"也只是十年前的事。今天，那个公司所残留下来的东西，只是在那个被遗弃的城市中的一个"土地办公室"，它在向那些怀有希望的居民们出售砍伐后的土地。于是，美国历史上的一个时代——一个砍尽，然后撤离的时代——结束了。

像一只郊狼在一个荒弃的野营地里的废物中搜寻食物一样，弗兰博河的伐后经济，是靠它本身过去残留下来的东西生存的。"骗子式"的制（纸）浆木材买卖的砍伐者们，在灌木丛中到处搜寻在伐木时代所没注意到的，偶有所存的小铁杉树。一个锯木厂的一帮人挖掘着河床，是为了找寻那在河下面的木筏，因为很多木材都是在那急驰的木材运输的光荣时代中沉没的。这一排排泥污了的收获物被拖到岸边的旧码头上，它们都还非常完好，有一些还特别有价值，因为在今天北部的森林里，已经不存在这样的松树了。撑着篙的留守伐木者们，砍去北美崖柏上的水草，鹿则跟在周围，吃掉这些掉落的叶子中的精华。每个人和每样东西，都在依靠残留的东西生存着。

所有这些清理工作都进行得非常彻底，结果，当现代化的度假者们要建立一座圆木房时，他所使用的材料却是爱达荷或俄勒冈的用厚木板锯出来的圆木仿制品。这些木材是由运货卡车运到威斯康星的树林里来的。众所周知的把煤运到纽卡斯尔[7]的故事，似乎是一个非常合适的，与其相对应的讽刺。

不过，在这条河上，还保留着几个地方，它们自保罗·布尼安时代以来，几乎还不曾变化。拂晓时，在摩托艇醒来之前，人们仍然可以在荒野里听到它在歌唱。有几个未被砍伐的林区，很幸运地为国家所有。在那儿还有非常值得重视的残留下来的野生动物：河里有北美狗鱼、鲈鱼和鲟鱼，在沼泽里繁殖着的有秋沙鸭、绿嘴黑鸭和林鸳鸯，在空中盘旋着的是鹗、白头海雕和渡鸦。到处都有鹿，而且可能太多了。因为仅在我到这儿划船的两天里就已经见到五十二只。有一只或两只狼在弗兰博河上闲逛着。有一个捕兽者说，他见过一只貂，尽管自1900年以来，已再不见有弗兰博河出产的貂皮了。

为了把这些荒野的残存当成一个核心组织来使用，1943年，州里的资源保护部开始重新把这条河的一段五十英里的地区建成一个无人居住的荒野区，为年轻的威斯康星人提供服务和娱乐。这个荒野区包括在整个森林的基本区域里，但在河的沿岸将不会有林业，因此也尽可能少有道路通过。一步步地、耐心地，而且有时出着高价，资源保护部购买了私人的土地，迁走了那些别墅，封锁了不必要的道路，而且尽可能远地把这个区域大体上推回到原来的荒野状态。

在最近几年，能够为保罗·布尼安长出最好的考克松的弗兰博河的土壤，和腊斯克县一样，也发展起乳品业来了。那些乳牛牧场主们，希望有比当地发电站所供给的更便宜的电力，因此组织了一个联营的农村电力管理局（REA），并且在1947年提出申请建立一个发电站，这个发电站建成后，就会把重建起来的五十英里荒野中做划船用的下段河流截断。

激烈而尖锐的政治斗争出现了。立法机构对牧场主的压力非常敏感，却全然不顾荒野的价值，不仅批准了 REA 水坝的建设，而且扼杀了资源保护委员会为水电站远景规划所提出的所有意见。因此，似乎很有可能，那些弗兰博河上被保留下来用以划船的水域，以及这个州里所有野外的河流，最终都要用来发电了。

我们的后代，从未见过一条野外的河流，大概永远也不会发觉失去了那种坐在一条荡漾在如歌般的水中的小船上的机会。

伊利诺伊和衣阿华

伊利诺伊的公共汽车旅行

在院子外面，一个农民正和他的儿子用一把横锯锯着一棵老三角叶杨。这棵树是那么大，而且那么老，以致只剩下了一英尺锯片留在树外可以继续拉动。

曾几何时，这棵树还是茫茫草原中的一个坐标。乔治·罗杰斯·克拉克[8]可能在它下面扎过营，野牛可能曾在它的树荫下一面歇晌，一面用尾巴拍打着苍蝇。每年春天，在它上面都曾栖息着拍打着翅膀的鸽子。它是除了州立大学以外的一个最好的历史博物馆。可是，有一年，它在这家农民的纱窗上撒下了杨花。在这两件事上，只有第二件引起了重视。

州立大学告诉农民们，中国榆不会堵塞纱窗，因此比三角叶杨更可取。大学在李子贮存、印度大麻病、杂交玉米上也摆出一副权威的架势。它不知道的只有一件事，即农场来自何处。它的工作就是怎样使伊利诺伊安全地生产大豆。

现在，我正坐在一辆每小时行程六十英里的公共汽车上，驶过一条曾经是马匹和轻便马车所使用的公路。混凝土路面一直在加宽，甚至眼看着农田的篱笆也要倒在道路上了。在修砌整齐的路边和即将倒塌的篱笆之间，有一绺窄窄的草皮，上面长着一度是伊利诺伊的遗迹：大草原。

在公共汽车里，没有一个人看到这些遗迹。一个忧心忡忡的农场主—— 一张化肥账单从他的衬衣口袋中伸出来，正怅然若失地望着外面的白羽扇豆，也或许是巴布豆。这些植物原先曾从草原的空气中提取着氮，然后又把它们输入他的肥沃的田中。可他并未从那种暴发户偃麦草中辨认出它们来。如果我要问他，为什么他的每英亩玉米产量是一百蒲式耳，而那些非草原的州则只能有三十蒲式耳时，他大概会回答说，伊利诺伊州的土壤要好一些。但是，如果我问他，那悬挂在篱笆上的像豌豆一样的、白色尖状的花叫什么名字时，他大概就会摇头说："不知道。可能是一种杂草，我猜。"

一个公墓从旁边闪过去，它的边缘因为长着紫草而泛着光。别处没有紫草，因为有泽兰和苦苣菜为现代风景提供着黄色的花纹。而紫草只能和死去的人交流情感。

通过打开的窗户，我听到了一只高原鹬的撩人心肺的啼叫。曾几何时，它的祖先们也曾尾随过那些在一个忘记了青春的无边无际的大花园中进行艰苦跋涉的野牛。一个男孩发现了这只鸟，并且对他父亲描述说，那儿有一只扇尾沙锥。

这个牌子上写着"你现在正进入格林河土壤保护区"。还有一个用较小的字所列的有谁配合工作的表，那些字母太小，所以从行驶的汽车中无法看清楚。这肯定是一个在资源保护队里工作的人的名单。

这个牌子油漆得很干净。它竖立在山谷底下的一个草长得非常矮的，甚至你可以在上面打高尔夫球的牧场上。附近有一个已经干涸了的非常漂亮的环状旧水湾底。新的水湾底部被挖得像尺子一样笔直，这是为了加快流量而被这个县的工程师"弄直"的。在山上，是由条地构成的背景，为了减慢水土的流失，它们由水土保持工程师们"弄弯"了。这些水肯定让这么多的指引弄得晕头转向了。

这个农场的每件东西都意味着银行里的钱。农场的院子里堆满了新的油漆、钢材和混凝土；谷仓上标志的日期是纪念它的创立者的；房顶上插满了发亮的避雷针，风标则因新镀上金色而得意洋洋；甚至那些猪也好像腰缠万贯似的。

林地上的那棵老橡树没遇到什么问题。这儿没有树篱，没有灌木篱，也没有一排排的栅栏或其他无能的管理标志。玉米地里有胖乎乎的小牛，但可能没有山齿鹑。围栏立在草地的边缘，在带倒刺的铁丝网附近犁地的人都在讲着一句成语："不浪费，不愁缺。"

在小河低地的草地上，被水冲来的各种垃圾已经高高地积存在灌木丛中。小河的边缘是未经修整的；伊利诺伊的大部分已经脱落下来流入了海中。长着高大豚草的地块说明，溪流把它带不动的淤泥抛到了那里。谁正好起了缓解的作用？能维持多久？

公路像一条绷紧的带子，横穿过种着玉米、燕麦和苜蓿的田地，公共汽车报着行驶了的庞大里数，旅客们谈论着，谈论着，一直在谈论着。谈沦什么？谈论棒球、税收、女婿、电影、摩托车以及葬礼，但是从不谈论那从急驶着的公共汽车窗边掠过的，像海洋般起伏的伊利诺伊的大地。伊利诺伊没有起源，没有历史，没有深浅，也没有生和死的浪潮。对这些旅客来说，伊利诺伊不过是承载他们驶往一个未知码头的大海。

红色的腿在踢蹬

当我回忆早年的印象时，我怀疑，那些通常被称作兴起的过程，是否真的不是一个衰落的过程；那些成年人常常乐道的而又是孩子们所缺乏的经验，是否真的就不是一种对日常生活

琐事的本质要素的渐进稀释之物。有一点至少在相当程度上是肯定的：我在早年的有关野生动物及其追逐物上的印象，在其形状、颜色以及环境气氛上都还是极其生动鲜明的，半个世纪的野生动物专业的经验也不能将其抹去，或做出改进。

　　和大多数业余的猎人一样，在很小的时候，我就有了一枝单筒的猎枪，并被允许去打野兔。有一个冬天的星期六，在通向我最愿去的野兔区的路上，我注意到，那个正是冰雪覆盖的湖，已经出现了一个没结冰的洞眼，这个洞眼就在一架风车把岸边的暖水注入湖中的那个地方。自从所有的野鸭都飞往西南以来，它们已经到很远的地方了，但就在这时，在那儿，我形成了第一个鸟类学上的设想：如果有一只野鸭留在这个地区，他（她）或迟或早都一定要掉到这个冰洞里。我抑制住自己对野兔的欲望（当时并不合时宜），坐在结冻的泥土上的冰凉的水蓼之上，开始等待。

我等了整整一个下午，随着每一只飞过的乌鸦，以及那转动着的风车的每一个吃力的吱嘎声，我渐渐地感到冷起来。终于，在太阳落山的时候，一只孤零零的野鸭从西方出现了，它甚至连在那个冰洞之上预先打个招呼都没有，就张着它的翅膀坠落下来。

我记不得开枪的情况，我只记得当我的第一只野鸭随着"嘭"的一声跌入了冰雪之中，躺在那里，腹部朝上，红色的腿在踢蹬时，我的那种不可名状的欢喜。

我父亲给我这枝猎枪时，他说，我将会用来打松鸡，但我不能把它们从树上射下来。他说，当我长到一定年龄，就可学着射击飞翔的鸟了。

我的狗是善于把松鸡赶到树上去的，而我在道义上的第一次演习，就是放弃那向树上射击的有把握射中的机会，以便让

那只本来已毫无希望的鸟匆匆逃走。要知道，就是恶魔和他的七个王国，也是比不上那只树上的松鸡的诱惑的。

就在我打不上飞翔着的松鸡的第二个季节的末尾，有一天，我正步行穿过一片浓密的山杨树。这时，一只很大的松鸡呼啸着从我的左边飞起来，在山杨树上飞翔着，并从我的背后横穿过去，拼命地向最近的一片崖柏沼泽地飞去。这正是一个松鸡猎人梦寐以求的那种最好的射击机会。这只鸟在一阵散落的羽毛和金黄色的树叶中跌撞着死去了。

今天，我仍能画出一幅地图，注明点缀着那只松鸡倒下的苔藓上的每一丛桵木和蓝紫菀。我打下来的第一只松鸡是正在飞翔中的。我怀疑，现在我对桵木和蓝紫菀的特殊感情，也正是从那一时刻开始的。

亚利桑那和新墨西哥

在云霄

当我最初住在亚利桑那时，白山是骑者的天下。除了沿山的几条主要的道路之外，对马车来说，这座山是太不平了。那儿没有小汽车。对徒步旅行者来说，它又嫌太大，即使牧羊人的牧羊杖也无补于此。因此，排除了这些人之后，这个有县一样规模的，以"在云霄"中著称的高原，就成了骑马人特有的领地。他们是：骑马的放牛人、骑马的牧羊人、骑马的林业官、骑马的捕兽者，以及那些在边疆总是可以见到的，不知其

源和无一定目的，无法分类的骑马人。这一代人很难理解，为什么这个空洞的贵族统治是以交通工具为基础的。

这类事情在那些有铁路通行，并且两天即可到达北部的城镇中是不存在的。在那里，你可根据鞋子、驴子、放牛用的马、弹簧座四轮马车、运货马车、载货火车的守车，或者普尔门式火车卧车，来选择旅行方式。这些活动的每种方式都与一个社会等级相适应，每个等级的成员们都说着一种独特的语言，穿着独特的服装，吃着独特的食物，光顾着不同的沙龙。他们仅有的共同享受，是向综合商店赊账的民主，以及公共的亚利桑那的灰尘和亚利桑那阳光这样的财富。

当人们走过南方，穿过平原和山岭，走向白山的时候，当他们各自的旅行模式变为不可能的时候，这些等级也就一个个地失落了，直到最后，"在云霄"，骑马人统治了世界。

亨利·福特[9] 的革命理所当然地把这一切都废除了。今天，飞机甚至把天空也赐予了汤姆、迪克和亨利。[10]

到冬天，山顶甚至对骑马人也成了禁区，因为高处的草坪被埋在深深的积雪中，只有小道才能通上去的小山谷中，积雪堆得满满的。五月时，每条山谷都有一条冰河咆哮奔流。不过，在这之后，你就可以高高地站在山顶上了——如果你的马有决心用半天的时间在齐腰深的淤泥中进行攀登。

在山脚下的小村子里，每年春天都有一次心照不宣的，要成为那个高高的僻静之处的第一位骑手的比赛。我们中间也有很多人试图参赛，因为有许多我们没有坐下来分析的理由。传闻散布得很快。不论谁取得了第一名，他都会被赋予一种骑手所享有的光荣。他是这个地区当年的头号新闻人物。

山区的春天，尽管与故事书上说的完全不同，却并非突然就来到的。和风习习的日子与凛冽的寒风交替而来，即使在羊群已经上山后也是如此。在一片冰雹和雪倾泻而下的灰褐色的山地草坪上，散落着哀怨的母羊和几乎冻僵的羔羊。而我，还见过几次比这更凄惨的景象。面对着这样的春季暴雨，就连那平时兴高采烈的星鸦也弓起了它们的脊背。

在夏天，这座山也和那里的生活、气候一样喜怒无常，即使最迟钝的骑手，还有他的马，对这种多变都有着刻骨铭心的感受。

在一个风和日丽的早晨，这座山会把你从马上请下来，并在它新长出的青草和野花上面打滚（你的不大受约束的马也会这样做，如果你不是一直勒紧缰绳的话）。所有的生物都在歌唱，在欢叫，在生长。在这些漫长的月份里一直被风暴所摇撼着的大片的松树和冷杉，今天也以其高高耸立的尊严姿态吸收着阳光。松鼠的脸上毫无表示，但却用声音和尾巴流露着感情，它非要告诉你那些你已知道得很清楚的事情：从来不会有这样珍贵的一天，不会有在这样僻静的地方所度过的如此丰富多彩的一天。

一小时后，雷暴云团可能会遮住太阳，这时候，你原来的乐园便处于就要来临的闪电、大雨和冰雹的威胁之下。黑色的乌云悬浮着，就像一颗挂在空中的已经点燃引线的炸弹。你的马就会因为每一块滚动的石头和每一个呼啦作响的树枝而惊跳起来。当你在马鞍上转过身去解你的雨衣时，它会吓得倒退、喷鼻和颤抖，就好像你要打开一部启示录的卷轴似的。现在，每当我听到有人说他不怕雷电时，我就暗自说：他从未在七月间骑马到过这座山。

雷霆已够吓人的了，但更吓人的是，当闪电撞击在一块斑驳的岩石上时，那嗖嗖地从你耳边擦过的冒烟的石块。当闪电击倒一棵松树时，那飞溅起来的碎片则更让人丧胆。我记得有一棵发亮的北美乔松，有十五英尺高，深深地倒插在我脚下，立在那儿，活像一把音叉。

山顶是一片很大的草地，骑马穿过它，需要半天的路程，不过不要把它描绘成一个特别的、长着青草的、有着由松树围成的屏障的圆形剧场。那片草地的边缘是卷起来的、带有皱褶的，上面坑坑洼洼地布满了无数的"海湾"、"山"、"峰顶"、"纵梁"、"半岛"和"公园"，而且每一个都不同于另一个。没有一个人能把它们全部掌握下来，因此，骑马的人们每天都有一个发现新类型的打赌机会。我之所以说"新"，是因为当人们骑马进入花朵点点的山凹时，总会有这样一种感觉，即如果任何人以前到过这儿，他必然要情不自禁地唱一首歌，或写一首诗。

大概，这种感到享受过发现了绝妙事物的一天的心情，可以说明为什么在每个山区宿营点的坚韧的山杨树皮上，都刻有大量的缩写姓名、日期以及牲口火印的原因。在任何日子里，人们都可以在这些刻写的印记上读到"得克萨斯人"及其文化的历史，但不要从人类学的枯燥范畴去读它，而要从某些创业者的个人生涯的角度去读。从这些创建者的缩写姓名上，你会意识到，在马匹交易会上，他的儿子曾经赢了你，或者，你曾和他的女儿跳过舞。这儿有一个姓名缩写，它的日期是19世纪90年代，它只是个姓名，没有火印，毫无疑问，这个人当时是独自来到这座山中的，并且是一个流动的牧牛人。接着，在第二个十年的日期上，他的姓名缩写已加上了火印。这说明，这时，他已经成了一位有钱的公民，有着一个靠节俭、自然增殖，以及大概还有一根敏捷的绳索而得来的牧场。然后，只过了几年，你就会发现他女儿的姓名缩写，这个名字是由某个不仅在追求这位女士，而且还在追求经济发达的、令人羡慕的青年的手刻的。

这位老人现在已经去世了。在他晚年的时候，他的心脏曾只为了他在银行的户头和他的羊群、牛群而震颤过，不过，这棵山杨树却说明，在他年轻时，他也曾经为山区春天的美妙而感到自豪。

这座山的历史不仅写在山杨树皮上，而且也写在它的地名上。牧区的地名总是不文雅的、诙谐的、带挖苦味的或感伤的，但很少是落俗套的。通常，它总是足以微妙地引起新来者的询问，而且其中总是包含着各种各样的说法，并且编排得非常充分，从而成为当地的民间传说。

例如，有个地方叫"尸骨场"。这是一片非常可爱的草地，滨紫草覆盖在隆起的、半掩埋的，死了很长时间的牛的头盖骨和零散的脊椎骨之上。19世纪80年代，一个愚蠢的牧牛人，刚从得克萨斯温暖的山谷来到这里，因为完全相信了山区春天的诱人的魅力，从而打算让他的畜群靠山上的干草来过冬。结果，当11月的风暴袭来时，他和他的马仓皇地逃了出来，而牛群却未能幸免。

还有个地方叫"坎贝尔的忧郁"，在蓝河的源头。早先，有一个牧牛人把他的新娘带到了这儿。这位女士厌倦了石块和树丛，向往着一架钢琴。于是，一架钢琴被准时地买来了，是一架坎贝尔牌的。在这个地区，只有一头骡子才能把它运回来，而且只有一个具有超人能力的赶牲口的人才能使这样的重载得以平稳。然而，钢琴并未带来满足，这位女士从这儿逃走了。当我听到这个故事时，这个牧场的木屋已经只剩下倒塌了的椽子了。

还有一个地方叫"菜豆泽"。这是一片由松树围起来的长满草的泽地，在树林中，当我在那儿时，有一个小小的圆木房，是一个任何过路人都可用来过夜的营地。在这儿有一条不成文的法律，即过夜的人要给这个木屋的真正的主人留下面粉、猪油和菜豆，同时还要尽可能地为其他过路的人填满牲口槽。但是有一个倒霉的旅行者，被风暴困在这儿达一个星期，却只在这儿发现了豆角。这一违背好客风俗的行为，用地名在历史上传下来就够了。

最后是"天堂牧场"，这是一个从地图上看到的非常普通的地名。但是，当你在经过艰苦的骑马跋涉，终于到达那儿时，你就会发现有些很不一般的地方。它隐藏在一个高峰的较远的一边，这正是所有被称作天堂的地方所应有的所在。一条有鳟鱼的潺潺的小溪曲曲弯弯地流过绿色的草地。一匹马在这里呆上一个月，就会变得滚圆，以至肥壮得可以让雨水在它的背上积成一个小水洼。当我第一次来到"天堂牧场"时，我不禁自问："你还能把它叫作什么呢？"

尽管有好几次机会，我却再未重访白山。我情愿不去看旅游者、道路、锯木场、伐木用的铁路为它、或在它上面所做的一切。我听到一些年轻人说，这是一个美丽的地方，——这些年轻人，当我第一次骑马到"云霄"时，他们还没生下来。对他们的说法，心照不宣，我是同意的。

像山那样思考

一声深沉的、骄傲的嗥叫，从一个山崖回响到另一个山崖，荡漾在山谷中，渐渐地消失在漆黑的夜色里。这是一种不驯服的、对抗性的悲哀，和对世界上一切苦难的蔑视情感的迸发。

每一种活着的东西（大概还有很多死了的东西），都会留意这声呼唤。对鹿来说，它是死亡的警告；对松林来说，它是半夜里在雪地上混战和流血的预言；对郊狼来说，是就要来临的拾遗的允诺；对牧牛人来说，是银行里赤字的坏兆头；对猎人来说，是狼牙抵制弹丸的挑战。然而，在这些明显的、直接的希望和恐惧之后，还隐藏着更加深刻的涵义，这个涵义只有这座山自己才知道。只有这座山长久地存在着，从而能够客观地去听取一只狼的嗥叫。

不过，那些不能辨别其隐藏的涵义的人也都知道这声呼唤的存在，因为在所有有狼的地区都能感到它，而且，正是它把有狼的地方与其他地方区别开来的。它使那些在夜里听到狼叫，白天去查看狼的足迹的人毛骨悚然。即使看不到狼的踪迹，也听不到它的声音，它也是暗含在许多小小的事件中的：深夜里一匹驮马的嘶鸣，滚动的岩石的嘎啦声，逃跑的鹿的砰砰声，云杉下道路的阴影。只有不堪教育的初学者才感觉不到狼是否存在，和认识不到山对狼有一种秘密的看法这一事实。我自己对这一点的认识，是自我看见一只狼死去的那一天开始的。当时我们正在一个高高的峭壁上吃午饭。峭壁下面，一条湍急的河蜿蜒流过。我们看见一头雌鹿——当时我们是这样认为——正在涉过这条急流，它的胸部淹没在白色的水中。当它爬上岸朝向我们，并摇晃着它的尾巴时，我们才发觉我们错了：这是一只狼。另外还有六只显然是正在发育的小狼也从柳树丛中跑了出来，它们喜气洋洋地摇着尾巴，嬉戏着搅在一

起。它们确确实实是一群就在我们的峭壁之下的空地上蠕动和互相碰撞着的狼。

在那些年代里，我们还从未听说过会放过打死一只狼的机会那种事。在一秒钟之内，我们就把枪弹上了膛，而且兴奋的程度高于准确：怎样往一个陡峭的山坡下瞄准，总是不大清楚的。当我们的来复枪膛空了时，那只狼已经倒了下来，一只小狼正拖着一条腿，进入到那无动于衷的静静的岩石中去。

当我们到达那只老狼的所在时，正好看见在它眼中闪烁着的、令人难受的、垂死时的绿光。这时，我察觉到，而且以后一直是这样想，在这双眼睛里，有某种对我来说是新的东西，是某种只有它和这座山才了解的东西。当时我很年轻，而且正是不动扳机就感到手痒的时期。那时，我总是认为，狼越少，鹿就越多，因此，没有狼的地方就意味着是猎人的天堂。但是，在看到这垂死时的绿光时，我感到，无论是狼，或是山，都不会同意这种观点。

自那以后，我亲眼看见一个州接一个州消灭了它们所有的狼。我看见过许多刚刚失去了狼的山的样子，看见南面的山坡由于新出现的弯弯曲曲的鹿径而变得皱皱巴巴。我看见所有可吃的灌木和树苗都被吃掉，先变成无用的东西，然后则死去。我看见每一棵可吃的、失去了叶子的树只有鞍角那么高。这样一座山看起来就好像什么人给了上帝一把大剪刀，并禁止了所有其他的活动。结果，那原来渴望着食物的鹿群的饿殍，和死去的艾蒿丛一起变成了白色，或者就在高出鹿头的部分还留有

叶子的刺柏下腐烂掉。这些鹿是因其数目太多而死去的。

我现在想，正是因为鹿群在对狼的极度恐惧中生活着，那一座山就要在对它的鹿的极度恐惧中生活。而且，大概就比较充分的理由来说，当一只被狼拖去的公鹿在两年或三年就可得到补替时，一片被太多的鹿拖疲惫了的草原，可能在几十年里都得不到复原。

牛群也是如此，清除了其牧场上的狼的牧牛人并未意识到，他取代了狼用以调整牛群数目以适应其牧场的工作。他不知道像山那样来思考。正因为如此，我们才有了尘暴，河水把未来冲刷到了大海。

我们大家都在为安全、繁荣、舒适、长寿和平静而奋斗着。鹿用轻快的四肢奋斗着，牧牛人用套圈和毒药奋斗着，政治家用笔，而我们大家则用机器、选票和美金。所有这一切带来的都是同一种东西：我们这一时代的和平。用这一点去衡量成就，全部是很好的，而且大概也是客观的思考所不可缺少的，不过，太多的安全似乎产生的仅仅是长远的危险。也许，这也就是梭罗[11]的名言潜在的涵义：这个世界的启示在野性。大概，这也是狼的嗥叫中隐藏的内涵，它已被群山所理解，却还极少为人类所领悟。

埃斯库迪拉

在亚利桑那的生活，脚下离不开垂穗草，头顶离不开天空，视线则离不开埃斯库迪拉山。

如果你在五彩缤纷的美丽草原上骑着马，向山北走去，无论你往哪儿看，也无论在什么时间，你总会看见埃斯库迪拉。

往东走，你要骑马越过很多长满树木的、使你感到困惑的山坪：每个凹地似乎都是一个为其本身所有的小小的世界，沐浴着阳光，散发着桧树的香味，惬意地倾听着蓝头松鸡的啁啾声。但是当你登上一个山脊时，你便立刻变成了一个巨大的空间中的小黑点。在它的边缘上，高悬着埃斯库迪拉。

南边是沟崖交错的蓝河峡谷，到处都是白尾鹿、野火鸡和带着野性的家牛群。当你发觉你错过了一只漂亮的、正在地平线上向你说再见的公鹿时，你会往下看去，以便搞清楚为什么错过了它。这时候你将看见远处蓝色的山：埃斯库迪拉。

西边是波涛般起伏的阿帕奇国家森林的外围。我们曾在那里勘查过木材产量，把高高的松树，按四十棵为单位化成了笔记本上的数字，这些数字代表着假设的木材堆。在气喘吁吁地向峡谷上面攀登时，勘测员会感到，他的笔记本上的各种标志的间接性，与其汗湿的手指、洋槐的尖刺、鹿蝇的叮咬，以及训斥松鼠等行为的直接性之间，有着一种古怪的不协调。然而，到了下一个山坪，一阵寒风呼啸着越过那一片绿色松树的海洋，他的各种怀疑都被吹去了。在遥远的林海边上，高悬着埃斯库迪拉。

这座山不仅紧紧连接着我们的工作和我们的活动，甚至还关系着我们要吃一顿美餐的打算。在冬天的傍晚，我们常常试着偷袭河滩上的野鸭，小心翼翼的鸭群在玫瑰色的西方盘旋着，转向铁青色的北方，然后消失在漆黑的埃斯库迪拉。如果

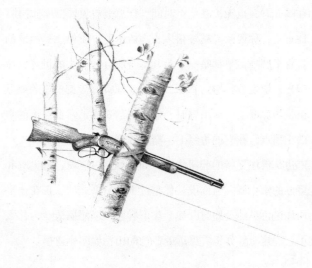

它们再次飞出来，我们就会有一只肥美的雄野鸭放入荷兰烤箱。如果它们不再出现，那就只好再吃咸猪肉和青豆了。

事实上，只有一个地方，从那儿，你看不见地平线上的埃斯库迪拉，那就是埃斯库迪拉自己的山顶。从山顶上，你看不见这座山，但你能感觉到它。其原因在于那只大熊。

"老大脚"[12]是一个强盗大王，埃斯库迪拉就是它的城堡。每年春天，当暖风在积雪上化出黑晕时，这只老熊就从它在坡上越冬的洞里爬出来。来到山下，然后猛然向一只乳牛的头部击去。吃够了之后，便又爬回它的山岩，在那里太太平平地靠旱獭、鼠兔、草莓和根茎度过夏天。

我曾看见过一次它的猎获品。那只乳牛的头颅和脖子被打得稀烂，就好像它自己把头撞到了一辆飞驰的货车上一样。

从来没有人看见过老熊，但是在泥泞的春天，在崖底周围，你就会看见它不可思议的踪迹。只要看见它们，就连大部分剽悍的牛仔们也会意识到熊的存在。无论他们骑着马来到哪儿，他们都会看到这座山，当他们看到这座山时，就会想到熊。篝火旁的闲聊总是围绕着牛肉、巴拉斯舞蹈[13]和熊。尽管"大脚"为自己索取的只是每年一头牛以及几平方英里无用的岩石地区，它的存在却深深地影响着这个地区。

这正是进步的事物首次来到这个牧牛区域的时期。进步有着各种各样的使者。

一个是最早横贯大陆的汽车司机。牛仔们很理解这位开路者，他像所有的驯马者一样谈论着同样快活的、夸张了的经历。

牛仔们不理解，却还是倾听着和盯着那位穿黑天鹅绒衣服的漂亮女士，她用波士顿口音对他们讲解着妇女参政。

他们对电话工程师也惊叹不已，因为他在刺柏上拉了电线，并在刹那间就带来了城里的信息。一位老人问道，这根电线能不能给他带来一块咸牛肉。

有一年春天，进步又遣来了另一位使者。这是一位政府的捕兽者，一位穿着工装的圣·乔治一类的人[14]。他是来搜捕对政府不利的恶龙的。他问道，在哪儿有什么需要杀死的起着破坏作用的动物？回答是肯定的，就是那只大熊。

这位捕兽者给他的骡子装了驮，然后就启程往埃斯库迪拉。

一个月后，他回来了。他的骡子被一块很重的兽皮压得摇摇晃晃。在城里只有一个谷仓可以用来晾干它。他曾经使用了陷阱、毒药，以及所有他平时所使用的诱物，但都没用。于是，他在一个只有这只熊才能通过的隘口上竖了一支枪，并且等待着。这只最后的熊终于上了圈套，被打死了。

那是在六月，剥下来的熊皮是难闻和带有斑块的，因此，也是没有价值的。不让这最后的熊有机会留下一张完好的皮来作它的种族的纪念，我们似乎感到有点怠慢了。所有留下来的东西只是一个在国家博物馆的头骨，以及在科学家中引起的有关这只头骨的拉丁文学名的争论。

这仅仅发生在我们反复思考那些我们开始想知道，谁给进步制定了这些规则的那些事情之后。

从一开始，时间就啃噬着埃斯库迪拉玄武岩的山体，消耗着、等待着，同时也建设着。时间在这座古老的山上建造了三件东西：一个令人起敬的外貌，一个微小的动植物共同体和一只熊。

捕杀那只熊的政府捕兽者知道，他给埃斯库迪拉山的牛群带来了安全。但是，他不知道，他颠覆了那座大厦的尖顶，这座大厦是自拂晓时的星辰在一起歌唱时就开始建筑起来的。

派遣捕兽者的局长是一位精通进化"建筑"结构的生物学家，但是，他不懂得，那尖顶是和牛群一样重要的。他不曾预见，在二十年内，这个牧牛区将会变成旅游区，因此，对熊的需求比牛排更迫切。

投票赞成拨款消灭草原上的熊的国会议员们是拓荒者的儿子。他们曾高声赞美边疆人的无比刚毅和英勇，但他们也用强权和力量葬送了边疆。

我们这些林务官员们，对熊的灭绝表示了缄默，我们曾经得知，一个当地的牧场主在犁地时发现了一把刻着一个卡拉那多[15]上校名字的宝剑。我们对那些西班牙人表示了非常严厉的态度，因为他们曾经在对黄金和宗教皈依的狂热下，完全没有必要地消灭了印第安人。但是，我们不曾想到，我们也是那种过分肯定自己正义感的进行着侵略的上校们。

埃斯库迪拉仍然高悬在地平线上，然而，当你看到它时，你不再会想到熊。它现在只是一座山。

奇瓦瓦和索诺拉[16]

拉瓜喀玛亚

美好的物理学，即使在中世纪时代也是自然科学的一个部门。甚至那些并非热心的太空探险者们，也千方百计地想去解开它的公式。例如，大家都知道，北方森林的秋色就是大地加上一棵红枫，还有一只松鸡的总和。从传统的物理学角度来看，这只松鸡所代表的仅仅是总体或一英亩能量的一百万分之一。但是，如果去掉松鸡，整个事物便成了死的。某种动力的相当大的能量损失掉了。

要说这个损失全部都出自我们的想象是很容易的。但是，任何一个严肃的生态学家会同意这种看法吗？他充分了解生态学上的死亡。从现代科学的角度来看，这种死亡的意义是难以表达的。一位哲学家把这种不可估量的本质称作物质事物的numenon（精灵）。它与phenomenon（现象）截然不同。现象是可以表达、可以预言的，甚至最遥远的星辰的摇晃和转动也可被表达和预言。

松鸡是北方树林的精灵，冠蓝鸦是山核桃林的精灵，在泥炭沼泽里的则是灰噪鸦，在刺柏林山脚下的是蓝头松鸡。鸟类学的教科书中是没有这方面的记载的，我想，就科学而言，它们是新奇的，然而，对于一个具有洞察力的科学家来说，它们是显而易见的。尽管如此，我仍然要记下对马德雷山脉的精灵的发现：厚嘴鹦鹉。

它之所以被称为发现，仅仅是因为几乎没人到过它所栖息的地方。一旦到了那儿，则只有聋子和瞎子才看不见它在山区生活和景观上的作用。在这些叽叽喳喳的鸟儿离开它们在峭壁上的巢，到那破晓时的高地上做它们的早课之前，你真是难以吃完你的早饭。像鹤群一样，它们翻滚着、旋转着，并高声争论着一个问题（这个问题也让你感到难解）：这慢腾腾地爬过整个山谷的新的一天，是比前一天更晴朗灿烂，还是要更为阴晦？投票结果是平局，于是它们和各自的同伴一起飞向高高的山坪，去吃它们的早饭：美味的松子。它们一直还没看见你。

但是，稍等一会儿，当你登上山谷外的山坡时，有一只眼尖的鹦鹉大约在一英里外，发现了你这个陌生的动物正气喘吁吁地走在那条只有鹿，或者山狮、熊，或者火鸡才被允许通行的小道上。早饭被忘记了。在欢呼和喧嚷中，这一大帮鸟儿全冲着你飞过来。当它们在你头上打圈子时，你真希望能有一本鹦鹉辞典。它们是在问你，是什么神差鬼使让你来到这个地方？或许，它们就像一个鸟类学会，只是想弄清楚你是否欣赏它们赖以自豪的家乡、天气、公民，以及可以与诸如此类的，所有其他的时代和地方相比拟的光荣的未来？很可能两者兼而有之。这时，一个令人忧虑的预兆从你脑海中闪过：当道路通向这里，当这个狂想的接待委员会首次向那位带枪的旅游者致敬时，会出现什么情况？

马上它们就明白了，你是一个笨拙的、不会表达感情的家伙，你不能很好地用口哨声来向这标准的礼仪致以答谢。好了，在树林里还有那美味的松果，还是去吃完我们的早饭吧！这一次，它们可能停在下面峭壁上的某棵树上，从而你能有机会偷偷地走到边上往下看去。在那儿，你首先看到的是色彩：带着鲜红和黄色肩章的天鹅绒般的制服，以及黑色的头盔，它们吵吵嚷嚷地从一棵松树飞到另一棵上，而且总是排成队形和以偶数组成的。只有一次，我看见一队是五个组成的，大概是因为再没有其他数字来组成一对一对的了。

我不知道，在春天交配的鸟儿是否也像这些在九月里大声向我致意的鸟群一样热闹。但我确实知道，如果在山上有鹦鹉，九月是很热闹的，你会马上就知道它。作为一个专门的鸟

类学家，你应该当仁不让地去努力描述这种呼唤。表面上看来，当雾霭笼罩着当地的峡谷时，蓝头松鸡的行为是很相似的，但蓝头松鸡的啼叫是婉转和具有怀旧情绪的，而这同时，瓜喀玛亚的叫声则比较高，并且洋溢着高度喜剧性的、风趣的热情气氛。

我听说，在春天，交配的鸟儿将住在某棵高大的死松树上啄木鸟的洞里，以暂时的隐居去履行其延续种族的职责。不过，啄木鸟凿的洞能装得下它们吗？"瓜喀玛亚"（当地人用这个非常好听的声音来称呼这种鸟）像鸽子一般大，它是很难挤进一个啄木鸟的阁楼的。它是不是用自己有力的喙把洞扩大了？也许它是依赖那种帝王啄木鸟的洞穴？据说在这个地区有这种鸟。我把发现这个答案的光荣任务留给未来的某位鸟类学的访问者。

绿色的潟湖

永远不去重访一个荒野有它聪明的一面。因为百合花上的金色越多，就越能肯定那是有人给镀上去的。重游故地不仅会破坏一次旅行，而且会使记忆也失去光彩。只有在记忆中，那令人兴奋的冒险才能永远是生气勃勃的。正因为如此，自从1922年，在我和弟弟到科罗拉多河的三角洲进行过一次划船探险后，就再没到过那儿。

纵然如此，我们还是可以说，三角洲自从1540年赫尔南多·德·阿拉孔[17]在那儿登陆以来，就一直是被人遗忘的地方。当我们在据说是赫尔南多曾停泊过他的船的河湾里扎下帐篷时，我们已经有好几个星期没看见一个人或一头牛，也没见过一把砍柴的斧子或一道篱笆了。有一次，我们穿过了一条旧的马车道，不知道是谁修筑的，它的差使大概也不怎么走运。有一次我们发现了一个罐头盒，它被当作一个非常有用的器皿而被捡了起来。

拂晓时的三角洲到处都是黑腹翎鹑的叫声，这些鸟栖息在悬垂着许多牧豆树的地方。当太阳刚在马德雷山脉升起时，阳光便斜射在一百英里方圆的美丽旷野上，这是一片由嶙峋的山峰围起来的广阔的荒野盆地。在地图上，三角洲是被河流分成了两半的，而事实上，这条河哪儿也不在，同时哪儿都有它，因为它在一百个绿色的潟湖中，决定不了哪一个能为它提供一条最清的，和最少险滩的通向海湾的河道。因此，它在所有的潟湖中旅行着，这样，我们也要照它一样行动。它又分又合，扭过来又转过去；它漫游在阴森的密林中，忙得真是团团转；它和可爱的小树林嬉戏着，它迷失了方向，却又很高兴不知回路。我们也是如此。如果你最终决定要享受一下拖延的滋味的话，就到一条不愿在大海中失去自由的河流中旅行吧。

"他把我领向静静的流水之旁"[18]，在我们乘着我们的小船探索绿色的潟湖之前，我们一直把这句话看作书中的一句短语。如果大卫没有写下这句赞美诗，我们也会有非把它写下来不可的感觉。静静的流水是深绿色的，我想这是因为水藻的缘故，尽管如此，也绝不比绿色差。由牧豆树和柳树组成的绿墙把河道与其后面的长满荆棘的荒漠隔了开来。在每个拐弯的地方，我们都看见许多白鹭站在前面的池塘里，犹如一动也不动的白色雕像，恰与其水中的倒影相对称。一群鸬鹚开动它们黑色的船头，去搜寻掠过水面的羊鱼。红胸反嘴鹬、半蹼白翅鹬和小黄脚鹬，正用一只脚立着做假寐状。绿头鸭、赤颈鸭和蓝翅鸭因惊吓而飞向空中。这些鸟儿在进入空中的时候，就在一小片云彩前聚集起来，在那儿整顿一下，也许又回到我们的营地上来休息。当一群白鹭落在远处的一棵绿色的柳树上时，就像是一场早来的暴风雪。

所有这些珍贵的鸟和鱼都不单是为我们消遣的。我们常常会碰到一只美洲山猫趴在一根漂浮在水面上的圆木上，爪子随时准备着去捕捉羊鱼。浣熊家族跋涉在浅滩上，用力地嚼着水里的甲虫。郊狼从水中小洲的土墩上望着我们，等着重新吃它

们的早饭：牧豆树豆角，以及各种各样的——我猜想——偶尔失去活动能力的鸟、野鸭和鹌鹑。在每个可涉足渡过的浅滩上都有黑尾鹿的踪迹。我们总要仔细地察看这些鹿迹，希望能发现那个三角洲的霸主——美洲豹。

我们连它的影子都没看见。但它的威力遍布荒野，活着的野兽是不会忘记它的存在的，因为疏忽的代价便是死亡。没有预先侦察好是否有美洲豹时，是不会有鹿在一丛灌木周围转悠，或停在一棵牧豆树下啃豆荚的。扎营的人在熄灭篝火之前，总是会谈到美洲豹。除了在主人脚边，没有一只狗会在夜里蜷作一团，无需说明，那兽中之王仍然统治着夜晚，那巨大的爪能击倒一头牛，那牙齿咬起骨头来就如同一把铡刀。

现在，对牛群来说三角洲是非常安全的：但对那些喜欢冒险的猎人来说，它将永远是乏味和单调的。由恐惧所换得的自由已经来临，可是那自豪感也从此告别了绿色的潟湖。

当吉卜林[19]嗅到阿姆利则晚炊的烟味时，他确实应该详细描述一下这种地球上的绿色柴火，因为还没有任何其他的诗人吟唱过，或者嗅到过。大多数诗人肯定都是靠无烟煤过活的。

在三角洲，人们只烧牧豆树，这是一种芳香气味特别浓的燃料。由于上百次的霜冻和雨淋而变得松脆，再加上上千次阳光的烘烤，这些古老的树木的多节而不朽的树干，早就在每个宿营地里等着随时取用，准备着让蓝色的青烟缭绕在暮色之中，准备着唱一支茶炊之歌，烤一个面包，和烘一只鹌鹑烤锅，并让人们的脚腕和胸脯暖和。当我们把满满的一铲牧豆树炭放进荷兰烤箱时，可要注意不要在睡觉前的那段时间里坐下来，免得因为那烤过头的瘢痕狼藉的鹌鹑而尖叫着跳起来。牧豆树炭有七条命——燃烧的时间很长。

在玉米产区里，我们烧白橡树炭做饭，在北方的森林里，我们曾用松木熏黑了我们的饭锅，我们也在亚利桑那的刺柏柴火上烤过鹿肉排骨，但是，在我们用三角洲的牧豆树炭烤一只嫩雁之前，我们还不曾见过十全十美的燃料。

为了这些烤雁，是值得使用最好的自动步枪的。我们跟着它们转了一个星期。每天早晨，我们都看见那嘎嘎叫着的雁队从河湾向陆地飞来，不久又飞回去，吃得饱饱的，并且安安静静地。在绿色的潟湖，究竟有什么珍奇的食品是它们寻觅的对象？我们一次又一次地宿营在雁群栖息的地方，希望看见它们停留下来，发现它们宴席上的佳肴。有一天，大约在早晨八点，我们看见雁队盘旋着，打乱了队形，然后侧翔着，像一些枫叶一样纷纷落在地上。一群接着一群。终于，我们发现了它们聚会的场所。

第二天早晨，我们在一个不起眼的河湾旁边埋伏着，这个河湾的岸上留着昨天雁群的踪迹。这时我们已经很饿了，因为从宿营地到这里有一段很长的路程。我弟弟正要吃一只冷的烤鹌鹑，当这只鹌鹑就要进入他嘴中时，从空中传来的一阵雁叫声使我们屏住了呼吸。这群大雁在悠闲地盘旋着、争论着、踌躇着，最后，还是飞过来了。这时，那只鹌鹑还挂在嘴边。随着枪响，那只鹌鹑掉到了沙地里，我们将能美餐一顿的大雁正躺在岸上踢蹬着双腿。

又有雁群飞来，并且落到地面上。狗兴奋地颤抖着，我们从容地吃完了鹌鹑，从我们埋伏的地方窥视着，并且倾听着雁群的聊天，那些雁正在啄着沙粒。当这一群填饱了肚子，并飞走之后，另一群便会来临，急不可待地去尝那些美味的石头。在绿色的潟湖中的数不清的沙粒中，这片特别的沙滩的沙子最合它们的口味。对于一只雪雁来说，这种差别是值得飞行四十英里的。我们的长途跋涉也是值得的。

在三角洲的大多数小动物都多得打不完。只要几分钟的射击，每个帐篷里就挂满了足够我们第二天吃的鹌鹑。良好的烹调法要求，在这些鹌鹑活着栖息在一棵牧豆树上与被放在牧豆树炭火上烘烤之间，至少要在一个寒冷的夜晚里在绳子上挂一宿。

所有的猎物都是出奇的肥壮。每只鹿都有那么多的脂肪，以至于能在沿着它脊骨的凹陷处装一小桶水。也许它早就允许我们倒水进去了。它实际上并没要求。

所有这种富庶的原因是不难找到的。每一株牧豆树和每一棵百里香都挂着豆角。河滨的泥地上生长着一种一年生的野草，它的像粮食一样的种子可以一满杯一满杯地去舀。那儿还有一片片长着一种类似咖啡草豆角的地方，如果你走过这些草地，你的衣袋里会装满带荚的豆角。

我记得有一块长着野南瓜的地，这种瓜大概叫作"加拉贝斯拉"，占了大约有几英亩河滨泥滩。鹿和浣熊曾打开过那些结了冻的瓜，为的是吃里面的瓜子。鸽子和鹌鹑在这个宴席上拍打着翅膀，就如同一群聚在一只熟透了的香蕉上的果蝇。

我们没有，至少是不能去吃这些鹌鹑和鹿所吃的东西，但我们却在甜蜜芳香的荒野里分享了它们明显的喜悦。它们喜气洋洋的节日般的情感，成了我们的情感，我们大家全都陶醉在一种共有的富裕之中，彼此都感到非常幸福。在人们居住的地方，我无法重新唤起这同样的对土地的那种情感的感受来。

在三角洲的野营生活也并不都是啤酒和九柱戏[20]。主要的问题是水，潟湖的水是咸的，而河流，即便是我们能够找到河流，也是浑浊得不能喝。每到一个新的宿营地，我们都得挖一口新水井。然而，大多数井，也只有来自河湾的咸水。我们学会了在哪儿能挖出淡水，尽管非常艰难。当不能确定新水井是否可用时，我们就拉着狗的后腿让它爬下去。如果它喝得很起劲，就说明我们可以把船拖上岸，点起火，并支起帐篷来。当鹌鹑在荷兰烤箱里噬噬作响时，我们便和周围的世界一起沉浸在宁静之中，夕阳沉入到圣佩德罗·玛蒂尔后的余晖里。洗刷了碗碟之后，我们便回忆着白天的经历，同时倾听着夜晚的不寻常的声音。

我们从不事先计划第二天的事，因为我们早就知道，在荒野里，在早饭前，某种新的突然的心血来潮，会把这一天的计划全部推翻。像那条河流一样，我们自由地游荡着。

按计划在三角洲旅行可不是件容易的事。每当我们爬上一棵三角叶杨去瞭望远处时，我们就会想起这一点。视野是那样广阔，以致你没有信心去做进一步观察，特别是西北方向，在西拉山脚下，有一条白色的带子悬浮在那永不消失的海市蜃楼中，这就是那个大盐漠。1829 年，亚历山大·帕蒂因为极度缺水、疲劳过度和蚊子叮咬而死在这里。帕蒂曾经有一个计划，越过三角洲到加利福尼亚。

有一次，我们准备从一个绿色的潟湖转到一个更绿的去。我们早就知道那儿是水禽盘旋的地方。其间要穿过一片有三百码距离的"卡克尼拉"的密林，这是一种很高的像长矛一样的灌木，它以一种不可思议的密度丛生在一起。洪水折弯了这些长矛，因此，它们就像马其顿的方阵一样挡住了我们的去路。我们谨慎地折了回去，并安慰自己说，我们原来的那个潟湖无论如何都要更美丽。

陷入卡克尼拉灌木方阵的迷惑之中，是一个从未有人提到过的真正的危险，而我们被预先警告要防止的那个危险却未成为现实。当我们把船停在这片密林上游的边界时，那儿就有一个悲惨的突然死亡的预告。我们听说，非常结实的筏子也曾被涨潮时的激浪打翻，这种激浪是由来自海湾的定时涨潮所引起的汹涌的水墙。我们谈论着浪潮，精心编订了防止它的计划，甚至在梦里也看见它，我们梦见骑在浪峰上的海豚，以及那在空中呼啸而过的海鸥的护卫队。当我们到达河口时。我们把我们的小船挂在一棵树上，在那里等了两天，然而，浪潮败了我们的兴。它根本没来。

三角洲没有地名，我们必须给我们所到的地方起我们自己的名字。我们把一个潟湖叫作"瑞里托"，就在这儿，我们看见了空中的珍珠。当时我们正仰面躺在地上，沐浴着十一月的阳光，懒懒地凝视着翱翔在头顶的一只红头美洲鹫。突然，在它后面的天空中出现了一个转动着的由白色斑点组成的圆圈，时隐时现。一声轻微的号角似的叫声马上告诉我，这是一群鹤。它们正在巡视着它们的三角洲，发现那里是非常完好的。在那时候，我的鸟类学知识还是土产的，因此我非常高兴地把它们当成美洲鹤，因为它们是那么白。当然，毫无疑问，它们是沙丘鹤。不过，这也没关系，关键在于我们与这群最天然的鹤共享着我们的荒野。我们和它们，都在这遥远的、僻静的空间和时间里，找到了一个共同的家，我们都返回到更新世去了。当时，如果我们能够，我们一定会以号角般的叫声来向它们回报致意的。现在，已经过去了很多年，我们仍然看见它们在盘旋。

所有这些都已经成为非常遥远的和很久以前的事了。人们告诉我，现在绿色的潟湖上正在种植着甜瓜。如果真是如此，它们将是淡而无味的。人们总是在毁灭他们喜爱的东西。因此，我们，拓荒者们也正在毁灭着我们的荒野。有人说，我们不得不如此。尽管可能是这样，我仍然高兴，在没有年轻人所在的荒野的情况下，我将永远不年轻了。当地图上没有一个空白点的时候，四十种自由有何用途？

伽维兰的歌

一条河流的歌一般都是指河水在石块、树根和险滩上所弹奏出来的旋律。

瑞奥·伽维兰也有这样一支歌。这是一种令人愉快的音乐，它显示着舞动的涟漪，和隐在美国梧桐、橡树和松树的长满青苔的树根下的肥大的硬头鳟。它也是很实用的，因为整个狭窄的山谷都充满着水的叮咚声，所以当鹿和火鸡到山下来喝水时，它们就听不见人或马走动的声音。当你转到下一个拐弯时，要特别留神，因为它可能会给你一个射击的机会，这样就省得在高高的山坪上气喘吁吁地攀登了。

这种水的音乐是每个耳朵都可以听见的，但是，在这些山丘中还有其他的音乐，却不意味着所有的耳朵都能听到。即使想听到几个音符，你也必须在那儿站很长时间，而且还一定得懂得群山和河流的讲演。这样，在一个静谧的夜晚，当营火已渐渐熄灭，七星也转过了山崖，你就静静地坐在那里，去听狼的嗥叫，并且认真思考你所看见的每种事物，努力去了解它们。这时，你就可能听见这种音乐——无边无际的起伏波动的和声，它的乐谱就刻在千百座山上，它的音符就是植物和动物的生和死，它的韵律就是分秒和世纪间的距离。

　　每一条河流的生命都在唱着它自己的歌，但是，在大多数情况下，都由于加进了滥用的不和谐的音调而变得很长。过度的放牧先损坏了植物，然后又破坏了土壤，来复枪、捕兽器和毒药接着又消灭了较大的鸟和哺乳动物，随后则是拥有道路和旅游者的一个公园和森林。公园的建立给很多人带来了音乐，然而到了很多人把它调到可以听得见的时候，那里则除了噪

音，就几乎没有什么音乐了。

也曾有人住在一条河上，而不破坏它的和谐。他们肯定有几千人住在伽维兰，因为到处都有他们的工作成果。当你从任何一个富有吸引力的谷中往上攀登时，你就会发现自己正登在小小的岩石台地，或者有裂缝的堤坝上。每一层突出的部分都与下一个的底部相连。在每个堤坝的后面都有一小块土地，那曾经是一块农田或菜园，降到毗邻的陡峭的坡地上的雨水浇灌着它。在地垄上，你会发现一个瞭望塔的石基，山旁的农民们大概就站在这里来看护他们的小小的田地。家庭用水肯定是由他从河里取来。显然，他没有任何家畜。他种植什么作物？多久以前？仅有的一个不完整的答案在那已经有三百岁的松树、橡树或刺柏树上，它们就长在他的小小的农田里。很清楚，这些农田的年龄远比这些古树的年龄大。

鹿喜欢卧在这些小小的台地上。这些小小的台地提供了一个没有石块的、由橡树叶子铺垫的、并由灌木做帐子的平坦的床。有一边高过那个堤坝，鹿从这里可以看到来犯的敌人。

有一天，在一阵狂啸的风的掩护下，我小心翼翼地往下爬到一只公鹿的上方，它正卧在一个堤坝上。它躺在一棵巨大的橡树下，这棵橡树的根缠绕在那古老的石基上。它的角和耳朵在远处金色的垂穗草的映照下显出黑色的轮廓，在垂穗草里长着绿色的侧花槐的玫瑰状的饰物。整个情景都恰到好处。我没有射中，我的箭头击在那古代印第安人曾经躺过的石块上，粉碎了。当那只公鹿跳下山去，并摇着它那雪白的尾巴向我道别时，我意识到，它和我都是同一寓言中的角色。从灰尘到灰尘，从石器时代到石器时代，而且总是在永久的追逐中。我错过的正合时宜，因为当一棵巨大的橡树长在我现在的花园时，我就希望会有一只公鹿在它的落叶上做床，猎人们将会追踪寻迹，会错过它，而且怀疑着是谁筑起了这座花园的高墙。

有一天，我的公鹿将会在它的肋骨上得到一个靶心，一头笨拙的小牛会盗用它在橡树下的床，并且大嚼那金黄色的垂穗草，直到那里完全被杂草占据为止。然后洪水将会冲破古老的堤坝，并把它的石块堆积在顺着河流的旅游路上。卡车将在昨天我曾看见狼的足迹的古老的小道上扬起灰尘。

在眼光短浅的人看来，伽维兰是一片坚硬多石的土地，到处都是险峻的陡坡和悬崖。它的树扭曲多节，因此不能做柱子或木材，它的草地太陡，因此不能用作牧场。然而，古代的台地建筑者们是不会被蒙混的，他们根据经验知道，这是一片到处都是牛奶和蜜糖的土地。这些曲曲弯弯的橡树和刺柏，每年都生产着供野生动物搜取食用的果实。鹿、火鸡以及野猪就像玉米地里的小牛一样过着它们的日子，它们确实认为这种果实就是美味多汁的肉食。那些金色的草，在他们摆动着的羽状叶子下面，隐藏着一个长着球茎和块茎的包括野红薯的地下菜园。打开一只肥壮的彩鹑的嗉囊，你会发现一个从你曾认为是贫瘠的岩石层上攫取来的地下食物的植物标本汇集。这些食物是植物从所谓的动物区系的庞大器官所提取的动力。

每个地区都有一种代表其富饶的人类食物标志。伽维兰的群山是这样发现它们的烹调要领的：杀掉一只以橡实为食的鹿，既不要早于11月份，也不要迟于1月。把它挂在一棵活着的橡树上晾七天，并让太阳晒七天。然后从它脊骨下的脂肪层上切下半冻的肉条，再把这些条子横切成肉排。在每块肉排上都搓上盐、花椒和面粉。把它们扔进装有冒着浓烟的热熊油的荷兰烤箱里，并用活的橡木做燃料。在这些肉排烤成焦黄时，便把它们拿出来。在脂肪中撒一点面粉，然后加入冰水，再加上牛奶。把一块肉排放在蒸好的酸味干饼上，再把它们浸在肉汁里。

这种烹调法是很有象征性的。公鹿躺在山上，这金黄色的肉汁就是它活着的时候那沐浴着它生命的阳光。

食品是伽维兰之歌的续集。当然，我不仅指你的食物，而且也指橡树的食物。公鹿靠橡树为生，公鹿又为美洲狮所食。这只美洲狮又死在一棵橡树下，进入它生前所捕食的牺牲品所食取的橡实中。这是许多由橡树开始，然后又返回去的食物链环之一。因为橡树还为蓝冠鸡提供食品，蓝冠鸡则被苍鹰所食取。橡树还喂养着你用其油做肉汁的熊，喂养着曾给你上过一堂植物课的鹌鹑，喂养着每天都要躲开你的火鸡。所有食品循环的共同结局，都是帮助伽维兰源头的水流把一粒粒泥土从马德雷山脉的广阔的外壳上分离下来去制造另一棵橡树。

有些人负责检验植物、动物和土壤组成一个庞大乐队的乐器的结构。这些人被称为教授。每位教授都挑选一样乐器，并且一生都在拆卸它和论述它的弦和共振板。这个拆卸的过程叫作研究。这个拆卸的地点叫作大学。

　　一个教授可能会弹拨他自己的琴弦，却从未弹过另一个。但当他听音乐时，他肯定从来不会对他的同事或学生承认这一点。

　　教授为科学服务，科学为进步服务。科学为进步服务得那样周到，以致在进步向落后地区传播的热潮中，那些比较复杂的乐器都被践踏和打碎了。零件们一个个地从歌中之歌被勾销了。如果在被打碎之前，教授就把每种乐器分了类，那他也就安心了。

　　科学在向世界贡献道德，同时也贡献着物质。它在道德上的最大贡献就是客观性，或者叫作科学观点。它意味着，除了事实以外，对每种事物都表示怀疑，它意味着恪守事实，从而使其事实的各个部分各得其所。由科学所恪守的事实之一，是每条河流都需要更多的人，而所有的人都需要更多的发明创造，因此也需要更多的科学；美满的生活则依赖于这条逻辑无限的延伸。在任何一条河上的美满生活，同时还可能取决于其音乐的百分比，以及对某种需要理解的音乐的保存，是一种尚未被科学所考虑到的可疑的方式。

　　科学尚未来到伽维兰，因此水獭在它的池塘和浅滩上嬉戏着，并追逐着从布满青苔的河岸下所蹦出来的硬头鳟；它从未想过，有一天洪水会把河岸冲入太平洋，或许有一天猎人会来和它争夺鳟鱼的所有权。和科学家一样，它并不怀疑它自己对生存的没想。在它的想象中，伽维兰将永远在歌唱。

俄勒冈和犹他

雀麦的替换

就如同在小偷中讲究信用一样，在动植物的害虫中也讲团结一致和相互配合。当一只害虫在什么地方遇到天然的障碍，另一只就会来临，它用一种新的方式来冲破这种障碍。结果，每个地区和每一种资源都有一定数量的不请自来的生态学客人。

因此，家雀对于马匹的减少是无关的，却也被紫翅椋鸟所接替了，后者是尾随拖拉机的。栗树枯萎病，原来是无法越过西部栗树林的边界的，但是随着荷兰榆树病害的传播，栗树枯萎病每次都有机会来到西部树种的境内。北美乔松疱锈病向西部的远征本来只能到达无树的平原地区，但由于成功地通过后门找到了新的着陆点，现在已经轻而易举地越过了落基山，从爱达荷到了加利福尼亚。

生态学上的偷乘者是随着最早的居民开始来临的。瑞典植物学家彼德·卡尔姆发现，大多数欧洲的杂草早在1750年就在新泽西和纽约扎根了。它们传播的速度与那些居民的犁得以犁出一块播种的土地一样快。

后来从西欧来的其他杂草，则在由放牧的牲畜的蹄子所踏出来的数千英里的温床上安了家。在这种情况下，其传播之快，是常常难以记录下来的。只要一个美妙的春天来临，人们就会发现，一种新的杂草已经布满了牧场。一个最显著的例子就是侵入中部山区和西北部山丘的雀麦，又被称作行窃草。

恐怕你对这个大熔炉的新成分会有一种过分乐观的印象，所以让我来讲讲这种雀麦，这种不能形成生气勃勃的草地景观的草。它是一年生草本杂草，和狗尾草、马唐草一样，每年秋天死去，并在那年秋天或第二年春天布下种籽。在欧洲，它生长在茅屋顶上的腐烂了的草中，拉丁文中的"屋顶"是 tectum，因此被称作"屋顶上的雀麦"。一种能够在屋顶上生存的植物，也能够在这个大陆的富饶而又干旱的顶部兴盛起来。

今天，西北部山区侧边的蜂蜜色的山丘的景观，并不是来自一度覆盖其上的茂盛和有用的禾本草类和须芒草，而是那种代替了本地草类的劣质雀麦。机动车司机为那流水般的轮廓而惊叹着，它把司机的眼睛引向了远处的最高峰，但他并未意识到这种替换。他意识不到，这些山丘是因为搽上了生态学的香粉，而呈现出损坏了的肤色。

之所以出现这种替换，原因在于过度的放牧。当过多的牛群和羊群把山丘的表皮咀嚼和蹂躏掉的时候，必须要有某种东西盖在裸露的流失了土壤的地上。雀麦这样做了。

雀麦生长得很稠密，每一株上都长着一丛刺芒，这表明，这种植物成熟后是不能喂牲口的。如果你想体验一下一只乳牛试图去吃它时的尴尬处境，就穿上一双矮帮儿的鞋去穿过雀麦地。所有雀麦区的野外工作者都穿着长筒靴。在这里，尼龙长袜被扔到汽车踏脚板和人行道上。

这些刺芒像一条黄色的毯子一样覆盖着秋天的山丘，它们像棉花和羊毛一样易于引燃。要在雀麦地区做到完全的防火是不可能的。结果，那些残留下来的、牲畜可吃的好植物，如艾蒿、野蔷薇，都被烧得退到较高的地方，而在这些地区它们是很少用于做冬季饲料的。在较低的松林边缘，本来是鹿和鸟类所必需的掩蔽物，现在也被烧得退到了更高的地方。

在一个夏季旅游者看来，烧掉几棵灌木，对这些山丘来说似乎可能不是什么损失。他不知道，在冬天，大雪是不允许牲畜和动物呆在较高的山上的。牲畜可以在山谷里得到喂养，而鹿和驼鹿就必须在山丘上寻找食物，否则就得挨饿。能够栖居的冬季地带是很狭窄的，越往北走，可栖居的冬季草地和夏季草地的地区悬殊就越大。因此，那些散布在山丘上的一丛丛野蔷薇、艾蒿、橡树，都是这整个地区的野生动物赖以生存的关键，而现在却在雀麦和火灾的袭击下迅速地消失着。另外，这些零散的灌木，在它们本身结构的保护功能的作用下，常常藏匿着一些当地的四季常青的草类的残迹。当灌木被烧掉的时候，这些草也就葬身于牲畜腹中了。在猎人和牧人们为谁先往冬季牧场上搬运物资的问题上争得面红耳赤时，雀麦却使争论中的牧场越来越小。

雀麦引起了很多小小的烦恼，虽然大多数可能都不比鹿的饥饿，以及乳牛吃了雀麦更严重，但仍值得提一下。雀麦侵入到旧的苜蓿地里，使牧草退化了。它阻挠着新孵出的小野鸭从高地向低处水中进行的生死攸关的迁徙。它侵入沼泽区域边缘的低地，使松树的秧苗长不出来，同时还用来不及扑灭的火灾危险威胁着老树的繁息。

在我到达北加利福尼亚边界的关口时，我亲身体验到一种小小的烦恼。在那里，我的汽车和行李受到了一位检疫官的搜检。他很客气地解释说，加利福尼亚欢迎旅游者，但它也必须搞清楚，这些旅游者的行李中确实不带有动物或植物的害虫。我问他是指哪些害虫，他背诵了一长串花园和果园里可能有的病虫害，却未提到那黄毛毯似的雀麦。事实上，这条毯子已从他的脚下铺到四面八方的远方的山陵中去了。

如同鲤鱼、紫翅椋鸟以及猪毛菜的事实一样，雀麦病害的地区也出现了一种必然会有的优点，从而发现这个侵略者还有用处。在其生长期里，刚抽芽的雀麦是一种很好的饲料，很有可能，你午饭吃的小羊排骨，就是靠雀麦养育的。雀麦减少了随着过度的放牧而出现的土壤流失，然而，雀麦却又正是由于过度放牧而被允许生长的。(这种生态学上的美妙的环形循环是值得认真思考的。)

我曾经留神注意一个线索，即是否两方一直是把雀麦作为一种必然的邪恶而接受的，从而一直要共同生活到死；或是把它当成一个纠正其在过去的土地使用上的错误的一个挑战。然而，迄今为止，既没有可为野生动植物的管理而骄傲的迹象，也没有可拥有一片有毛病的土地而惭愧的觉悟。我发现，这种使人感到无望的态度几乎到处都是。为了宣传保护主义，我们在会议室和编辑办公室里吊起了风车，然而返回四十年前去，我们甚至会放弃拥有它的执照。

马尼托巴

克兰德波埃

我想，教育恐怕只能让我们了解事物的某些方面，但同时也会忽略这一事物的其他方面。

我们大多数人一直熟视无睹的一件事就是沼泽的性质。作为一种特别的爱好，我带一个访问者去了克兰德波埃，这时，我才领悟了这一点。对他来说，只是为了要发现它比其他沼泽更为荒凉和难以渡过罢了。

这是很奇怪的，因为所有的䴙䴘、游隼、棕膛鹬、西鹏鹬也意识到克兰德波埃是不同于其他沼泽的。为什么它们特别喜欢它甚于其他沼泽？为什么它们对我闯入它们的领地是那样的不满，不是仅仅因为未经许可，而是因为某种举止尤其不当？

我想，秘密在这儿：克兰德波埃是个不一般的沼泽，这不仅仅是在空间上，而且在时间上。只有那些对来自第二手的历史资料不加分析就接受的人才认为，1941年是在同一时刻到达一切沼泽的。然而，鸟儿理解得深刻多了。假设有一队南飞的鹈鹕，觉得克兰德波埃上空的草原微风在高举着它们，它们便立刻会有一种感觉，即这儿是一个在地质上的旧时代的着陆点，是远离大多数无情的侵略者的安全岛，是未来的希望。于是，它们发出古怪的、原始的鸟儿咕噜声，振起了翅膀，雄伟而矫健地盘旋着降到这片受欢迎的、过去世纪所遗留下来的残迹上。

那儿已经有其他的避难者了。每一个避难者都以其自己的方式从时代的进程中得到了喘息。燕鸥，就像一队队愉快的孩子，在泥滩上空大叫大嚷着，仿佛那逐渐消失的冰层中的最早的冰融，正在闪动着它们要捕捉的鲤鱼的晕圈。一队沙丘鹤，不管什么东西，只要是它们所怀疑和恐惧的，它们就要对它发出嘎嘎的挑衅声。天鹅的纵队则以一种静穆庄严的姿态行进在水湾上，惋惜着那瞬息即逝的美妙事物。从一棵被风暴毁坏了的三角叶杨的顶端，一只游隼游戏般地扑向过路的水禽——沼泽正是从那棵树下泻入那个大湖。它已经美餐了一顿鸭肉，因而有兴致去吓唬那些尖叫着的蓝翅鸭。这还是它在阿格塞斯湖

191

遮盖着草原时就经常进行的饭后运动。

要把这些野生动物的喜怒哀乐做一个分类是很容易的，因为它们的感情是外露的。然而，在克兰德波埃，有一个避难者的思想，我是无法得知的，因为它从来不和人类侵略者打交道。如果说，其他鸟都很容易信任那些自命不凡的穿工作服的家伙的话，西鹏鹧则不然。当我蹑手蹑脚、小心翼翼地接近沼泽边的芦苇时，我能看到的仅是它沉入水中的银色的浪花。它无声无息地进入了水湾。其后，在远处岸边的芦苇后面，它发出了小小的银铃般的声音，那是它在向它的同类警告着什么。什么样的警告？

我从未能猜到它，因为这种鸟和人类之间有着某种隔阂。我的一位客人，把鹏鹧的名字从他所列的鸟类名单中排除了，并轻率地写了一个象征这种铃声般的鸟叫的音节的短语："喀里喀，——喀里喀"，或许还写了某种诸如此类的废话。这个人未能体会到，在这儿，有着某种比鸟的名称更为深刻的东西。他未能感受到，这儿有一种"秘密"的信息，它不要求按假造的音节去歌唱，而要求翻译和理解。唉，我曾经，而且现在依然和那位客人一样，未能翻译和理解这种信息。

在春日渐深时，这个铃声也变得更为持久。从破晓到黄昏，每处水面上都能传出它的声音。据我猜测，现在幼鹏鹧们已经开始了它们的水上生活，并正在接受其父母的鹏鹧哲学的教导。然而，你若想看看这个课堂的情景，那可不是件容易的事。

假若有一天，我把自己面孔朝下地埋在一个麝鼠洞的秽物中，在我的衣服吸收了当地颜色的同时，我的眼睛也吸取了沼泽的学问。一只雌潜鸭，在它的一群长着粉红色喙的、有着金绿色羽毛的毛茸茸的小雏的护卫下，从我身边巡游过去。一只弗吉尼亚秧鸡几乎擦着我的鼻子。一只鹧鹕的影子掠过了一个池塘，在这个池塘里，一只小黄脚鹬落在那里，发出婉转的哨声。当时我正苦思冥想地要写一首诗，但这只黄脚鹬抬起脚走动时，便走出来一首更好的诗。

一只水貂在身后的浅滩上拐来拐去地滑动着，用鼻子在空气中嗅着，慢腾腾地拖着身子。沼泽鹪鹩一次又一次地往一个莞草丛中飞着，从那儿传来了幼鸟的喳喳声。我开始在阳光下打起盹来，就在这时，从那个空旷的池塘里出现了一只野性的红眼睛，在一只鸟头上耀眼地闪烁着。当它发现太平无事时，一个银色的身影出现了：像雁一样大，有着细长的水雷样的流线形。就在我醒悟过来时，或者就在那一刻，第二只鹧鹕已经在那儿了，它的宽阔的背上驮着两只珍珠般的银色幼雏，巧妙地圈在那隆起的双翅中间。在我得以喘口气之前，它们拐过去了。现在，我听到的是铃样的叫声，它是清晰的，是有嘲弄意味的，就在那芦苇丛的后面。

一种历史意识应该是科学和艺术最珍贵的礼品。然而，我怀疑，鹧鹕并不具有任何一种意识，却比我们对历史了解得多。它的原始的、幼稚的大脑，根本不知道谁是黑斯廷斯战争[21]的胜利者，却能感觉到在时间之战中谁是赢家。如果人类的竞争也像鹬鹈一样久远，我们大概就可能更好地掌握鹬鹈叫声的意义。想一想，即便只是少数有自觉意识的几代人，就给我们带来了怎样的传统、自豪、蔑视和智慧，那么也就是怎样的持续不断的勇气在激励着这种鸟，早在有人类存在之前，就已经有了久远的鹬鹈时代了。

即便如此，鹬鹈的叫声，根据某种特别的文献的说法，仍然是支配和统率着整个沼泽大合唱的声音。大概，按着某些远古的文献，它就是这个生物群的总指挥。随着一个又一个世纪水位的降低，是谁为那在一个又一个沼泽中筑起了暗礁的湖滨浪头探索着尺度？是谁支持眼子草和莞草完成它们吸收阳光和空气的任务，从而免得麝鼠挨饿？是谁使死气沉沉的丛林中的沼泽布满了茎秆？谁在劝告在白天孵卵的野鸭要耐心？又是谁激起夜间攫食的水貂的噬血欲望？谁为苍鹭长矛的精确度和游隼抓取的速度提供劝诫？因为所有这些动物都是在没有我们听见的劝诫下履行着各种各样的任务，我们就认为它们无所得，它们的技巧是天生的，它们的生产是自动化的，对野生的东西来说，是不知道疲惫的。大概，只有鹬鹈对疲惫是无所知的，而且正是鹬鹈提醒着它们，如果大家打算生存下去，每种生物都必须永不停息地觅食和搏斗，繁殖和死亡。

一度曾经蔓延在从伊利诺伊到阿萨巴斯卡下的大平原上的沼泽，现在正向北方退去。人们不能只靠沼泽生活，因而他必须要生活在没有沼泽的情况下；进步不能让农田和沼泽、野性和驯顺在宽容与和谐中共存。

　　这样，我们就用挖泥机和堤坝，用瓦罐和火炬，把玉米地带汲干了，现在则汲干了小麦地带。蓝色的湖泊变成了绿色的沼泽，绿色的沼泽变成了蛋糕样的淤泥，蛋糕样的淤泥变成了麦田。

　　有一天，我的沼泽被堤坝围住，并且被汲取着，也将会在麦田下被遗忘掉，正如今天和昨天，将在很多年后被忘掉一样。在最后的一条泥荫鱼在最后的一个池塘里做最后一摆之前，燕鸥将向克兰德波埃高声说再见，天鹅则会以一种圣洁的尊严态度向高空翱翔，群鹤也会吹起它们告别的号角。

注释

1 察罕淖尔：地名，在今中国河北省沽源县。

2 "按字母排列的保护主义者"，是作者对新政时期的各种资源保护机构的讽刺称呼。这些机构多用缩写，如 CCC（地方资源养护队）、NRA（国家资源管理局）等。

3 作者原注：旅鸽纪念碑，位于威斯康星的怀路森州立公园，1947 年 5 月 11日由威斯康星鸟类协会所建。

4 杜邦公司是世界上最大的生产和销售化学产品的公司之一。

5 万尼瓦尔·布什（1890—1974），美国著名电气工程师和科研负责人。二战期间，曾领导美国包括原子弹和雷达系统的军火研究。

6 保罗·布尼安（Paul Bunyan），美国民间传说中的伐木巨人。

7 纽卡斯尔，美国的一个产煤地。

8 乔治·罗杰斯·克拉克（George Rogers Clark，1752—1818），美国独立革命的领导者之一，探险家威廉·克拉克（William Clark，1770—1838）的哥哥。

9 亨利·福特（Henry Ford，1863—1947），美国著名汽车大王。自 20 世纪 20年代起，福特开始使用新的管理和生产方法，从而大大降低了生产成本，汽车价格也大大降低。这样一来，美国的普通人也有能力购买汽车了，汽车开始成为美国人生活中不可缺少的部分。这里所说的福特革命即指这一美国经济和社会生活中的巨大变化。

10 汤姆、狄克、亨利，英美人常用名，此处指狩猎爱好者们。

11 指亨利·戴维·梭罗在其《步行》（*Walking*）中的一句话："在野性中保留着一个世界。"（In wildness is the preservation of the world.）

12 指那只大熊。

13 巴拉斯（bailes），一种西班牙舞。

14 圣·乔治（St. George），英格兰的守护者。传说他曾杀死了一条龙，从而救了一位利比亚公主。

15 卡拉那多（Coronado），西班牙人名，这里是指那些最早来美洲的西班牙
    殖民者。

16 奇瓦瓦（Chihuahua）和索诺拉（Sonora），墨西哥的两个州，与美国的新
    墨西哥和加利福尼亚相毗连。

17 赫尔南多·德·阿拉孔（Hernando De Alarcon），西班牙探险家。

18 出自《圣经·旧约·诗篇》。

19 拉迪亚德·吉卜林（Rudyard Kipling，1865—1936），生于印度的英国作家
    和诗人。阿姆利则是印度旁遮普的一个城市。

20 意指并非都那样轻松愉快。

21 黑斯廷斯（Hastings）战争，1065 年诺曼底人征服英格兰的战争。

第三篇

结论

我不能想象，在没有对土地的热爱、尊敬和赞美，以及高度认识它的价值的情况下，能有一种对土地的伦理关系。……

保护主义美学

除了爱情和战争，几乎没有什么事情做起来会像户外休闲这类业余爱好那样，如此逍遥自在，或按照如此不同的个人需要，具有那样一种难以捉摸的，由贪欲和利他主义所混合起来的性质。大家都认为回到自然去是一件好事。但是，好处在哪儿？做些什么才有利于向这个目标奋斗？对这类问题的解释真是众说纷纭，结果只有最不加批评的意见才不会引起争论。

休闲在老罗斯福时代成了一个具有名词概念的问题。当时，铁路已从城市通向农村，并开始把城市的居民成批地带到农村。它开始引起人们的注意，离开城市的人越多，人均可享有的宁静、世外桃源、野生动植物和风景的比率就越小，于是移动的人群为了追求它们而走得越远。

汽车使这种一度是缓慢的和局部的情况扩大到凡是有路可行之处和可达的最远的极限——这种情况使得四十年前曾经在偏远地区的某些东西稀缺起来。不过，有些东西肯定还能够被找到。就像从太阳射出的离子一样，那些度周末的人从各个城市里散布出来，在他们走动时产生着热和摩擦。为旅游业提供的床铺和饭菜吸引着更多的离子，而且更快和更远。岩石上和小溪边的广告把那些新的还是远离风靡起来的地方的僻静的所在、优美的风景地区、狩猎区和可钓鱼的湖泊全部无遗地指示给所有的各种各样的人。官方修筑了通向边远地区的道路，然后再购买更多的穷乡僻壤的土地来吸引因为这些道路而加倍增长的离城的人群。新的机械发明与未经雕琢的自然发生碰撞，木匠工艺变成了使用新机械的技术。目前给各种粗俗玩意儿的金字塔建造尖顶的是汽车拖动的活动房屋。对在树林和山里进行着搜索的，只是那些从旅行和高尔夫球中就可得到东西的人来说，目前的形势尚可忍受，但对于那些探求更多东西的人来说，休闲正在成为一个正在寻觅的，却从未有所发现的自我毁灭的过程，这是机械化社会的一个巨大挫败。

荒野的安谧正在遭受由汽车装备起来的旅游者的冲击，这已经不是局部现象了，哈得逊湾、阿拉斯加、墨西哥、南非，正在步步退却，南美和西伯利亚也随之让步。摩霍克河上的战鼓[1] 正在世界上的各条河流隆隆作响。懒散的人类不再只安稳地待在家里，他正在把无数生物贮存起来的原动力倾入他的汽油箱，而且在很多年里，总是在渴望移向新的牧场。他们像蚂蚁一样挤满了大陆。

这就是户外休闲，最新的模式。

谁是这种休闲者？他在寻求什么？有几个例子会给我们以提示。

先随便找一个野鸭栖息的沼泽来看。它被一条由停在那儿的汽车组成的封锁线包围着。在沼泽边芦苇丛中的每一个猎点上，都埋伏着某个"社会的栋梁"。自动枪早就准备好了，扣在扳机上的手指在发痒，一旦到必要时刻，便会不顾任何一条公共法或公益法而打死一只野鸭。他们的胃口太大，以致绝不可能去抑制从上帝那儿去收集肉食的贪婪欲望。

在附近的树林里还有另外一个"栋梁"在游荡，他正在搜集着珍奇的蕨类或稀有的鸣禽。因为他的这种猎取几乎不需要偷窃或抢劫，所以他很鄙视那些猎杀者。当然，很可能，当他年轻时，他也是一个猎杀手。

在附近的某一个地方，还有另外一类自然爱好者，他们在桦树皮上写着拙劣的歪诗。无论在哪儿，都有那种专门技能的驾车旅游者，他的休闲就是耗费汽油，他刚在一个夏天跑遍了所有的国家公园，现在则正向墨西哥城，向南方挺进。

最后，还有那些专业人员，他们正在努力通过无数的保护主义组织，给那些寻觅自然的公众提供他们需要的东西，或者是使他们想要他必须要给予的东西。

人们或许要问，为什么这样一些不同的人应该列在同一类型中？这是因为，无论他们各自的方式如何，这里的每个人都是狩猎者。然而，为什么每个人都称他们自己为保护主义者呢？因为他们所猎取的那些东西总是要逃过他们的手心，所以他希望靠法律、拨款、地区规划、各个部门的组织，或者其他欲望形式的某种魔力，来使这些东西原地不动。

休闲被公认为一种经济资源。参议院的委员会用相当客观的数字告诉我们，公众花了怎样巨额的钱在休闲上。这里确实有一个经济问题——在一个可钓鱼的湖边建一个别墅，或者只在一个沼泽边上建一个捕野鸭站，其花费可能就相当于邻近的一个农场的全部成本。

这里还有一个伦理上的问题。在向那些尚未被损害的地方蔓延的过程中，各种法律和诫律也逐渐完备。我们听取各种"户外举止"的注意事项，我们训诫年轻人，我们把"什么样的人是户外运动者"的定义印出来，并且为了保证宣传而把它们贴在无论什么人的墙上时，还需要付出一美元。

然而，非常清楚，这些经济和伦理上的各种表现，都是那种出于某种目的性的力量的结果，而不是原因。我们寻求与自然的联系，是因为我们从自然中得到欢快，就如同在歌剧演出中，经济上的装置是用来创造和维持舞台效果的。在歌剧演出的时候，专业人员依靠各种创造和保证来使舞台效果显得逼真，但是如果要说其中任何一种基本的动机，即实施的理由，是经济的，就很荒谬了。猎杀野鸭的人在隐蔽中，歌剧演员在舞台上，但他们做着同样的事情，尽管他们的装置不同。在戏剧中，每个人都在重现着日常生活中本来就有的戏剧性场面，说到底，两者都是美学上的演习。

关于户外休闲的公共政策是有争论的。谨慎的公民们在什么是户外休闲，应该做些什么才能保护它的基本资源的观点上，都持有不同的意见。因此，荒野协会在探讨如何才能禁止道路通向边远地区，而商会则想方设法扩大交通的范围。这两者都打着休闲的旗号。猎人捕杀老鹰，爱鸟者保护它们，分别凭借着猎枪和望远镜进行搜索。这些派别通常总是互相用无礼而难听的名字叫骂着，而事实上，这时每一方所考虑的都是休闲过程中的一个不同组成部分，这些组成部分在其特点和性质上是大不相同的。一个既定的政策可能对某一部分是非常正确的，但对另一部分可能就是很荒唐的。

因此，似乎已经是需要把各个组成部分进行分离，并对其各自不同的特点和性质进行考察的时候了。

我们从最简单和最明显的部分开始：即户外活动者可能搜索、发现、捕捉，并且带走的物品。在这个目录中有诸如猎物和鱼这样的野外收获，以及鹿角、兽皮、照片和多种标本之类的收获象征和标志。

所有这些东西都是以"战利品"的思想为依据的。它们给人带来的欢悦是——或者说应当是——探索的同时，还在获得。各种战利品，无论是一只鸟蛋、一网鳟鱼、一篮蘑菇、一张熊的照片、一朵野花的压制标本，或是塞在一个山顶石堆中的一个便条，都是一张资格证书。它表明，它的拥有者到过什么地方和做过什么事——它曾在体现着克服困难、以智取胜和镇定自若的那种历史久远的技艺中，锻炼了本领、毅力或洞察力。包含在这类战利品中的各种内涵通常是远远超过其物质价值的。

但是，战利品在其对密集性追求的反应上是不同的。猎物和鱼的产量，依靠繁殖和管理可以得到增长，这样，每个狩猎者就可得到更多猎物，或者说，可以使更多的猎人得到同样数量的猎物。近十年里，野生动物管理专业已经广泛建立起来，二十所大学在教授这门专业技术，进行着如何得到更大和更多的野生动物产品方面的研究。然而，如果进行得太快，这种逐渐增加的产量就要受到报酬递减律的支配。特别集中的野生动物或鱼的管理，会由于使这些动物和鱼人工化，从而降低了战利品的价值。

例如，设想一下，一条鳟鱼在孵化场里长到一定程度，然后重又放到一条鱼生长过多的溪流中。这条小溪已经不再有能力负担鳟鱼的自然繁殖。污染物弄脏了它的水，森林的滥伐和各种踩躏使河水变暖，或者使其被淤泥堵塞。没有人会认为，这条鳟鱼具有与一条完全是野生的鳟鱼——从高高的落基山中某条没有被管理的小溪中捉来的——有同样的价值。它在美学上的涵义是低下的，尽管捉到它，可能仍需要技巧。（一位权威人士说，这条鳟鱼的肝脏也由于孵化场的饲养而退化了，从而预示着它将早亡。）然而，现在还有几个捕鱼过量的州，仍然几乎完全依赖着这种人工喂养的鳟鱼。

一切人工的内部促进作用都是存在的，但是密集性的使用则会有逐渐把保护主义推向人为结果的趋势，从而整个战利品的价值也就随之贬低了。

为了保护这种昂贵的、人工喂养的以及或多或少是无力自助的鳟鱼，保护委员会感到，非杀掉所有那些光顾孵化场的大蓝鹭和燕鸥不可；此外，也不能放过栖居在小溪中的秋沙鸭和水獭，因为鳟鱼在孵化场长大，然后又被放入溪流。垂钓者们大概不会感到用牺牲某种野生动物来换取另一种的方式会有何损害，可鸟类学家们已经准备咬掉十便士一支的香烟头了。事实上，人工化的管理，是以损害其他可能更高级的休闲为条件而换得捕鱼权的。它付给一个公民的红利已超出了属于整个公民大众的资本存量。在猎物管理中，这种同一类型的生物学上的商业冒险活动是很普遍了。在欧洲，保存着很长时期的有用的猎物收获的统计资料，我们甚至知道有关食肉动物的猎物交换率。例如，在萨克森，杀死一只鹰是为了猎获十只野鸟，某一只食肉动物所换来的是三只小动物。

通常，随着动物的人工管理，接踵而来的就是对植物的损害，例如鹿对森林的破坏。人们可以在德国北部，宾夕法尼亚的东北地区，在凯贝布，以及几十个其他未公布的地区看到这种情况。在每种情况看来，都是因为过多的鹿失去了天敌，从而不可能使它们所食用的植物有所存留，或者再繁殖。欧洲的水青冈、枫、红豆杉，美国东部的加拿大红豆杉和美国崖柏，以及西部的大果铁杉和墨西哥蔷薇，在人工化的鹿的威胁下，成为濒临危险的鹿食。这个植物群的组成部分，从野花到森林的树木都在逐渐枯竭，反过来鹿也会因为缺乏营养而发育不良。在今天的树林里，是不存在那种封建城堡墙上的场面的。[2]

在英国石南丛生的荒地上，由于在猎杀斑翅山鸡和松鸡的过程中，野兔受到了过分的保护，从而使树木的繁殖受到了限制。在许多热带的海岛上，动物和植物区系都被山羊毁掉了，这些山羊是为肉食和打猎而被引进来的。在被剥夺了食肉天敌的哺乳动物和被剥夺了天然的可食植物的牧场之间，通过这种情况所造成的相互的伤害程度，将是很难估计的。由于这种生态管理上的错误，农业作物便处于上下夹攻的困境之中，于是，只好靠没完没了的保险赔款和带刺的铁丝网来补救了。

因此，我们可以根据我们所说的情况得出这样的结论：密集性的使用降低了原生战利品——如猎取的野生动物和鱼类——的质量，同时还加剧了对其他资源，如非猎动物、天然植被以及农作物的损害。

同样的贬值和损害，在非直接的战利品获取上，如照片，还不明显。坦白地说，一处每天由十多个旅游者的照相机拍下照片的风景，其自身并未受到削弱，任何其他一种资源也不会蒙受什么损失，哪怕照相机的使用率达到了一百架。照相机工业是个别靠野外自然生存的无害工业之一。

这样，我们在两种作为战利品一样来追求的天然物品密集性使用的反应上，便有了基本的区别。

现在让我们来看看休闲的另一种组成，它是比较微妙和复杂的：独处于自然的感受。荒野的辩论证实，这一点正在得到

一种罕见的，对某些人来说是非常崇高的价值。荒野的拥护者们与监管我们的国家公园和森林的公路建筑局达成了协议。他们同意正式保留那些无路地区。在每几处向公众开放的野外地区之外，有一处可以被正式宣布为"荒野"，道路只能通到它的边缘。这在当时是曾被宣扬成极不一般的，当然也确实如此。在它的小道上挤满人以前，在很长时间里，它一直被描述成为青年养护队提供工作的样子，或者被描绘成是因为一场意外的火灾才迫使它被一条运送消防队员的道路分成了两部分。或许，因为广告的宣传引起的拥挤，提高了导游和搬运上的价格。于是，有人发现，荒野政策是不民主的。若非如此，当初，在一个僻静的地方刚刚被贴上"野外的"标签时，地方的商会还是沉默的，现在怎么会正津津有味地品尝着从旅游者那里赚来钱的甜头。这时更需要的是并非荒野的荒野。

简言之，野外地区的稀罕，在更多的广告和鼓励的作用下，正在使任何欲防止其稀缺状态继续发展的努力趋于无效。

无需进一步讨论，问题已经很清楚，密集性的使用方式含有一种减少独处机会的稀释作用；而且在我们说起道路、野营点、小道、厕所之类的休闲资源的发展时，就这个组成部分来说，我们的议论是荒谬的。这类为缓解拥挤建立的设施无补于任何发展（就增添和创建而言）。相反，它们不过是加到本来就已经很稀的清汤中的水罢了。

现在我们用那种虽然是非常简单但却非常独特的分离的组成部分来做个对照。这一部分可能会被我们贴上"新鲜空气及改换环境"的标签。密集性的使用并不破坏，也不冲淡这种价值。喧喧嚷嚷地穿过国家公园大门的第一千个旅游者，和第一个一样呼吸着近乎同样的空气，同样体验着与星期一的办公室里不同的感觉。人们甚至会相信，这种密集性的户外进攻加强了这种差别。因此，我们可以说，新鲜空气和改换环境这一组成部分，是和照相的战利品一样——可以不受损害地经受住密集性的使用。

现在我们来看看另一个组成部分：对自然进程的感知。土地和在土地之上的有生命的东西，是通过这个进程获得了它们特有的形式（进化），并以此维持着他们的存在（生态学）的。那个被称作"自然研究"的活动，尽管动摇了上帝选民的支柱，却依然是群众思想向感知发展的最初探索。

感知的最突出的特点是，它无需消费，也无需削弱任何资源的作用。例如，一只鹰扑向其目标的动作，是一个人们感知到的一个变换着的戏剧性情节；但对另一个人来说，它只是对装满食物的煎锅的威胁。这个戏剧性的场面可能会使一百个陆续而来的目击者激动得发抖，而威胁只有一个——当他用猎枪做了反应时。

提倡感知，是休闲事业上唯一创造性的部分。

这个事实是很重要的，它对"美好生活"的改善的潜在力量才刚被意识到。当丹尼尔·布恩[3] 第一次进入森林和那"黑暗血染的土地"时，他实际所拥有的正是一个纯粹的"户外美国"的精髓。他当时并没有认识到那一点，但他所发现的正是我们现在所追逐的，况且我们在这里谈及的是事物，而不是名声。

但是，休闲并不就是到户外去，而是我们对户外的反应。丹尼尔·布恩的反应不仅来自他所看到的事物的质量，而且来自他用以看见它们的理性的眼光。用理性的眼光看，生态科学具有一种令人兴奋的变化，它揭示了在布恩看来仅仅是些事实的根源和功能；披露了在布恩看来仅仅是些特征的结构。我们并没有一种衡量这个变化的尺度，但我们可以肯定地说，与当今真正有资格的生态学家相比，布恩所看到的仅仅是事物的表面。植物和动物共同体的那种不可思议的纷繁复杂——被称作美利坚的那个有机体所固有的美，当时还正处于其最娇艳的处女时期，对丹尼尔·布恩来说，就如今天对巴比特[4]先生一样，是难以觉察得到和难以理解的。在美国休闲资源上的唯一真正的发展，是美国人中感知能力的发展。所有我们在那种名义下所采取的增其色彩的其他行为，充其量也是企图阻止或掩饰这种淡化的过程。

在巴比特先生能够"认识"他的国家之前，还是不要让人们匆匆就做出一个他必须取得生态学博士学位的结论吧。恰恰相反，博士学位可能会变得像一个主持神秘宗教仪式的祭司一样冷淡无情。和所有真正的精神财富一样，感知可以被分成无数小的部分，而不失其本质。城市空地上的野草和北美红杉一样传达着同一圣谕，但是牧场主在他的乳牛牧场上所能看见的，就不是能够给予在南海中进行探险的科学家的东西。简言之，感知是既不可能用学位，也不可能用美金去取得的。它生长在国内，同时也生长在国外，一个几乎一无所有的人可以和一个百万富翁一样拥有运用它的良好条件。从追求感知的角度来说，休闲性的乱跑一气是缺乏依据和没有必要的。

最后，是第五个组成部分：耕耘的观念。对于用其选票，而不是用其双手来为保护主义工作的人来说，这一点是不被理解的。只有当管理艺术被某个具有感知能力的人运用到土地上时，它才能被意识到。那就是说，这种享乐是为那些因为太穷而无法得到休闲的土地所有者，以及具有敏锐的眼光和生态学思想的土地管理者们所准备的。买票进入其风景区的旅游者则全然忽视了这一点，而那位雇用政府或下属做他的猎物看守人的户外运动爱好者也同样如此。政府，本来是想要由公众代替私人来支配可供休闲的土地，却正不知不觉地把大量的它寻找机会要给它的公民的东西让给了野外工作的官员们。我们林业工作者和狩猎管理人员们，也许应该为我们是野生产品的收获者去付钱，而不是去领钱。

在产品生产中发挥一种耕耘意识可能和产品本身一样重要，这一点在农业中从某种角度而言已经被意识到了，但在资源保护中还没有。美国的狩猎爱好者们不大重视苏格兰和德国森林区域的集约狩猎管理，这一点，从某些考虑来看，是正确的；但是，他们完全忽略了由欧洲土地所有者们在管理过程中所发展起来的耕耘。当我们做出结论，我们必须用补贴来吸引农场主，以使他们去培植一片树林，或用有收费的权利来吸引他们去养殖猎物的时候，我们就会彻底承认，野外耕耘的欢悦还没有被农场主和我们自己所承认。

科学家们有一个警句：个体发育重复着系统发育。意指每个个体的发展都在重复着它的种群的进化史。这在精神上也和在物质的事物上一样是真实的。凯旋的猎人是原始人的再生。猎取战利品是青年时期的特权，它不分种族或个人因此无需表示任何歉意。

在现代的情形中，令人不安的是那些永远无所长进的战利品猎取者，在这些人身上，独处、感知，以及耕耘的意识得不到发展，或许已经失落了。这种人就像一只机械化的蚂蚁，在他知道要看看他的后院之前[5]，他还在这个大陆上到处爬动着。他在消费，但从来不为履行户外的义务而有任何建树。为了他，休闲业的管理人员正在抹去荒野的色彩，并使它的各种产品人工化，而且还天真地认为，他正在为公众服务。

这种战利品娱乐主义者有一个怪癖，即他在以一种微妙的方式加速着他自己的毁灭。为了享受，他必须拥有、侵犯、占用。因而，他个人看不到的荒野对他是没有价值的；因而普遍地认为，一个未曾使用过的偏僻地区对社会是无用的。对那些缺乏想象力的人来说，地图上的空白部分是无用的废物，而对另一些人来说，则是最有价值的部分。（因为我将永远不去阿拉斯加，所以我在那儿所拥有的一份权利就是没有用的吗？我是否需要一条通向北极草原，育空河的大雁养殖场，科迪亚克熊，或麦金利山外的绵羊草地的道路?)

总而言之，看来，起码限度的户外休闲也需要耗费它们的资源，比较高层次的，则至少在一定程度上，由于几乎或者没有耗损土地或生命，还为它们自己应履行的义务做着贡献。在缺乏相应增长的洞察力的情况下，交通运输的发展正使我们面临着休闲过程中的实质性崩溃。发展休闲，并不是一种把道路修到美丽的乡下的工作，而是要把感知能力修建到尚不美丽的人类思想中的工作。

美国文化中的野生动物

原始人的文化常常是以野生动物为基础的。因此，野牛不仅为大平原上的印第安人提供了食物，而且在很大程度上决定了他们的建筑、服装、语言、艺术和宗教。

在文明的民族中，文化的基础已几经迁移，但无论怎样，其文化却依然保留着部分野生的根基。我在这里所要讨论的正是这种野生根基的价值。

没有人能称出文化的重量，或者量出文化的长度，因此我也将不去做这种徒劳的尝试。根据有识之士的共同看法，姑且说说在体育、风俗以及那些重新接触野生东西的经验中所存在的文化价值就够了。我不揣冒昧，来谈谈这三类东西的价值。

首先，有一种存在于任何经验中激发历史意识的价值，向我们提醒着我们独特的民族起源和发展的价值。这种意识，就其最终的意义而言，是"民族主义"。由于尚无另外的简称，我就按照我们的习惯，称它为"拓荒者的价值观"。例如，一个童子军男孩制作了一顶浣熊皮帽，并在小路下面的柳树丛中装扮成丹尼尔·布恩的样子——他是在重演历史。这时候，他是在准备从文化上来正视现今黑暗和血染的现实。再来看一个例子：一个农场主的男孩来到教室，浑身发出麝鼠的臭味，因为在早饭前，他刚收拾过他设的捕鼠陷阱——他正在重演着皮毛贸易的故事。"个体发育重复着系统发育"的事例，既存在于社会中，也存在于个人中。

第二种，是在任何经验中都存在着的那种提醒我们是依赖于土壤—植物—动物—人这个食物链，以及是属于生物最基本的组织的价值。文明用各种新挑战、发明和经纪人，把最基本的人—地球的关系搞得热闹非凡，以致把意识也搞模糊了。我们迷恋工业在供给我们的需求，却忘记了是什么在供给工业。早已到了教育向土壤靠近，而不是偏离土壤的时候了。在民间传说中，有很多让我们追忆起人曾经靠打猎来为他的家庭提供衣食的事实，例如，有一个诗句就曾描述怎样把一只野兔皮带回来做婴儿的斗篷。

第三种，是在所有经验中都存在的，在集体中发挥着伦理约束力的价值，即所谓的"猎人道德"。我们的狩猎用具改进得要比我们的自我完善快，因此，猎人的道德，就是一种自愿的对使用这些武器的限制。其目的在于发挥技巧的作用，而缩小新发明在猎取野生动物上的作用。

在野生动物伦理学上有一个优点，即猎人通常是没有一个画廊来为他的所作所为去喝彩或非难的。不论他怎样行动，支配他行为的都是他的意识，而不是一群旁观者。这一事实的重要性是无需夸大的。

自愿信奉一种道德的信条，提高了猎人的自尊，而且不应该忘记，漠视这种信条则又会使他堕落和腐败。例如，所有的狩猎信条都有一个共同的标准，即不要浪费好肉。但是现在就有一个可以示众的事实：威斯康星的猎鹿者们，在他们猎取公鹿时，每取得两只合法的公鹿，便要杀死或伤害至少一只雌鹿，或一只幼鹿，或一只刚长出角的小公鹿。换句话说，近一半猎人在他们合法地打死一只公鹿前，会打死另外一只鹿。那些不合法的尸体留在了它们倒下的地方。这种狩猎不仅没有社会价值，而且实际上在滋长道德上的堕落。

看来，拓荒者和人—地球关系上的经验具有零或正值，而道德上的经验则可能同时具有负值。

这样一来，就给适用于我们户外活动根源的三种文化滋养做了粗略的划分，但这并不意味着文化就得到了滋养。价值的产生从来不是自动化的，只有健康的文化才能培养和成长。难道文化是我们今天的户外休闲形式所培植的吗？

拓荒时期产生了两种思想，它们是拓荒者价值观在户外狩猎方面的基础。一个是"轻装上阵"，另一个是"弹不虚发"的思想。拓荒者有轻装的必要性。他用子弹很节省，力求射击准确，因为他缺乏交通工具、缺钱、缺乏机枪战术所需要的装备。从而，正是从他们开始，这两种思想就被强加在我们身上了，他们也只得爽爽快快地去做他们非做不可的事。

不过，这种思想后来在演变中变成了猎人的一种信条，一种狩猎上的自我遏制性的限制。美国人所独有的自信、大胆、谙熟森林知识及枪法的传统，都是在这种信条上发展起来的。这些是难以捉摸的，但却不是抽象难解的。西奥多·罗斯福[6]是一个伟大的猎手，并非因为他悬挂了很多战利品，而是因为他用小学生都可以懂得的语言，表达了这种不可捉摸的传统。在斯图尔特·爱德华·怀特[7]的早期著作中，可以发现一种更为微妙和准确的表达。要说正是这些人由于对它有所意识，创造了文化价值，而且创造了一种使其成长的模式，是一点也不错的。

现在，那些新发明者出现了，他们在另一方面是以人们所熟知的狩猎用品商人而闻名的。他们用无数的新的小发明把美国的猎人们武装了起来，这些新发明全都是作为支持自信、大胆、森林知识或枪法而提供的，但却非常经常地作为一种替代品而被运用了。新的小发明装满了口袋，从脖子上和腰带上吊下来摇晃着。这些过分多的东西塞满了小汽车的后厢，也堆满了拖车。各种名目的打猎用具都变得更轻，而且常常是更好，但原来的磅位数变成了吨位。新发明上的贸易量已发展到一个巨大的数目，这个数目是作为"野生动物的经济价值"而被认真地公布于众的。然而，怎么来看文化价值呢？

最后一个例子可以提提捕野鸭者。他坐在一只钢制的船上，躲在一群人造的假鸭[8]后面。无需演习，一辆突突作响的摩托车就把他带到了埋伏地点。罐装的暖气就在身旁，可以使他感到暖和而不用担心寒风。他通过一个工厂制造的喊话器向飞过的鸭群说着话，用一种他所希望的诱人的声调。留声机唱片的家庭课程一直在教导他怎样去做。尽管有喊话器，假鸭还是发生了作用，一群野鸭盘旋着飞过来了。必须在它们第一次飞过时就开枪，因为在芦荡里已布满了其他的猎人，也有着同样的装备，他们可能会先开枪。他拉开了七十码距离，因为他的多角定盘已调到了无限大，而且广告已经告诉他，那种超级Z式的子弹的射程很远，数量也很充分。鸭群中闪烁着子弹的火光。一对被打断了腿的鸭野从空中掉下来，死在别的地方。这个猎人吸取了文化价值吗？也许他只是喂养着水貂？下一个埋伏已拉到七十五码远，一个同样的家伙不也是在盘算着开枪的机会吗？这就是猎取野鸭，一种流行的模式。这在所有的公用猎场，以及很多俱乐部里都是很典型的。哪儿还有轻装的思想和弹不虚发的传统？

答案不能一概而论。罗斯福也不鄙薄现代的来复枪，怀特使用起铝壶、尼龙丝帐篷、脱水食品来也很顺手。在使用之外，他们都以某种方式利用了机械化的协助，但是适可而止的，而非为它们所用。

我并不想装出一副懂得什么是适可而止，或者知道哪儿才是合理与不合理的发明之间的界限的样子来。但是，有一点似乎是很清楚的，即新发明的渊源与其文化上的影响有着很大的关系。自制的打猎和户外生活的用品通常是增添，而不是毁灭人—地球之间的情趣。用自制的鱼饵钓得一条鳟鱼的人所得的成绩应是两分，而不是一分。我本人也使用很多工厂的新发明，但必须有某种限度，超过了限度，用金钱购得的辅助用品去打猎便毁灭了狩猎的文化价值。

并非所有的狩猎都和猎取野鸭一样向同一方向蜕化。美国传统的卫护者们依然存在。大概弓箭运动和猎鹰的再次流行，就是这种反应开始的标志。但是，基本的倾向仍然是向越来越机械化发展，相应出现的则是文化价值的低落，尤其是在拓荒者价值和自我抑制的道德观念上。

我有一种美国猎人处于困惑之中的印象。他不懂得在他那里出了什么问题。既然更大和更好的发明有益于工业，那么，为什么不能有益于户外的休闲？他不懂得，户外休闲基本上是原始性质的，是一种返祖的现象。它们的价值是一种对比价值，过多的机械化由于把工厂移向了树林或沼泽，从而毁灭了对比。

猎人没有什么领导人来告诉他什么是错误的。户外杂志不再说明户外活动，它已转变成新机械发明的广告牌。野生动物的管理者们过分忙于生产用于射击的某种东西，从而不大能去操心射击的文化价值。既然从色诺芬[9]到特迪·罗斯福[10]都说狩猎有价值，所以这种价值就被认为是肯定不能被毁灭的了。

在不使用火药的户外活动中，机械化的影响有着多种多样的结果。现代的野外望远镜、照相机，以及铝制的鸟的环志，肯定不会使鸟类学改变性质。钓鱼，要不是有艇外推进器和铝制的小船，其机械化的程度似乎要比狩猎小得多。另一方面，由于机械化的交通工具只留下了星星点点少得可怜的可以旅行的荒野，从而几乎使户外活动的荒野旅行不复存在。

使用猎狗和到边远森林的猎狐提供了一个部分的，大概是无损害的机械化介入的有趣例子。这是最纯粹的狩猎之一，它具有真正的拓荒者价值的意味，有着第一流的人—地球关系的生动情趣。狐狸是被有意地留在枪口之外的，从而道德的遏制性也表现出来了。但是，我们现在是坐在福特汽车里追逐这只动物的。巴格尔·安（猎狗名）的吠声与廉价小汽车的摩托声交织在一起！不过，似乎没有人能发明一种机械化的猎狐狗，也不能把一个多用活塞塞在猎狗的鼻子里。没有人可能用留声机或其他无痛苦的方式来进行狗的训练。我想，新发明者们在养狗业里已经无计可施了。

把所有狩猎中的弊病都归究到为狩猎提供物质辅助的发明者身上，是不大正确的。广告商发明了各种主意，而这些主意又很少像自然的东西那样真实可信，纵然它们可能同样是无用的。有这样一个应当特别提到的主意："到哪儿去？"咨询部（the "where-to-go" department）。知道哪儿有打猎或钓鱼的好地方的知识，是一种特殊的个人所有的财富形式，如同钓竿、猎狗和猎枪，是一种可以作为个人的好意而被借用或赠送的东西。但是，把它放在市场的狩猎栏目[1]里，成为一种补充的商品推销方式，在我看来，就似乎是另一回事了。把它当成一种免费的公共"服务"形式，交给所有的人，对我来说则更是另一回事。甚至"保护主义"部现在也在告诉汤姆、狄克和亨利，哪儿鱼儿会咬钩，哪儿会有"一群为了一顿美餐而冒险飞落下来的野鸭"。

所有这些有组织的不加选择的乱来都倾向于把一种户外活动上的一种基本上是个性的因素变成非个性化。我不知道合法和非法的实践的界限在哪里，但我确信，"到哪儿去？"的服务已经超出了一切合乎情理的范围。

如果打猎和钓鱼的行情很好，"到哪儿去？"的服务就足以吸引超过理想数量的猎人，但是，如果不好，广告商就必然会采取更为有力的手段。钓鱼抽奖就是一例，用这种方式把几处养殖场的鱼贴上标签，并向钓鱼者提供一个中奖号码的价钱。这种科学与赌场技术上的古怪的混合，确保了在许多已经接近枯竭的湖中的滥捕行为，并且使许多小镇的商会洋洋得意。

从专业的野生动物管理人员的角度来说，要他们自己去考虑避开这类事务是徒劳的。生产工程师和商人属于同一群人，他们具有同样的特点。

野生动物的管理者们正试图在荒野通过改变其环境来养殖猎物，这样一来，就把打猎从开发变成了作物生产。如果这种转变发生了，它将会怎样影响到文化的价值？必须承认，拓荒者价值的特点与自由开发之间，是有历史的联系的。丹尼尔·布恩对农业生产都不耐烦，更别说生产野生动物了。老派猎人顽固地反对接受收获思想，正是他继承拓荒者价值观的一种表达。大概生产思想受到抵制，正是因为它与拓荒者价值传统的一部分——自由狩猎是不可共存的。

机械化提供不了可以替代它所毁灭掉的拓荒者价值的文化代用品，起码，我是没有看见的。生产，或者管理，确实提供了一种代用品，这种代用品在我看来，至少有同等的价值：野外耕耘。为生产野生动物而进行的土地管理经验，具有和其他农业形式同样的价值，它是人与土地关系上的提示者。而且，道德上的克制也包括在内，因此，在没有采取控制食肉的动物措施的情况下，管理猎物就要求有一种高度的道德上的克制。所以，也许可以认为，猎物生产削弱了一种价值（拓荒者的价值），却增强了另外两种。

如果我们把户外狩猎看作是一个战场，即一个在巨大的、生气勃勃的机械化过程与一个整个来说是处于静态的传统之间进行格斗的战场，那么，从文化价值的角度来看，前景确实是黯淡的。但是，为什么我们关于户外活动的观念就不能用和我们列举的新发明同样的气魄去成长呢？大概，拯救文化价值的关键在于抓紧进取。就我个人而言，我认为时机已经成熟。猎人们可以为他们自己确定就要来到的事物的形式。

例如，最近几年揭示了一个全新的户外活动形式，它不毁灭野生动物；它使用各种新发明而不为其所困；它对禁猎地区的问题采取迂回解决的战术；它大大增强了人类在一个单位面

积里的承载能力；它需要教师，但不需要监督官；它需要一种新的具有高度文化价值的森林知识。我说的这种户外活动就是野生动物研究。

野生动物研究是作为一种教士的专门技艺开始的。那些比较困难和吃力的研究中的问题，肯定毫无疑问地留在专业人员手中，然而，仍然会有大量适合于各种不同程度的业余爱好者进行探索的问题。在机械发明领域里，这种研究扩大到业余爱好者中，已经很久了。在生物学领域中，业余者研究的户外活动价值则才开始被意识到。

因此，玛格丽特·莫尔斯·尼斯，一位业余的鸟类学家，在自己的后院里研究麻雀。她成为关于鸟类行为研究上的世界权威，并且非常出色地用思想熏陶和培养了爱鸟社会组织中的大量学生。查尔斯·L.布罗利，一个银行家，给鹰戴环志是他的爱好。他发现了一个迄今还不为人知的事实：某些鹰冬天在南方筑巢，然后又到北方森林中度假。诺曼和斯图亚特·克瑞德尔夫妇，曼尼托巴平原上的小麦农场主，他们研究自己农场里的动物和植物，成为公认的有关从当地植物到野生动物领域里的各种问题的权威。埃利奥特·S.巴克，一位新墨西哥的山地牧牛人，在两本关于那种难以捉摸的猫科动物——即山狮的最好的书中，他是其中一本的作者。无需告诉你，这些人是寓工作于休闲之中的。他们只是意识到，最大的乐趣就在于去观察和研究那些不为人知的事情。

鸟类学、哺乳动物学以及植物学，就如大多数业余爱好者所知，除了幼儿园的游戏，就这些学科而言，目前是被比作可能适于业余爱好者们和向其开放的事物。这方面的一个原因是，整个生物学教育的结构（包括野生动物方面的教育）的目标是保持研究上的专业垄断。留给业余爱好者的只是虚构的航行发现，以便证明专业权威们早已经知道的那些东西。年轻人需要被告知，一只在他自己智慧的无水船坞里建造起来的船，也是一只可以在海上自由航行的船。

我认为，推动野生动物研究的户外活动是摆在野生动物管理专业面前的最重要的工作。野生动物仍然具有另一种价值，

　　而且是一种对整个人类事业具有潜在意义的价值，这一点，现在仅有个别生态学家能意识到。

　　我们现在知道，动物种群具有单个动物所未意识到的行为模式，但这种模式是个体所配合履行的。因此，尽管兔子对循环周期一无所知，它却仍然是循环的推动器。在单个动物中，或在短期内，我们是察觉不到这些行为模式的。对单个兔子来说，即使是最集中仔细的研究也不会告诉我们任何有关循环周期方面的资料。循环周期的概念是通过几十年对一个群体的周密研究而产生的。

这就出现了一个令人不安的问题：人类种群是否也具有我们尚未意识到的模式？而且我们还在协同履行着这种模式？暴动和战争，骚乱和革命，是否也出于同一模式？

许多历史学家和哲学家都坚持把我们大量的行为解释成一种由意志所产生的个人行为所聚合起来的结果。整个外交上的易受制约的事实表明，政治团体具有一个属于高层个人的特性。另一方面，某些经济学家则把整个社会看成是一个过程中的玩物，我们对它的认识在相当大的程度上是事后的。

把我们的社会进程看作比兔子的进程具有更高的意义上的内容，是合乎情理的。认为我们——作为一个物种的我们，也包含于那种未被了解的种群行为模式，也是有道理的，因为当时的情况从未引起对它们的注意。可能还有其他的我们解释错误的涵义。

这种对人类种群行为的基本情况的好奇，增加了对仅有的可类比物高等动物的例外的兴趣。埃林顿[12]曾经指出过这些动物类似行为的文化价值。在许多世纪里，这种丰富的知识宝库是我们难以进入的禁地，因为我们不知道在哪里以及怎样去找到它。生态学现在正教会我们在动物种群中去探索分析我们自己的问题。根据对生物界中某一小部分的持续活动的了解，我们可以猜测整个结构的活动状况。领会这些更为深刻的涵义及批判地鉴定它们的能力，就是未来的森林知识。

总之，野生动物曾经哺育了我们，并且形成了我们的文化。它们现在仍然为我们在闲暇时间提供着欢悦，可我们却在试图靠现代机械去得到欢悦，从而毁灭了它的价值。靠现代的才智去得到它，所产生的将不仅是欢悦，同时还有智慧。

荒 野

荒野是人类从中锤炼出所谓文明成品的原材料。

荒野从来不是一种具有同样来源和构造的原材料。它是极其多样的，因而，由它而产生的最后成品也是多种多样的。这些最后产品的不同被理解为文化。世界文化的丰富多样性反映出了产生它们的荒野的相应的多样性。

在人类历史上，前所未有的两种变化正在逼近。一个是在地球上，更多的适于居住的地区的荒野正在消失。另一个是由现代交通和工业化而产生的世界性的文化上的混杂。这两种变化中的任何一种都不可能被防止，而且大概也是不应当被防止的。但是，出现了一个问题，即通过某种轻微的对所濒临的变化的改善，是否可以使将要丧失的一定的价值观保留下来。

对于正在劳动中挥汗如雨的工人来说，在他的铁砧上的生铁就是他要征服的对手。所以荒野也曾经是拓荒者的对手。但是，对在休息的工人来说，则能在瞬息间铸造出一副可以周密观察其世界的哲学眼光来。这样，同样的生铁就成了某种招人喜爱的和怀有感情的东西，因为它赋予他的生活以内涵和意义。这是一个恳求，是为了使那些有一天愿意去看看，去感受，或者去研究他们的文化属性的根源的人受到教育，为了保留某些残留的荒野，就像保存博物馆的珍品一样而提的恳求。

残迹

很多我们借以铸造出亚美利加的丰富多彩的荒野已经不复存在了。因而，在任何一个实际运行的计划中，要保留的荒野的单位面积，在规模和程度上都必然会是很大的。

活着的人再不会看见长着长茎草的草原了，那是一片在拓荒者马蹄下翻滚着的草原野花的海洋。我们将可以毫无疑问地在这儿，或那儿，发现一块上面可能有这些草原植物作为物种而被存留的四十英亩的方块地[13]。在那里曾有过上百种这样的植物，很多都是异常美丽的。连那些继承了这些产业的人对它们的很多品种也是不大清楚的。

不过，那些长着短茎草的草原，在卡比萨·德·瓦卡[14]曾从野牛的肚皮下可以看到地平线的那个地方，还依然大片地，以上万英亩的规模，在几个地区存在着，尽管已经被羊、牛以及旱地农场主们粗暴地蹂躏了。如果1849年的逃亡者们[15]值得在州议会大厦的墙上被立上纪念碑，那么，他们那极不寻常的逃亡背景就不值得在几个国家草原保留地里树碑作纪念吗？

在海岸草原中，佛罗里达有一段，得克萨斯有一段，除了油井、洋葱地以及柑橘林地等等围绕着它们以外，播种机和推土机已经把它们充分武装起来了。这是最后的呼唤。

现在活着的人将再也看不见大湖各州的原始森林，也看不到海岸平原上的低地树林，或者巨大的硬木林了。在这些品种中，每种只要有几英亩样品就将足够了。不过，有几个数千亩规模的槭树和铁杉的未垦林区还依然存在，类似的情况还有阿巴拉契亚的硬木林、南方的硬木林沼泽、柏属植物沼泽，以及阿迪朗达克山的云杉林。这些残留地区几乎没有几处会不受到将来砍伐的危害，同时，也更少有可能幸免于未来旅游道路的损害。

在衰竭得最迅速的荒野区域中，有一个是海滨。别墅和旅游道路几乎已经使东西海岸上所有无人烟的海滨荡然无存。苏必利尔湖现在也正要失去大湖中最后一个无人居住的湖滨。没有一个荒野不是和历史更紧密地交织在一起的，也没有一个不是在接近于消失。

在整个北美落基山脉以东的地区，只有一个广阔的区域被作为荒野保存下来，这就是在明尼苏达和安大略的奎蒂科——苏必利尔国际公园。这个极为广阔和优美的泛舟地区，是由许多湖泊和河流交错镶嵌而成的，其大部分位于加拿大，这是一个非常开阔的大概可以成为加拿大挑来建立公园的区域。然而，它的和谐正在受到两个最近发展起来的事物的威胁：一个是不断增加的，由飞机运来的用浮筒装备的成群的钓鱼者，另一个是法律权限的争论：即这个地区末端的明尼苏达部分应该全部成为国家所有的森林，还是部分应成为州所有的？整个地区都面临着发电贮水的危险，因此，这种在荒野各组成部分中出现的令人遗憾的分裂状况，也许能在把权力授予强有力的手中时结束。

在落基山脉各州中，有二十个属于国家森林的地区，其规模从十万到五十万英亩，各有不同，已经被作为荒野而收回，并且禁止道路通行、开设旅馆及其他不利的用途。在国家公园

里，类似的原则已被承认，但还没有特别明确的界限。总的来说，这些由联邦管理的区域是荒野规划的主干，但也并非安全得像卷宗记录要人们相信的那样。地方上在修筑新的旅游道路的需求压力下，不时地要从这儿夺去一块，或从那儿夺去一块。另外，为了扩大控制森林火灾所用的道路，也是一个长期存在的压力，而且实际上，这些道路在某种程度上已变成了公路。常常闲置不用的国家资源养护队的营地，对修筑新的和常常是无用的道路，也是一个普遍的诱惑。战争期间木材的短缺，使得许多道路的扩充成为理所当然的和在不同情况下的军事需要。此时此刻，滑雪吊索和滑雪旅馆正在很多山区兴起，却往往不去注意这些地方预先是被指定为荒野的。

在最为严重而暗中加剧的对荒野的侵犯当中，有一个是通过对食肉动物的控制进行的。情况是这样的：为了大型猎物管理上的利益，一个地区的狼和山狮被除掉了。于是，这些大猎物群（通常是鹿和驼鹿）便逐渐增加，并超出了猎区可承受的食用草的负荷点。这样，就必须鼓励猎人们去猎取这些猎物；但是，现代的猎人们是拒绝去一个小汽车到不了的地方的，所以，必须修一条路，以便能够进入这些有猎物供给的地方。这样一来，荒野地区便一而再，再而三地通过这个过程，被劈得七零八碎。这种情况仍在继续。

落基山脉的荒野区域包括着广阔的各种类型的森林，从西南部的弯弯曲曲的刺柏，到俄勒冈的"绵延不断的无边无际的森林"。然而，却缺乏荒野地区，大概是因为美学上不成熟的标签，把"风景"（Scenery）的定义局限在湖泊和松树上了。

在加拿大和阿拉斯加仍然有着大片广阔的处女地：

在那里，无名的人们沿着无名的河流游荡，

在奇异的河谷里孤独奇异地死去。[16]

这一系列具有代表性的地区都可以，而且也应该被保留下来。很多在经济利用价值上都是微不足道和被否定的。当然，这将会使人们坚信，是没有必要慎重筹划这个结局的，而且，这样差强人意的地区无论如何都会幸存下来。最近全部的历史都给人以那样令人满意的假设的假象。即使荒野狩猎得以保存，可它们的动物区系又是怎样的情况呢？北美驯鹿、几种加拿大盘羊、纯种的森林野牛、荒地的灰熊、淡水海豹，以及鲸鱼，甚至现在还着着威胁。缺乏独特动物区系的荒野地区有什么用处？最近组织起来的北极研究所已经着手进行北极荒原的工业化了，并且完全有可能把这些荒原作为荒野一样成功地消灭掉。这是最后的呼唤，甚至就在遥远的北方。

加拿大和阿拉斯加将能够看见，而且抓住他们的机会到什么程度，是大家的猜测。拓荒者通常是嘲笑任何要使拓荒永存的努力的。

为休闲而用的荒野

为生计方式而进行的体力上的格斗，在无数个世纪里，都曾经是一个经济问题。每当这样一类斗争消失的时候，一种可靠的本能就会让我们把它以一种美学形式的体育和游戏保留下来。

人和野兽之间的自然斗争，同样也是一个经济上的事实。现在，这种斗争是作为一种为了户外活动而进行的狩猎和钓鱼的形式保留下来了。

首当其冲的是公共的荒野区域，它们成了作为户外活动的开创旅行和挖掘生计而永存的较为有力和较为原始的技巧的中介。

某些这样的技巧得到了推广，其细节已经适应了美国的情况，而且，这种技巧是世界范围的。成群结队地打猎、钓鱼和徒步旅行就是例子。

不过，其中有两种就如同山核桃树一样，是美国式的。它们到处被仿效着，但是，只有在这个大陆才曾经得以发展到尽善尽美的程度。一个是划船旅行，另一个是骑马旅行。这两种形式很快就退化了。你的"哈德逊湾印第安人"号船现在有一个马达，你的爬山运动家有一部福特汽车。如果我必须靠划船或驮马来维持生活，我大概同样也应该有一部马达或福特车，因为前两种都是极其消耗体力的劳动。但是，当我们被迫与机械化了的替代物去竞争的时候，我们这些为户外活动而寻求荒野旅行的人就会彻头彻尾地失败的。要让你的小船像摩托艇一样运载那么多的东西，或者在一个夏季旅馆的草地上遛你的带铃母马，是愚蠢的。最好还是待在家里。

在一系列为了进行荒野旅行——尤其是划船和骑马旅行——这种原始艺术的世外桃源中，荒野地区是第一个。

我猜，有人会希望辩论是否值得保存这些原始艺术。我将不参加辩论。要么你确信自己很了解它，要么就是你已经很老很老了。

欧洲人的打猎和钓鱼多半没有在这个大陆上的那种问题：即荒野是一种要保护的财富。欧洲人是不在树林里野营做饭，或做他们的工作的——如果他们能够设法不做。日常零星的杂务是派给狩猎助手和仆人们干的。从而，一次打猎所带来的是野餐的气氛，而并非开拓精神。技巧的鉴定，在很大程度上是由最后所获取的猎物和鱼所确定的。

还有一些人，他们把荒野活动诋毁为不民主，因为与一个高尔夫球场或一个旅游营地相比，一片荒野的休闲负荷能力是很小的。这种观点的根本错误是，它把集约生产的哲学运用到旨在反对集约生产的事物上去了。休闲的价值并不是一个阿拉伯数字问题。休闲是对庸碌生活的一种有限的超越，有所限度的休闲才是有价值的。按照这个标准，机械化的旅游充其量也只是一种像牛奶和水一样淡而无味的事情。

机械化的休闲已经占据了十分之九的树林和高山，因此，为了对少数人表示公正的敬意，就应该把另外十分之一献给荒野。

为科学而用的荒野

一个有机体的最重要的特点是它内部的能够自我更新的能力，这种能力被认为是健康水平。

有两种有机体，其新陈代谢的过程受制于人类的干预和控制。一种是人自身（医疗和公共卫生），另一种是土地（农业和保护主义）。

在控制土地健康方面的努力还不很成功。不过人们已经懂得，当土壤失去了肥料，或被冲刷的速度快于其形成的速度，以及水系出现了不正常的泛滥和短缺时，土地就有病了。

其他的混乱则是如事实本身一样为人们所知的，但却尚未当成是土地生病的症状。一些植物和动物，没有明显的原因就消失了，尽管已经尽力保护它们；其他东西，如害虫的入侵，尽管在极力控制它们。这些现象，在缺乏简单明了的解释的情况下，必须被看成是土地生物机体生病的症状。但是，这两种病症发生得太频繁，以致不能不常常被当作正常变化的事件来考虑了。

思考这些土地问题上的状况，反映了这样一个事实：即我们对待它们的看法仍然是片面的。所以，一旦土壤失去了肥料，我们便浇上肥料，或者顶多改变在它上面所种植和养殖的植物和动物，而不去考虑这样一个事实，即，正是在它上面的动植物首先造成了土壤。就土壤的保养来说，它们也可能同样重要。例如，最近发现，由于某种不清楚的原因，烟草栽培的好坏，取决于土壤是否预先生长过野生的豚草。我们不曾想过，这种未曾预料的相互依赖的链条，在自然中可能是极其广泛的。

当草原犬鼠、黄鼠或老鼠增殖到有害的程度时，我们便会毒死它们，可我们没看到隐藏在这些动物之后的蜕变原因。我们总是认为，动物的各种麻烦必然有着动物的根源。最近的科学上的证据说明，一个植物共同体的混乱正是引起啮齿动物侵袭的真正所在。但是，几乎还没有人沿着这条线索进行探索。

很多林场在原先长着三株或四株树木的地块上，种着一株或两株树。为什么？想来林业管理人员们是知道，原由不在于树，而在于土壤的微型植物，重建土壤植物区系要比毁灭它花更多的年月。

很多保护主义的处理方式也是很肤浅的。控制洪水的堤坝与发生洪水的原因无关。检查堤坝和滑坡，实际上不触及发生侵蚀的原因。保护区和养殖场维持着猎物和鱼的供应，但解释不了这些供给不能使自己维持下去的原因。

总之，这些迹象的倾向说明，在土地上，正如在人体上，病症可能发生在某个器官，而原因却在另一个上。我们现在称作保护主义的措施，在很大程度上都只是起着局部的镇痛作用。它们是必要的，但不能将它们与治愈混淆起来。土地医疗艺术正在生气勃勃地实践着，但是，土地卫生科学也应当诞生了。

一种土地卫生科学首先需要的是基本的常规数据，一幅说明健康的土地如何像一个生物体一样维持着它自己的图画。我们有两个可用的范例。一个来自土地生理在很大程度上还保持正常的地方，尽管这个地方在很多世纪以前已有人居住了。我只知道一个这样的地方：东北欧。它是不可能不吸引我们去研究它的。

另一个，也是最为完美的范例，就是荒野。古生物学提供

了丰富的证据，说明荒野在极其漫长的岁月里，一直自我保养着，它所拥有的物种，很少有丧失，它们也不会失去控制，天气和水建造土壤的速度和土壤流失的速度一样快，或许还更快些。因此，荒野作为一个土地卫生研究实验室，是具有无法预料的重要性的。

人们不可能在亚马逊研究蒙大拿的生理学。每个生物种群的活动范围都需要它自己的荒野来进行使用过和未使用的土地之间的比较研究。当然，要抢救比一个荒野失衡体系更多的东西，是太晚了，而且，这些残留的区域都太小，以致不能保留希望它们所能有的常规数据。即便是国家公园，它们的规模每个都在一百万英亩左右，也仍然不够去保留天然的食肉动物，不能排斥由家畜所带来的动物疾病。所以，黄石公园已经失去了它的狼和美洲狮。结果，驼鹿正在毁灭着这个地区的植物区系，尤其是在冬季的草地上。同时，灰熊和加拿大盘羊也在减少，后者的减少是疾病造成的。

就在最大的荒野地区已部分失调的时候，杰·伊·韦弗仅仅利用几英亩荒野就发现，为什么草原植物能比取代它的农业植物耐旱。他发现，草原物种在地下进行着"列队工作"，它们通过自己的根系达到了各个层次；而包括轮种在内的那些植物则过分地伸展到某一层中，从而忽视了另一层，这样就逐渐出现了亏空。于是从韦弗的研究中产生了一个重要的农艺原则。

托格瑞狄克也只用几英亩荒野就发现，为什么生长在使用过的田野里的松树，从来达不到长在未清理过的森林土壤中的松树那样大，也不如后者经得起风吹。在后一种情况下，其根部是沿着旧根生长的通道在生长，因此扎得较深。

在很多情况下，我们确实不知道，需要有怎样良好的行动，才能指望得到健康的土地，除非我们有一片荒野来与有病的土地作比较。因此，大多数早期在西南部的旅行者们，都把山区的河流描写成本来就是清澈的，不过，还是有点让人怀疑，因为他们可能是在一种意外的情况下，在最好的季节里看到它们的。

从事水土保持的工程师们，在他们没有发现奇瓦瓦的马德雷山脉地区的彼此绝对相似的河流之前，也没有基本的数据。这些河流从来没有被放牧过，也没有为提防印第安人而使用过，在它们最糟糕的时候，所呈现的是牛奶般的颜色。不过，对一条鳟鱼的鱼饵来说，还不是太浑浊。青苔生长在沿岸的水边。在亚利桑那和新墨西哥的河流都有砾石碎片，不但无树，也无青苔，无土壤。通过一个国际实验站，保留和研究马德雷山脉荒野，把它当作边界两边有病的土地治疗的标本，将是一个很值得考虑的很好的区域事业。

简言之，所有现有的荒野地区，不论其大或小，都可能具有作土地科学研究根据的价值。休闲并不是它们唯一的或甚至是最基本的用途。

为野生动物而用的荒野

国家公园没有能力来做一个保存大型食肉动物的中介。眼见着灰熊正处于危险的境地，而且事实上，公园系统已成为无狼区了。这些公园也满足不了加拿大盘羊的需求，大部分盘羊群正在缩减。

它的原因在某些方面是清楚的，而在另一些方面则又是很模糊的。这些公园对于像狼这个活动范围极广的种类来说，当然是太小了。很多动物品种因为各种尚未弄清楚的原因，似乎都不能作为一个孤立的群体而繁盛起来。扩大适于野生动物群的区域的最为可行的办法是，使国家森林中人们难以接近的部分——通常都是环绕着那些公园区——成为那些濒临危险的物种的保护区。这些区域没有起到这样的作用，灰熊的例子就是一个悲剧的说明。

1909 年，当我第一次来到西部时，每个主要的山区都有灰熊，而且你可能旅行好几个月都碰不到一个资源保护队的官员。今天，"在每个树丛之后"，都有某个资源保护官员；然而，就在我们的野生动物管理机构不断壮大的时候，我们的大部分哺乳动物却在陆续向加拿大边境退却。官方报道，在美国残留下来的六千只灰熊所分布的区域中，有五千只在阿拉斯加。只有五个州还总算有那么几只。似乎有一种不言而喻的看

法，即如果灰熊能在加拿大和阿拉斯加幸存下来，也就够不错了。可我并不认为如此，因为阿拉斯加的熊是一个独特的品种。把灰熊放逐到阿拉斯加，大概就像把幸福放逐到天堂，人们可能永远也到不了那儿。

要挽救灰熊，就要有一个广阔的远离道路和家畜的地区，或者是在家畜的损失得到赔偿的地区。把分散的家畜牧场买下来，是创建这类地区的唯一方式；但是，尽管慷慨的当局买下或交换了土地，资源保护局仍然未对这种努力做出任何实质性的工作。据说，林业部在蒙大拿建立了一个灰熊养殖场；可我还知道，在犹他州的一片草原上，林业部实际上是在鼓励发展养羊业，虽然这片草原确实存在着这个州残留下来的仅有的灰熊。

永久的灰熊区和永久的荒野区显然是同一个问题的两种名称。无论哪方面的热情，都需要有一种长远的保护主义的观点，以及一种历史性的展望。只有那些能够看到进化壮观的人，才能被指望尊重出现这种壮观的剧院——荒野，或者这种壮观的卓绝成果——灰熊。如果教育确实起到了教育的作用，到时就会有越来越多的公民们懂得老西部的遗物给新西部所增添的意义和价值。现在尚未出生的青年们将会像刘易斯和克拉克[17]一样在密苏里河上扬起风帆，或者像詹姆斯·卡彭·亚当斯[18]一样，爬上塞拉山，而且每一代人都会转而问道：大白熊在哪儿？如果回答是：在保护主义者们还没有留意的时候它已经死了，那将是太遗憾了。

荒野的护卫者们

荒野是一种只能减少不能增加的资源。侵犯可以在某种程度上受到阻挡或减弱，以便维护荒野为休闲、为科学、为野生动物而用的能力；但从总的意义上来说，要创造新的荒野是不可能的。

因此，任何荒野计划都不过是一种自卫性的退却行动，尽管它所能退却的地方已经所剩无几了。1935 年成立了荒野协会，其目的是为了拯救在美国的荒野残迹。

然而，有这样一个协会也还是不够的。除非在所有的资源保护部门中都有一些具有荒野头脑的人，要不然，即便是到了采取行动的时机已经丧失掉的时候，这个协会也永远不会知道新的侵犯已经来临。另外，一部分激进的、有荒野思想的公民一定要注意全国的情况，从而便于在紧急情况下采取行动。

在欧洲，荒野现在已经退到喀尔巴阡山区和西伯利亚了，一切有思想的保护主义者都在为之叹息。即使在英国，那里可供舒适所用的土地要比其他几乎任何一个文明国家都少，然而，如果出现一个尽管是迟来的，但是为着挽救几个半荒野的地方的运动，那儿也就有了生机。

总而言之，了解荒野的文化价值的能力，归结起来，是一个理智上的谦卑问题。那种思想浅薄的，已经丧失了他在土地中的根基的人认为，他已经发现了什么是最重要的，他们也正是一些在侈谈那种由个人或集团所控制的政治和经济的权力将永久延续下去的人。只有那些认识到全部历史是由多次从一个单独起点开始，不断地一次又一次地返回这个起点，以便开始另一次具有更持久性价值探索旅程所组成的人，才是真正的学者。只有那些懂得为什么人们未曾触动过的荒野赋予了人类事业以内涵和意义的人，才是真正的学者。

土地伦理

当尊严的俄底修斯[19]从特洛伊战争中返回家园时，他在一根绳子上绞死了一打女奴，因为他怀疑这些女奴在他离家时有不轨行为。

这种绞刑是否正确，并不会引起质疑，因为女奴不过是一种财产，而财产的处置在当时和现在一样，只是一个划算不划算的问题，而无所谓正确与否。

但是，在俄底修斯时代的希腊，也并非不存在正确与否的概念：当俄底修斯的黑色船头的船队驶过昏暗的海洋回到家里之前，他的妻子在漫长岁月中所持的忠诚就是一个明证。这种伦理结构在那个时代是针对妻子的，而并不能延伸到有人性的奴婢身上。自那以后的三千年间，各种伦理标准已经涉及品行的很多方面，只是在衡量其标准上，根据利害，而有着相应的缩减。

伦理的演变次序

这种迄今还仅仅是由哲学家们所研究的伦理关系的扩展，实际上是一个生态演变中的过程。它的演变顺序，既可以用生态学的术语来描述，同时也可用哲学词汇来描述。一种伦理，从生态学的角度来看，是对生存竞争中行动自由的限制；从哲学观点来看，则是对社会的和反社会的行为的鉴别。这是一个事物的两种定义。事物在各种相互依存的个体和群体向相互合

作的模式发展的意向中，是有其根源的。生态学家把它们称作共生现象。政治学和经济学则是提高了的共生现象，在这种共生现象中，原有的自由竞争有一部分被带有伦理意义的各种协调方式所取代了。

各种协调方式的复杂性随着人口的密度，以及工具的效用而不断增长。例如，如果在剑齿象时代，要给反社会的棍棒和石头规定一个准则，就比在摩托时代给子弹和广告规定准则要难得多。

最初的伦理观念是处理人与人之间的关系的，"摩西十诫"[20]就是一例。后来所增添的内容则是处理个人和社会的关系的。《圣经》中的金科玉律力图使个人与社会取得一致；民主则试图使社会组织与个人协调起来。

但是，迄今还没有一种处理人与土地，以及人与在土地上生长的动物和植物之间的伦理观。土地，就如同俄底修斯的女奴一样，只是一种财富。人和土地之间的关系仍然是以经济为基础的，人们只需要特权，而无需尽任何义务。

如果我对这种迹象的理解是正确的，那么，伦理向人类环境中的这种第三因素的延伸，就成为一种进化中的可能性和生态上的必要性。按顺序来说，这是第三步骤，前两步已经被实行了。自以西结和以赛亚[21]时代以来，某些思想家曾从个人角度声称，对土地的掠夺不仅是不明智的，而且是错误的。然而，社会还未确定自己的信念。我把当今的资源保护主义看作是确认这种信念的萌芽。

一种伦理可以被看作是认识各种生态形势的指导模式，这些生态形势是那样新奇，那样难以理解，或者引起了如此不同的反应，以致普通的个人对寻求社会性对策的途径也分辨不清了。动物的各种本能是个人认识这类形势上的指导模式。各种伦理也可能是一种在发展中的共同体的本能。

共同体的概念

迄今所发展起来的各种伦理都不会超越这样一种前提：个人是一个由各个相互影响的部分所组成的共同体的成员。他的本能使得他为了在这个共同体内取得一席之地而去竞争，但是他的伦理观念也促使他去合作（大概也是为了有一个可以去竞争的环境吧）。

土地伦理只是扩大了这个共同体的界限，它包括土壤、水、植物和动物，或者把它们概括起来：土地。

这听起来很简单：我们不是早就在高唱我们对自由土地和美丽家园的热爱和责任了吗？是的，回答是肯定的。不过，我们所爱的究竟是何物和何人？当然不是土壤，我们正在急急忙忙地把它冲到河的下游；当然不是水，在我们看来，它除了转动涡轮、浮运驳船和排除污水外，是没有功能的；当然也不是植物，我们正在漫不经心地毁灭着它的整个共同体；当然也不是动物，我们已经灭绝了它们中间最大和最美丽的品种。一种土地伦理当然并不能阻止对这些"资源"的宰割、管理和利用，但它却宣布了它们要继续存在下去的权利，以及至少是在某些方面，它们要继续存在于一种自然状态中的权利。

简言之，土地伦理是要把人类在共同体中以征服者的面目出现的角色，变成这个共同体中的平等的一员和公民。它暗含着对每个成员的尊敬，也包括对这个共同体本身的尊敬。

在人类历史上，我们已经知道（我希望我们已经知道），征服者最终都将祸及自身。为什么会如此？这是因为，在征服者这个角色中包含着这样一种意思：他就是权威，即只有这位征服者才能知道，是什么在使这个共同体运转，以及在这个共同体的生活中，什么东西和什么人是有价值的，什么东西和什么人是没有价值的。结果呢，他总是什么也不知道，所以这也就是为什么他的征服最终只是招致本身的失败。

在生物共同体内存在着类似的情况。亚伯拉罕[22]确切地懂得土地的涵义：土地会把牛奶和蜜糖送到亚伯拉罕一家人的口中。当前，我们用以对待这种观点的狂妄态度恰与我们的教育程度成反比。

今天，普通的公民都认为，科学知道是什么在使这个共同体运转，但科学始终确信他不知道。科学家懂得，生物系统是如此复杂，以致他们可能永远也不能充分了解它的活动情况。

事实上，人只是生物队伍中的一员的事实，已由对历史的生态学认识所证实。很多历史事件，至今还都只从人类活动的角度去认识，而事实上，它们都是人类和土地之间相互作用的结果。土地的特性，有力地决定了生活在它上面的人的特性。

例如，可以来看看密西西比河流域的居民。在独立革命后的那些年里，这个地区有三种人：土著印第安人、法国和英国的商人，以及美国居民。历史学家们不知道，在这种不稳定的形势下，如果当初在底特律的英国人稍稍给印第安人一方加点力量，将会发生怎样的结果——要知道，正是这种不稳定的局面才使移民们进入了肯塔基的野藤地。现在已经能认定这样一个事实了，即正是在这些野藤地受制于那种由拓荒者的牛、犁、篝火和斧子所表现出来的混合力量时，它们才变成了蓝草地。如果这片黑暗和带着血污的土地上所固有的植物演替，在拓荒者的影响下，所给予我们的是某种无用的野藤、矮树丛或者杂草，那将会是什么样的状况？布恩和肯顿能够坚持下来吗？会有大批移民涌入俄亥俄、印第安纳、伊利诺伊和密苏里吗？还会发生什么路易斯安那的购买吗？[23]会有横贯大陆的新州的联合吗？会发生内战吗？

肯塔基只是历史戏剧中的一句台词。我们一般都知道在这幕戏剧中人类演员力图要做的事情，但是很少有人告诉我们，这些演员是成功了，还是失败了。他们的成功与否，在很大程度上依赖于各种不同的土壤对他们所使用的生产手段做出的反应。就肯塔基的情况来看，我们甚至不知道那些蓝草最早是从哪里来的——是当地的土生品种，还是从欧洲偷运来的？

我们后来所知道的有关西南部的情况，与野藤地区成为鲜明的对照。西南部的拓荒者们同样是勇敢、机智和坚韧不拔的，但移民的影响给这儿带来的既非蓝草，也非其他适于艰苦生活摔打的植物。这个地区，由于放牧，一系列越来越多的野草、矮树丛和杂莠被消耗掉了，而转回到一种不稳定的均势。每次不同类型的植物的衰亡都引起土壤的流失，而每次新增的土壤流失，又带来了进一步的植物的衰亡。今天的结果则是一种步步发展的普遍的衰败：不仅是植物和土壤，而且也包括动物。早期的居民料想不到会有这种情况：在新墨西哥的沼泽区，有些人甚至还挖掘渠道来加速这种局势。这种局势的进展是那样细微，以致这里的居民几乎无人能意识到它。旅游者是看不到这种情况的，他们所发现的是这片被毁坏的景观的绚丽和魅力。（它确实是美丽和吸引人的，但显然已没有与 1848 年时的相似之处了。[24]）

这种同样的景观以前也曾一度有所"发展"，但却伴随着不同的结果。普布洛印第安人在哥伦布发现新大陆前住在西南部，但他们恰恰不是靠草原放牧生活的，他们的文明灭绝了，却不是因为土地灭绝了。

在印第安人那里，那些没有任何形成草甸草原的地区，显然也就不存在土地的破坏，他们用简单易行的方法把青草带给乳牛，而不是采用不道德的手段。（这是某种深奥的智慧的表现，还是只不过碰上了运气？我不知道。）

总而言之，这种植物的演替就是一个历史的过程。拓荒者只是证明了——不论是好心或是恶意——在这块土地上，是什么样的植物在演替着。历史是否在以这种精神被讲授着？一旦土地是作为一个共同体的概念真正被深刻地融会在我们的理智中时，它就会以这种精神被讲授。

生态学意识

资源保护是人和土地之间和谐一致的一种表现。尽管经过了一世纪的孕育，资源保护仍然像蜗牛一样蠕动着，所取得的进步大部分仍然是一种书面的虔诚和大会上的演讲。在过去的四十年里，我们依然是在每前进一步时就要往回滑两步。

如何解决这种尴尬的局面？一般的回答都是：开展更多的资源保护教育。没有人怀疑这一点，然而，能够肯定只有教育的分量需要加大吗？是不是在这个内容中同时还缺少点什么？

要给这种教育的内容做一个简洁的恰如其分的概括，是很困难的。不过，根据我的理解，它在实质上就是：遵纪守法；行使投票权利；参加某些组织，并在你自己的土地上来进行实践，以证明资源保护是有利可图的。其余的事情则由政府来做。

这个方案不是太容易，以致根本不能完成任何值得去做的事情了吗？它不分正确与错误，也不提出任何义务，也不号召做出一定的牺牲，在流行的价值论上也不进行任何改变。就土地的利用而言，它激励的也仅仅是开明的个人的权利。试想一下，这样的教育会把我们带到什么地方去？有个例子可能会做一部分回答。

到 1930 年时，除了那些对生态学毫无所知的人，所有的人都已经很清醒地接受了这样一个事实，即威斯康星西南部的表土层正在向海洋流失。1933 年，农场主们被告知，如果他们能在连续五年内采用一定的补救措施，政府将派国家资源保护队来免费进行安装，并提供必要的机器和材料。这项提议被广泛地接受了，然而，当五年的合同期满后，这些措施则又广泛地被忘却了。农场主们继续使用的仅仅是那些能使他们获得最直接和最明显收益的措施。

这种情况导致一种想法，即如果农场主们自己制订出规则，也许他们会懂得更快些。于是，1937 年，威斯康星的立法机关通过了土壤保护区法令，它事实上是对农场主们说："我们，政府，将免费向你们提供技术服务，以及你们所需要的专门机器的贷款，如果你们将制订自己的土地使用规则的话。每个县也可以制订它们自己的规则，这些规则将具有法律的效力。"结果，几乎所有的县都迅速地组织起来接受了这种有利可图的协助。可是，经过十年的实践之后，还是没有一个县制订出一个单独的规则来。在这个实践过程中也有明显的进步，如条播、牧场更新、土壤灰化等，但是并不禁止在林地放牧，也不禁止犁耙和乳牛进入陡坡。一句话，农场主们只是选择使用那些确实有利可图的措施，而忽视那些对共同体有利，同时显然对他们自己无利的措施。

当人们问到为什么规则制订不出来时，回答是，社会还没有做好支持它的准备，在制订规则之前，必须先进行教育。然而，在进行中的教育，除了那些受私利支配的义务以外，实际上是不提及对土地的义务的。结果则是，我们受到的教育越多，土壤就越少，完美的树林也越少，而同时，洪水则和1937年一样多。

在这种形势下的令人不解的情况是，那些除了私利以外所存在的义务，是为帮助改善道路、学校、教堂，以及棒球队这样一类农业社区的事业而存在的。这些义务的存在并不是为了使得注入土地的水的活动能够循规蹈矩，或为了保护农场景观的美丽和多彩，而且也不曾被认真严肃地讨论过。使用土地的伦理观念仍然是由经济上的私利所支配的，就和一个世纪以前的伦理观念一样。

总而言之，我们要求农场主们做的是他能用以保全其土壤的实用主义的事情，而他也就做那一点，并且仅仅是那一点。那位把树林伐成七十五度的陡坡，把乳牛赶进林间空地放牧，并把雨水、石块以及土壤一起倾入社区小河的农场主，仍然是社会上一位受尊敬的成员（同时也是正派的）。如果他向他的田里撒石灰，并按等高线种植他的庄稼，他就仍然享有土壤保护法的所有特权和补贴。这个法令是一部漂亮的社会机器，但它却因为有两个汽缸而患有咳嗽病。因为我们过于胆怯，太急于求成，以至我们不能告诉农场主们其义务的真正意义。在缺乏觉悟的情况下，义务是没有任何意义的。我们所面临的问题是要把社会觉悟从人延伸到土地。

　　如果在我们理智的着重点上，在忠诚感情以及信心上，缺乏一个来自内部的变化，在伦理上就永远不会出现重大的变化。资源保护还未接触到这些最基本的品行的证据，就在于这样一个事实：哲学和宗教都还没有听说过它。因为我们企图使资源保护简单化，我们也就使它失去价值了。

土地伦理的代用语

　　当历史的逻辑渴求面包时，我们拿出来一块石头，而且还煞费苦心地解释说，这块石头与面包是多么相似。现在我就来描述一下那些代替土地伦理的石头。

在一个全部是以经济动机为出发点的资源保护体系中，一个最基本的弱点是，土地共同体的大部分成员都不具有经济价值。野花和鸣禽就是一个例子。在威斯康星，当地所有的二点二万种较高级的植物和动物中，是否有百分之五可以被出售、食用或者可做其他的经济用途，都是令人怀疑的。然而，这些生物都是这个生物共同体的成员，因此，如果（就如我所相信的）这个共同体的稳定是依赖它的综合性，那么，这些生物就值得继续生存下去。

当这些非经济性的种类中的某一种受到威胁，而我们又正好很喜欢它，我们就会想方设法地找出一些托词来使它具有经济上的重要性。在这个世纪初，鸣禽看来是要消失了。于是，鸟类学家们便急忙提出某种使人震惊的证据来说明它们灭绝的后果，以挽救它们。他们说，如果没有鸟儿控制虫子，其后果将是昆虫把我们吃掉。这种证据必须是经济上的，为的是使其产生效用。

今天读到这些托词是很痛苦的。我们还不具备土地伦理观，但我们至少都几乎接受了这样一种观点，即承认鸟儿就生物的权利的角度来说，也是应该继续存在的，而不论它们是否对我们有经济上的利益。

类似的情况也存在于食肉的哺乳动物、猛禽，以及食鱼的鸟儿中。因而曾几何时，生物学家们确实有点过分强调了这样一种证据：这些动物杀害了较小的动物，从而保护了猎物的健全，或者为农民控制了鼠害，或者捕食的仅仅是那些"无价值"的动物。在这里又一次出现了这种情况，即证据必须是经济上的，以便能产生效用。只是在最近几年里，我们才听到比较坦率的论点。食肉动物也是这个共同体的一员，任何相关者都没有权利去为了某种自身的利益——无论是真的，或是空想出来的——去灭绝它们。遗憾的是，这种有见识的观点还仅仅停留在谈论阶段。在野外，对食肉动物的灭绝正在兴致勃勃地进行着：由于国会、环境保护局，以及很多州立法机构的批准，眼见着灰狼在逐渐地被消灭。

某些树种已经被有经济头脑的林业工作者们"开除树籍"了，因为它们长得太慢，或者出售价格太低，所以它们对伐木者来说无所收益。如美国尖叶扁柏、落叶松、落羽杉、山毛榉，以及铁杉就是例子。在欧洲，林业从生态学上的角度来看是比较先进的，那些非商业用的树种已被认识到是当地森林共同体的组成部分，从而受到了保护，是情理之中的。另外，某些树种（如山毛榉）还被发现在增强土壤肥力上很有价值。森林，以及它的不同的树种，地面植物和动物的内部联系已被认为是固有的。

缺乏经济价值有时不仅是某些品种，或某些类别的特点，而且是某些整体性的生物群共同体的特点，如沼泽、泥塘、沙丘，以及"沙漠"就是例子。在这种情况下，我们惯常是把它们委托给政府，作为保护区、名胜或者公园的机构来管理。但困难在于，这些地区通常是与较有价值的私人土地交织在一起的，政府有可能无法拥有或者控制这些星星点点的一块块土地。最后的结果则是，我们让一些这样的地区大面积地消失了。如果私人拥有者是有生态学头脑的，他会自豪地成为这类区域的合理化建议的管理人，这类区域会为他的农场和社区增添更多的色彩和美丽。

在某些情况当中，那种认为这些荒僻地区是无利可图的看法被证明是错误的，但都只是在它们大部分已被除掉了之后。当前乱哄哄地向麝鼠沼泽里放水就是这方面的一个例子。

在美国资源保护中有一个非常明显的倾向，即要让政府来做所有的一切私人土地拥有者们所未做到但又必须要做的工作。由政府所有、支配、补贴或者管理，现在已经在林业、牧场管理，土壤和水域管理、公园和荒野保护、渔业管理、以及候鸟管理中广泛盛行起来，同时还在继续发展。这种政府性的保护主义的发展，其大部分都是适宜和合乎逻辑的，某些还是不可避免的。我并非含有反对它的意思，事实上，我的大半生都是在为它的工作中度过的。然而，问题出现了：这种事业的最终意义是什么？它的承载基础将会使其可能有的各个部门正常运转吗？将会产生什么实际结果吗？从哪个角度上看，政府性的保护，就如同一头巨大的柱牙象，将会因其本身的体积而变得有碍于行动？如果存在着什么答案，似乎就是：用一种土地伦理观或者某种其他的力量，使私人土地所有者担负起更多的义务。

产业性的土地所有者和使用者们，尤其是伐木业主和牧场主们，对政府拥有和管理土地的发展始终是抱有强烈的不满的,但是（令人注目的例外）他们也有一点进行某种依稀可见的变化的倾向：在他们自己的土地上做自愿性的保护措施。

当私人土地所有者被要求采取某种为了社区利益的无利可图的法案时，他今天也只有伸出手掌表示赞同。如果这个法案花了他的钱，这是公平和适宜的。但是，这个法案所花费的仅仅是深思熟虑、坦率或者时间，这个问题至少就是可争论的。最近一些年里，土地使用补贴的巨大增长，在很大程度上必须归咎于政府自身的推行保护主义的机构：土地局、农业学院，以及技术推广机构。就我能观察的程度来看，在这些机构中，是不讲授对待土地的道德责任的。

总而言之，一个孤立的以个人经济利益为基础的保护主义体系，是绝对片面性的。它趋向于忽视，从而也就最终要灭绝很多在土地共同体中缺乏商业价值，但却是（就如我们所能知道的程度）它得以健康运转的基础的成分。它设想，生物链中有经济价值的部分，可以在无视无经济价值部分的情况下运转，我认为是错误的。它倾向于让政府去实施很多功能，结果这些功能实际上过于巨大，过于复杂，或许还过于分散，从而不能由政府去实施。

对这种形势的唯一可见的补救办法，就是使私人的所有者负有伦理上的责任。

土地金字塔

一种用于补救和指导对土地关系的伦理观，是需要有一种智力上的想象的，即能把土地当成一种生物结构的想象。在对某种事物的关系上，只有在我们可以看见、感到、了解、热爱，或者对它表示信任时，我们才能是道德的。

在保护主义教育中，通常所使用的想象力是"自然平衡"。因为有各种在这里无法详述的理由，这种叙述方式就不能精确地描述出我们对土地结构的了解是多么少。有一种比较更真实的想象是在生态学上常常采用的：即生物区系金字塔。我将先来概述一下作为一种土地的象征的金字塔，然后再论述它在土地使用角度上的涵义。

植物从太阳那里吸收能量，这一能量通过一个被称作生物区系的路线流动着，这个生物区系可以由一个由很多层次组成的金字塔表示出来。它的底层是土壤，植物层位于土壤之上，昆虫层在植物之上，马和啮齿动物层在昆虫之上，如此类推，通过各种不同的动物类别而达到最高层，这个最高层由较大的食肉动物组成。

在同一层次里的各个品种的相似之处，并不在于它们的来源，也不在于它们的外貌，而在于它们的食物。每一个接续的层次都以它下面的一层为食，而且这下面的一层还提供着其他用途；反之，每一个层次又为比它高的一层提供着食物和其他用途。这样不断地向上推进着，每一个接替的层次从数量上都在大大地减少着。因此，每一只食肉动物都需要数百只由其捕食的动物，它的被捕食者又需要几千只由自己捕食的动物，几百万昆虫，以及无数植物。这个系统的金字塔形式反映了从最高层到最底部的数量上的增长。人类与熊、浣熊，以及松鼠共享着一个中间的层次，它们既吃肉，也吃植物。

因为食物和其他用途所组成的相互依赖的线路，被称作食物链。因此，土壤—橡树—鹿—印第安人是一条链子，这个链条现在已大部分转化为土壤—玉米—乳牛—农场主的形式。鹿食用不光是橡树的上百种植物，乳牛也食用不光是玉米的上百种植物，所以两者又都与上百个链条相联系。所以，这个金字塔也是一团不同的纠缠在一起的链条，它们是如此复杂，以至于好像毫无头绪，然而，这个体系的稳定性证明，这是一个高度组织起来的结构，它的功能的运转依赖于它的各种不同部分的相互配合和竞争。

最初，生命的金字塔是又矮又低的，各种食物链也是短而简单的。进化使它一层又一层，一种联系又一种联系地增加着。人类是这座金字塔的高度和复杂的成千上万的增添物中的一种。科学给我们带来了许多疑问，但至少也给了我们一种肯定：进化的趋势是使生物区系更为精致和多样化。

所以，土地并不仅仅是土壤，它是能量流过一个由土壤、植物，以及动物所组成的环路的源泉。食物链是一个使能量向上层运动的活的通道，死亡和衰败则使它又回到土壤。这个环路不是封闭的，某些能量消散在衰败之中，某些能量靠从空中吸收而得到增补，某些则贮存在土壤、泥炭，以及年代久远的森林之中。这是一个持续不断的环路，就像一个慢慢增长的旋转着的生命储备处。其中总有一部分会由于向下坡的冲蚀而流失掉，但这是在正常情况下由岩石侵蚀而引起的小量和部分的损失。它们在海洋中沉积起来，在一定的地质时代的进程中，上升形成新的陆地和新的金字塔。

能量向上流动的速度和特点取决于植物和动物共同体的复杂结构，这与一棵树的树液向上流动依赖于其复杂的细胞组织的情况非常相似。没有这种复杂性，正常的循环大概就不会发生。结构意味着其组成品种的特别的数字，以及特有的种类和功能。在土地的复杂结构和其作为一种能量单位顺利发挥功能之间，相互的依存关系是它的属性之一。

在这个环路的某一部分出现变化时，其他很多部分就必须让自己去适应它。变化无需阻止或转移能量流动，进化则是一个漫长的、系列性的自我感应变化，它的最终结果就是精心制成一个流动结构，和延长这个环路。不过，生态学上的变化通常是缓慢而局部的，人类对工具的发明使其得以做出各种在激烈、迅速和范围上都是史无前例的变化。

有一个变化是植物和动物区系的组成。较大的食肉动物从金字塔的顶部被砍掉了，从而在历史上第一次，食物链变短了，而不是变长了。来自其他土地上的家养品种代替了野生品种，野生品种则移往新的栖息地。在这种世界范围内的动植物区系的联合行动中，某些物种从害虫和疾病的包围中逃脱出来，其他的则灭绝了。这种结局是难得有意向和被预料到的，它们的出现是未曾预知的，而且常常在这个结构中表现出来的各种重新调整也是无法追踪的。农业科学在很大程度上是两种现象之间的竞争——新害虫出现和为了控制害虫的新技术之间的竞赛。

另一种变化则触及通过植物和动物，并又回到土壤的能量的流动。肥力是土壤用以接收、贮存和释放能量的能力。由于过分地使用土壤，或者在用一种培植的品种去代替土生的品种时过于激烈，农业就可能打乱能量流通的通道，或者消耗掉贮存的能量。土壤在使其得以贮存和固定下来的有机物质被消耗掉的时候，它的流失要比它的形成快。这就是土壤流失。

水，和土壤一样，是能量环线中的一部分。工业，在其污染了水，或者把水截留在土坝中后，就可能排斥必需的用来保存循环中的能量的动植物。

运输大约带来了另一种根本的变化：在某一地区生长的植物和动物，现在在另一个地区被消费掉，并返回到土壤中。运输提取了贮存于岩石、空气中的能量，并在任何一个地方去使用它。因此我们用鸟粪中的氮来为我们的花园施肥，而这些鸟却是靠赤道那边的大海里的鱼为食的。于是，先前是在局部地区和自我抑制的运转环路，现在成为世界范围的联营了。

由于人类的居住而使金字塔发生了变化，在这个过程中，贮存的能量被释放出来，而且，在拓荒阶段中，这种情况已经引起一种假象，即植物和动物，无论是野生的，或驯养的，都长得非常茁壮。这种生物能力的释放有助于掩盖，或延迟由于激烈的行为而造成的不良后果。

这个土地的图示——作为一种能量的运行的图示，表达了三个基本的观点：

1. 土地不仅仅是土壤；

2. 当地的植物和动物保持着能量运行的通畅，其他的动植物则可能做到，也可能做不到；

3. 人为的变化，与生态学上的变化相比，是一种不同序列的变化，它具有的影响比意愿中的，或意料中的要更为广阔。

这些观点，综合起来看，提出了两个基本的问题：土地能够使它自己适应这种新的序列吗？理想中的变化能在很少采取激烈行动的情况下完成吗？

生物体在它们承受激烈转化的能力上似乎是不同的。例如，西欧具有一个远远不同于恺撒[25]当年在那里所发现的金字塔。某些大的动物已经消失了，湿润的森林变成草坪或耕地，很多新的植物和动物被引进来，其中有一些，如害虫是未被注意到的，残留下来的当地的动植物则在分布上和数量上都发生了巨大的变化。土壤仍然在那儿，而且由于有进口的化肥，仍然是肥沃的；水在正常地流动；新的结构似乎在工作着，而且在持续着。在那儿，还没有明显的运行中的故障或混乱。

因此，西欧有一个具有抵抗力的生物体。它的内在的作用在应变上是坚韧、灵活和有抵抗力的。无论变化多么激烈，至今，这个金字塔一直在发展着某种新的对策，用这个对策为人类，也为大部分其他当地的动植物保护着它的可居性。

日本似乎是在没有混乱的情况下发生着激烈转化的另一个例子。

大部分其他文明化的地区，以及某些还是刚刚接触到文明的地区，则呈现出各种混乱的状态。从最初的征候，到进一步的损坏，都是多种多样的。在小亚细亚和北非，由于气候的变化，很难做出清楚的判断，不过，这种气候的变化，可能要么是进一步损耗的原因，要么就是其结果。在美国，混乱的程度是地区性的，最严重的地区在西南部，欧扎克，以及南部的部分地区，在新英格兰和西北部则最小。在不大先进的地区，对土地的比较良好的使用方式可能仍然阻止着这种混乱。在墨西哥、南美、南非，以及澳大利亚，一种激烈的和在不断加速的损耗正在进行着，不过，我不能预料其前景。

这种几乎是世界范围内的在土地上所呈现出来的混乱，就好似一只动物的身体得了病，只是尚未达到彻底的混乱和死亡的程度。一块土地复原了，但却在某种程度上降低了复杂性，并且降低了它承载人类、植物和动物的能力。很多现在被看作是"充满机会的土地"的生物群，事实上正在依靠践踏性的农业而生存着，它们已经超越了其持续的承载能力。南美的大部分地区，从这个角度上看，人口是过多了。

在干旱地区，我们企图用垦荒来补救这个损耗过程，然而它只是非常明显地证明，垦荒工程的可望寿命常常是很短的，就我们自己的西部情况来看，其中最长的也可能延长不到一个世纪。

历史和生态学上的综合证据似乎提出了一个总的推论：人为改变的激烈程度越小，在金字塔中的重新适应的可能性就越大。反过来，激烈的程度是以人类人口的密度而不同的，稠密的人口要求比较激烈的转化。从这个角度看，北美在持久性上似乎要比欧洲有着更好的机会，如果它能设法限制其人口的密度。

这个推论是与我们的流行哲学成反方向的。流行的观点认为，一个小小的密度上的增长都更丰富了人类的生活，因此，一个无限的增长将使人类的生活无限地得以丰富。但生态学知道，并没有为无限广阔的增长而存在的密度关系。一切从密度上的所得，都受到报酬递减律的制约。

无论问题可能在人，还是在土地，截至今日，我们要了解有关它的全部关系总还是不大可能的。最近在无机物和维生素营养学上的发现，揭示了这种向上运行的不可怀疑的依赖关系：一定物质的不可思议的微量，决定着土壤对植物，植物对动物的价值。那么，向下运行的关系呢？那些正在消失的物种——即我们现在把它们当成美学上的珍品而保护的物种——又是怎样的情况？它们曾经协助建设过土壤。用哪些不可怀疑的方式，它们才可能成为土壤的保养所不能缺少的？韦弗教授建议我们利用草原野花去积聚尘暴所毁坏的土壤。谁知道在哪一天，为了什么目的，鹤和秃鹰、水獭和熊也可能会被利用起来？

土地健康和 A—B 分歧

因此，一种土地伦理反映着一种生态学意识的存在，而这一点反过来又反映了一种对土地健康负有个人责任的确认。健康是土地自我更新的能力，资源保护则是我们为了了解和保护这种能力的努力。

保护主义者们因为他们的意见分歧而无人不知。表面上看起来这似乎更让人糊涂了，但是，较详细的察阅却揭示了一个在很多专业中都普遍存在的非常独特的分裂程度。每个专业中的 A 组都认为，土地就是土壤，从而它的功能就是生产农产品；而 B 组则认为土壤是生物区系，因此它的功能大概要比较广阔。究竟有多广阔，一般都公认是有疑问和不清楚的。

在我自己的专业——林业中，A 组认为，种树就和种卷心菜一样，树是一种带有植物纤维素的基本技术产品。他们觉得是无法禁止激烈的行为的，他们的意识是农业性的。B 组则不然，他们认为林业根本不同于农业，因为它利用的是自然的物种，并且管理着一个自然的环境，而不是创造一个人工的环境。B组比较倾向于在原则上是天然的再生产。他们在为生物区系感到困扰的同时，也担心着有关一些物种失去——如栗树，以及濒临消失的品种如北美乔松——的经济基础。他们担忧着整个一系列的次生森林的功能：野生动植物，娱乐、水域、荒野地区。在我看来，B组所体会到的是一种生态学意识的振奋感。

在野生动物专业中，也有类似的分歧。对A组来说，它们基本的产品是运动和肉类，产品的标准是获得松鸡和鳟鱼的数字。人工繁殖是作为一种永久的，同时也是作为一种暂时的求援方式被接受的——如果它的单位成本允许的话。而另一方面，B组则担心的是整个一系列的生物区系的连带问题。为生产一种猎物而失去食肉动物的代价是什么？我们应该进一步求助于外来的品种吗？怎样管理才能使已缩减的物种恢复原状？例如，草原雪鸡现在已没有希望被当作一种可以射杀的猎物了。怎样管理才能使那些濒临灭绝的稀有品种，如疣鼻天鹅，以及美洲鹤恢复起来？管理原则能否推广到野花上？我认为，在这个领域里，又一次非常清楚地说明，我们有着与在林业中类似的A—B分歧。

在比较大的农业专业中，我有点缺乏发言权，不过，在这个领域中，似乎也存在着类似的分歧。早在生态学诞生前，科学的农业就已经在很活跃地发展着，因此，生态学概念预期可能要有一个较慢的渗透过程。而且，农民，按其技巧的性质来说，肯定在改变生物区系上要比林业人员和野生动植物管理者更为激烈。不过，在似乎显示出一种新的"生物农业"观点的农业中，也存在着很多不满。

在这些不满中，大概最重要的是那种新的迹象，即磅数和吨数并不是对农产品的食物价值的衡量，作为一种衡量，肥沃的土壤的产品可能有资格同时在质量上也是优秀的。我们可以靠大量使用进口的化肥来从地力枯竭的土壤中费力地支撑磅数，但我们没有必要来支撑食品的价值。这种思想最后可能有的分歧是那么广阔，以致我只好把对它们的解释让给更有力的笔来写了。

不过，那些把自己标榜为"有机的农业经营"，同时还标着一种派别的某些记号的不满者，在其方向上仍然是生物学的，尤其在其强调绿肥和家肥的重要性上。

农业的生态学原理就和在土地利用上的其他方面一样，是很少为公众所了解的。例如，受过教育的人几乎没有人意识到，在最近几十年里，技术上所取得的巨大进步是水泵，而不是水井。用英亩换取英亩，他们仅仅满足于补救肥力下降的水平。

在所有这些分歧中，我们看到了一再重复的同样的基本矛盾：作为征服者与作为生物共同体的公民之间的对抗；作为草坪割草机的科学，与作为宇宙探照灯之间的对抗；作为奴隶和仆人的土地，与作为一个集合有机体的土地之间的对抗。此刻，可以把罗滨逊[26]对特里斯特拉姆的指令，用在作为地质时代的一个物种的"人"身上：

无论你愿意或不愿意

你都是一个国王，特里斯特拉姆，因为你是

那几个离开世界的，经受了考验的其中之一，

当他们消逝了的时候，那里已经不是同一地区。

要在你离开的地方做上标记。

结论

我不能想象，在没有对土地的热爱、尊敬和赞美，以及高度认识它的价值的情况下，能有一种对土地的伦理关系。所谓价值，我的意思当然是远比经济价值高的某种涵义，我指的是哲学意义上的价值。

土地伦理观在发展过程中所面临的最严重的障碍，是这样一个事实：我们的教育和经济体系是背离，而不是朝向土地意识的。很多中间人和无数的物质新发明，把真正现代化的人和土地分割开来了。他与土地之间没有有机的联系，对他来说，土地只不过是在城市之间长着庄稼的那片空间。试着把他赶到土地上轻松一天，如果这个活动正好不是在一个高尔夫球场，或是一片"景色宜人"的地区，他会厌烦得发脾气的。如果能在溶液里培植庄稼，而不是去耕种，那将很适合于他。木材、皮革、羊毛，以及其他天然产品的各种合成代用品，对他来说，要比原来的更好。总之，土地对他来说，已经是某种

"过时"的东西了。

那种把土地仍然看作一个对手，或者是一个使他受奴役的工头那种农场主的态度，几乎是与土地伦理的障碍同样严重的。从理论上说，农业机械化应当解除了农民的锁链，然而，是否真正如此，还是值得怀疑的。

对土地的生态理解的要求之一，是懂得生态学，但并不意味着要与"教育"同步前进。事实上，较高的教育似乎还在微妙地躲避着生态学的概念。对生态学的了解并不来源于带生态学标签的课程，这很可能也与标上地理学、植物学、农学、历史学以及经济学的情况一样。这是因为，它应该带上标签，但无论标签是什么，生态学的教育似乎是欠缺的。

如果不是少数人已经在明显地反对这种"现代化"的倾向，这种情况对土地伦理来说将会显得毫无希望。

一定要运用那种使土地伦理的发展过程得以舒展进行的"杠杆"，简而言之，就是不要把合理的土地使用当成一个单独的经济问题来考虑。从什么是合乎伦理的，以及什么是伦理上的权利，同时什么是经济上的应付手段的角度，去检验每一个问题。当一个事物有助于保护生物共同体的和谐、稳定和美丽的时候，它就是正确的，当它走向反面时，就是错误的。

当然，不言而喻，经济上的可行性限制着什么可以做，什么不可以做的范围。这是从来如此的，而且也将总会如此。经济决定主义者套在我们脖子上的，而我们现在需要挣脱的那种谬论确认，经济决定着所有的土地使用。这显然不是事实。无数的大量的行动和态度，即也许是组成土地关系中的大部分的行动和态度，是由土地使用者的口味和爱好所决定的，而不是由他的钱包。大部分土地关系是靠投入的时间，事先的考虑、技巧，以及信念所运转的，而并不是靠现钱。作为一个土地使用者的思想，也是如此。

我是有意把土地伦理观作为一种社会进化的产物而论述的，因为再没有什么比一种曾经被"大书"过的道德更重要的了。只有历史系的最浅薄的学生才会认为是摩西写下了"十诫"，它被引入到正在思考的社会的思想之中，于是摩西又为一个"讨论班"写了一个暂时用的十诫提要。我说"暂时"，是因为进化永不会停止。

土地伦理的进化是一个意识的，同时也是一个感情发展的过程。保护主义被证明是由无用的，甚至是危险的良好意愿筑成的，因为它既缺乏对土地，也缺乏对经济性的土地使用的批判性的了解。我想，毋庸置疑，当伦理的边疆从个人推向社会时，它的意识上的内容也就增加了。

运行的机制对任何一种伦理都是一样的：对正确行动的社会认可，也就是对错误行动的社会否定。总而言之，我们当前的问题是一个态度和方法问题。我们正在用蒸汽铲重建着阿尔汉布拉宫[27]，我们将难以放弃这把铲子——不论怎样，它都有许多优点，不过，我们也需要和缓而更客观地对它的成功使用予以批评。

注释

1 《摩霍克河上的战鼓》（*Drums Along the Mohawk*），1936 年出版的一部关于美国内战期间纽约州北部摩霍克河流域的印第安人和殖民者的历史小说，1939 年改编为电影，作者沃尔特·D. 埃德蒙（Walter D. Edmonds, 1903—1998）是美国著名历史小说家。

2 在中世纪欧洲，封建贵族们习惯于把自己狩猎的战利品的某一部分，如鹿头、熊皮等，悬挂在城堡里的墙上或壁炉上方，以炫耀其战绩。

3 丹尼尔·布恩（Daniel Boon, 1734—1820），美国历史上最著名的拓荒者。

4 巴比特先生，见本书第 117 页注。

5 指其缺乏危机感。

6 美国第二十六任总统，酷爱打猎。

7 斯图尔特·爱德华·怀特（Stewart Edtwart White, 1873—1946），美国作家。他的最早和最成功的作品是《有路标的小道》（1902）。

8 做诱饵用。

9 色诺芬（Xenophan，约公元前 430—约公元前 354），希腊将军和历史学家。

10 即西奥多·罗斯福（见前注），特迪是西奥多的昵称。

11 指报纸、杂志上的广告。

12 埃林顿，即 Paul Errington，美国生物学家，利奥波德的同事和朋友。

13 四十英亩方块地，美国宅地法中规定的划分土地的基本单位，是方块形的一百六十英亩，四十英亩为其四分之一。

14 卡比萨·德·瓦卡（Cabeza de Vaca, 1490—1577），西班牙探险家。

15 1849 年往加利福尼亚淘金的冒险者们。

16 这两句诗出处不详。

17 刘易斯（Meriwether Lewis, 1774—1809），美国探险家，他和克拉克（见前注）一起受杰斐逊总统之命于 1804 年 3 月率领探险队勘探前往太平洋沿岸的路线，于 1806 年 9 月返回。他们探险的起点是密苏里州。

18 詹姆斯·卡彭·亚当斯（James Capen Adams, 1807—1860），因破产而隐居美国西部山林，与动物为伴，热爱大自然。

19 俄底修斯，古代希腊《荷马史诗》中的英雄。

20 "摩西十诫"，摩西，古希伯来人（约公元前 1350—公元前 1250）的宗教和军事领袖。相传他率领其部落逃出埃及，来到西奈半岛。在西奈山，上帝授予摩西"十诫"，以统一部落的行动，见《圣经》。

21 以西结和以赛亚，公元前 6 世纪时希伯来人的先知，见《圣经》。

22 亚伯拉罕，古希伯来人的始祖，见《圣经》。

23 路易斯安那的购买，1803 年，美国总统杰斐逊派公使赴法，以一千五百万美元的代价从拿破仑手中购买了整个路易斯安那，其面积几乎相当于现今美国大陆领土的三分之一。

24 1848 年 2 月 2 日，在美墨战争中失败的墨西哥和美国签订"瓜达卢佩—伊达尔戈条约"，被迫割让了包括加利福尼亚和新墨西哥在内的五十二万平方英里的土地。从此，大批美国移民开始涌入这个地区。

25 恺撒（公元前 100?—公元前 44），罗马帝国的创始人。他曾在他的著作《高卢战记》（约公元前 50 年）中描述过当时西欧的地理和风情。

26 埃德温·阿林顿·罗滨逊（Edwin Arlington Robinson, 1869—1935），美国诗人。这几句诗出自罗滨逊根据雅典神话创作的长篇叙事诗《特里斯特拉姆》（*Tristram*），这部作品曾获 1928 年普利策奖。

27 阿尔汉布拉宫，13 世纪时，摩尔国王在西班牙南部格拉纳达建立的宫殿，意为"红色的城堡"。

一

附录

未发表的序（1947 年）

这些文章讨论的是土地的伦理学和美学问题。

在我一生中，遭到毁灭和破坏的土地比有史以来的任何时候都要严重。作为一个资源保护的野外工作者，我观察、研究和比较过这个过程中的许多典型事例。

在我一生中，有关土地科学事实的文献档案已从小冢堆积成了大山。作为一个生态学的研究者，我曾为它的堆积出过力。

在我一生中，所谓的资源保护已从一种默默无闻的思想发展成一场壮阔的全国性运动。作为一个野外活动的爱好者和自然科学工作者，我协助过它的发展——从规模上；不过，发展到现在，它的影响似乎已近萎缩。

这种在对土地认识上同时出现的演变——对土地的良好意愿和实际上的对土地的滥用，显现出一种使我以及很多其他的公民感到困惑的矛盾。科学应该采用另外的一种方式，但它没有。为什么？

我们把土地当作一种经济资源，而科学则是从它那里探取更靓和更好的生活的工具。两者都是事实，但它们并非都是真理，因为它们只道出了事情的一半。

在土地为我们提供生计这个事实和土地就是为此而存在的推论之间，存在着一个根本的区别。按照后者无疑可以推断说：我养活三个儿子，就是为了让他们去拾柴禾。

科学绝不，或不应该，只是为获取更舒适生活的杠杆。科学的发现是对我们好奇心的满足，是一种比更肥的牛排或更大的澡盆重要得多的事物。

艺术和文学、伦理学和宗教、法律和民俗，都依然要么把土地上的野生的东西看作敌人，要么是当作食物，要么就看成是"因为好看"而被保存下来的玩偶。这种土地观是我们从亚伯拉罕时就固有的，而他认为土地就是由牛奶和蜜糖制成的看法是更缺乏根据的，况且对我们来说，这种观点已经过时了。我们的看法之所以缺乏根据，并不是因为土地可以溜掉，而是在我们知道抱着热爱和尊敬的态度去使用土地时，我们已经毁了土地。在 Home Sapiens[1] 仍然扮演着征服者的角色，他的土地仍处于奴隶和仆人的地位的时候，保护主义便只是一种痴心妄想。只有当人们在一个土壤、水、植物和动物都同为一员的共同体中，承担起一个公民角色的时候，保护主义才会成为可能；在这个共同体中，每个成员都相互依赖，每个成员都有资格占据阳光下的一个位置。

这些文章是一个为了继续凭借美国的土地生存并与其共同生活，而非单靠其供养的男人所做的努力。

我不认为这一关于土地的理论对我总是很明了的。它只是生活旅程的一个最终成果，在这个旅途中，我曾为保护主义面对不惜牺牲一切的土地滥用行为所表现出来的犹豫和无能为力感到过悲伤、愤懑、迷惑甚至困窘。这些文章记述了这个旅途中的一些插曲。

我最早对人作为征服者这个角色的怀疑是我还在读大学时产生的，有一个圣诞节，我回到家里，发现土地推销商在工兵部队的协助下已经在密西西比河的底部筑了堤坝，并抽干了我童年时代打猎的湖。这项工作完成得那么彻底，以致我甚至不能追忆出置于他们新覆盖的玉米秆之下的我所热爱的那些湖和沼泽的轮廓来。

我喜欢玉米，但并不是特别喜欢。可能除了一个猎人，没有人能懂得一个男孩对一片沼泽所能有的情感是多么强烈。我的家乡认为社区因为这种变化而繁荣了，我却认为它因此而贫瘠了。当时，我不曾想到用写作来表达我的失落感，实际上，在我写《红色的腿在踢蹬》以前，我的老湖已经被置于玉米之下有四十年了。一直到很多年后，我才想到，要确切地告诉这代人，排水是不利的，但并不是就排水本身和排水本身的性质而言，而是当它变得那么流行，以致一个个动物和植物区系遭到灭绝的时候。

我的最初工作是亚利桑那白山的林务官。在那儿，我对这个牧牛区的自由生活怀有一种极大的热情；我敬佩那些骑马的牧牛人，他们中有很多都是我的朋友。通过平常的戏谑和恶作剧，我，一个新手，获得了做一个骑手、骑马旅行者和登山者的初步技巧。

当汽车交通工具的来临缩短了这种文化的疆界时，我曾意识到某种有价值的东西正在失落，但是我却向"进步"的不可避免性屈服了。很多年之后，我试图在《白山》[2]中重新回味这个牧牛区的风情。

正是在白山地区，我有了第一次关于政府食肉动物控制的体验。我的牧牛朋友们射杀所有能见到的熊、狼、山狮和郊狼；在他们的眼中，唯一好的食肉动物是一只死了的食肉动物。当某种特别让人烦恼的野兽肆虐发生时，他们便组织一次讨伐运动，甚至雇用一个月或两个月的专业捕兽者。但是总的结果是胜负难分：食肉动物虽然在减少，但并没有被消灭。没人会想到，这个区域最终可能会变成没有熊也没有狼的地方。大家都认为猛兽越少越好，在一定限度内，这是正确的（现在也是）。

然后，出现了政府雇佣的为薪水而工作的猎人，他们为自己的技巧骄傲，而且（以狼和熊为例）常常使诱捕在一个既定范围内达到根除的程度。一打局部地区的食肉动物根除是一个州里食肉动物的灭绝，因此一打"无害兽"州的数字就意味着全国范围的灭绝。必须说明，确实有一个保全脸面的关于在国家保护区保留某些食肉动物的政策，但是，最终的事实是，今天在保护区里是没有狼的，那儿只有处在危机中的残留的灰熊。

在《埃斯库迪拉》中，我叙述了自己在参与灭绝白山地区的灰熊行动中的感想。那时，我感到的只是一种强烈的对这种行动的伦理学上的不安。需要通过四十年的时间来揭示这个官方的"食肉动物控制"政策，它最终使我确信，我曾经协助灭绝了西南部的灰熊，从而充当了一个生态谋杀者的帮凶角色。

后来，当我成为西南部国家森林管理局局长时，我又是灭绝亚利桑那和新墨西哥的灰狼的帮凶。当我还是个小男孩时，我曾以极大的热情阅读了西顿的关于一只灰狼的绝妙著作。但我却依然能借所谓的鹿的管理为消灭狼做开脱。我不得不接受一个严峻的事实，即对鹿来说，过多的增殖是比任何狼都要危险得多的杀手。《像山那样思考》陈述了现在我所懂得的（而且是大多数保护主义者也必须懂得的）关于失去了天敌的鹿群的情况。

1900 年，当我最初来到西南部时，在亚利桑那和新墨西哥的国家森林曾有六个无道路通行的山区，每个区域都包括五十万英亩或更多的土地。到了 20 年代，新的道路侵入了其中五个区域，只有一个被留下来：西拉河的上游。我协助组织了一个全国性的荒野学会，并且极力设法使西拉河上游作为一个荒野区而保留下来；保留它的驮马通行的原状，不再增加道路，而且是"永久地"。但是西拉的鹿群，则因为到这时非但没有了狼，而且也全然没有了山狮，很快便增殖得过了头。到了1924年，鹿吃光了这个地区可吃的植物，数量减少也就成了必然的结果。此刻，一种对狼的负罪感时时困扰着我。林业局以保护植被的名义，命令建筑一条把我的荒野区分成两半的新道路，以使猎人们可能接近那些繁殖过剩的鹿群。我绝望了，荒野学会也一样。我搬起石头砸了自己的脚。

正是在这个时期，我写了几篇文章，现在则把它们汇为一篇——《荒野》。

尤其有讽刺意味的是，这种赞美荒野，杀害食肉动物以增殖猎物，然后又毁去荒野去收获猎物的程序，仍在一个接一个的倒霉的州里重复着。最近的一个例子就是犹他州的萨蒙河。

我对在野外的河里做划船旅行总有一种深深的爱恋。1922年，我的弟弟卡尔和我曾在西南部的一条当时最荒凉的流域——科罗拉多河的三角洲一带做过一次尝试。我们是进行这个三角洲航行的第三批人，但却是第一批乘独木舟去那里的人。在我进入荒野地区的许多经历中，这是最丰富多彩和最令人满意的一次。我一直在努力——通过回顾，在《绿色的潟湖》中，重新捕捉那种体会。

二十五年之后，在威斯康星资源保护委员会供职时，我曾被这样一个事实所触动：即威斯康星的年轻人就要失去他们最后的野外河流之一：弗兰博河。这个州里其他大部分可划船的河都做发电用了。我和资源保护委员 W. J. P. 阿伯格和资源保护部副主任欧内斯特·F. 斯威夫特一起，试图在弗兰博州立森林中辟出一片小小的沿河没有别墅建筑的空间。这项冒险事业失败了，而且是在它已进行了一半之后，由威斯康星立法宣布的，这件事在《弗兰博河》中有所描述。一条野外的河在农场主渴望的廉价电力中算得了什么？

1924 年，我迁往威斯康星的麦迪逊市，成为林业产品实验室的副主任。我发现这个本应受到赞美的机构的工业图式是那么不对我的胃口，以至激励我确定了我在一系列文章——《土地伦理》《保护主义美学》以及其他文章中所表述的自然论哲学。

也就在这个阶段，我到墨西哥奇瓦瓦的马德雷山做了一连串旅行，陪伴我的有我的弟弟卡尔、我的朋友雷蒙德·J. 罗克和我的儿子斯塔克尔——当时刚刚成年。马德雷山几乎是我所热爱的亚利桑那和新墨西哥的群山的副本，但是由于惧怕印第安人而没有使它成为牧场和饲养场。正是在这儿，我才明确地意识到，土地是一个有机体。我一生之中所见到的都是有病的土地，然而，这儿却是一个仍然处在完美的原始健康状态的生物体系。"未破坏的荒野"这个术语具有了一种新的涵义。我在《伽维兰的歌》和《瓜喀玛亚》中记述了我的这些印象。

1928 年，我有过一次为体育器械工业所进行的猎物考察，1931 年[3]，我成为威斯康星大学野生动物专业的教授。在这生活有保障的十年里，有几次经历在这篇自叙中是不能遗忘的。在 30 年代，我曾与我的朋友们：富兰克林·施米特、华莱士·格兰基、弗里德利克·哈默斯特洛姆和弗朗西斯·哈默斯特洛姆一起，在威斯康星中部做过许多野外工作。《沼泽地的哀歌》《沙乡》《红灯笼》《烟样的金色》表达了我对这个被那些并不了解实际的人称作"贫瘠"的地区的永久的钟爱。

1938 年，在我的朋友汉斯·阿尔伯特·霍克巴尔姆协同下，我帮助组织了一个设在曼尼托巴三角洲的水禽研究站。我对加拿大小麦生产区的这个最大的沼泽地日渐熟悉起来，并惊骇地得知它们正在如何迅速地干涸着。非常明显，整个大陆都在失去它为野生水禽所能提供的基本生长条件。《克兰德波埃》是一篇描述这个三角洲沼泽一部分的随笔，这个区域在我看来尤其原始和令人欣喜。现在我听说，克兰德波埃仍然有水，但也有了道路、空酒瓶和来自美国享有猎取限额的持枪猎人。生态教育的障碍之一是人们单独生活在一个创伤累累的世界中。加诸在土地上的许多伤害是普通人看不见的。一个生态学者必须要么硬着头皮并确信科学的影响与他无丝毫关系；要么他必须是一个看见在一个共同体中的死亡迹象的医生，而这个共同体却相信自己是健康的，并且不愿意被告知实际情况是两样的。人们有时会嫉妒那些狂热地谈论着一个表土层正在流失中或受到其水系、植物区系或动物区系的某些严重疾病困扰的可爱乡村的无知行为。

一组在 1935 年至 1945 年间写的随笔，是以这种在多种多样的依然美丽的景观中的，只有生态学家才能看见的致命的疾病为主题的。《伊利诺伊的公共汽车旅行》《漂流》《雀麦的替换》，大概还有《一个鸽子的纪念碑》都包括在这一组中。我已经听说，《漂流》被认为是一个完整的生态保护主义基本理论的摘要。

1935 年，我在土地生态学上的教育因为一个特殊而幸运的偶然事件而改变了方向。我的家人和我都成为热心于使用弓箭的猎人，而且我们需要有一个木屋来做我们猎鹿的基地。出于这个目的，我以极低的价格购买了位于苏县北部的威斯康星河边的一个废弃的农场，距麦迪逊市只有五十五英里。

猎鹿很快就证明只是在一个半荒野地区拥有一份地产的欢悦中的微不足道的小事。我现在意识到，我早就希望有自己的土地，并且靠我自己的努力去研究和发展它的动物和植物区系。我的妻子、三个儿子，还有两个女儿都各自以他们自己的方式，在我们自己的土地上通过野生动植物的耕耘管理而发现了某一种或另一种深刻的满足感。冬天，我们给鸟戴环志和给它们喂食，砍取柴禾；春天，我们种松树，并看着大雁飞过；夏天，我们播种和照料野花；秋天，我们猎取披肩鸡和野鸭（在某些年里）；在所有的季节里，我们都做生物气候的记录。所有这些活动都是家庭事务；在我们看来，一个没有土地的家庭，依赖别人的野生动物已经成为一种不合时宜的事。我在这个木屋的经历被记录在《巨大的领地》中，另外十二组文章一起按时间顺序组成为《一个沙乡的年鉴》。

无论在这些随笔中有或没有哲学上的内涵，一个事实却总是存在的：自从我们为了理解野生动物的多种方法而进入社会以来，很少有作家来论及有关野生动物的情况。梭罗、缪尔、伯罗斯[4]、哈得逊[5]和西顿曾经写过，但在那时，还没有"生态学家"这一名称，动物行为学科也没有建立，动植物区系的生存状况也没有成为一个严重问题。在不列颠那儿，弗雷泽·达林和R.M.洛克利受这些新的观点启发，表述过某些野生动物的情况，但是在美国，相应的重视还很少。我特别赞赏在这方面的一些最好的作品：萨莉·卡里尔的《甲虫岩》，西奥多·斯坦维尔弗莱彻的《木筏谷》和刘易斯·哈利的《华盛顿的春天》。我的希望是，《巨大的领地》能够为他们已经有了良好开端的事业增添某种东西。

这些文章是为我自己和我亲近的朋友写的，但是我想，就我们对这种生态现状不满的情绪而论，我们并不孤单。如果读者从这儿发现了某种他自己的情感和他自己的焦急的回响，这些文章所实现的，便超出了它们原打算实现的希望。

我首先把读者带到我在威斯康星州苏县的木屋里进行四季巡视，然后再做一次三级跳远式的北美大陆的观光。我写下了这两次旅途中给我印象最深的那些观察和经历。

在本书的最后，我试图用比较连贯的形式，概括出一种关于土地的生态学概念的基本理论。

奥尔多·利奥波德

1947 年 7 月 31 日于威斯康星

麦迪逊市

注：这篇序是利奥波德在 1947 年 7 月 31 日为他的题为《巨大的领地》（"Great Possessions"）书稿——即我们现在所看到的《沙乡的沉思》——所写的，这篇序连同书稿一并于同年 8 月 5 日交给了牛津大学出版社，但一个月后被退了回来。1948 年 4 月，这部于 1941 年就开始寻求出版社的书稿终于为牛津大学出版社所接受，但有了另一篇序（1948 年 3 月 4 日）。

后来人们在利奥波德遗留的文件中发现了这篇序（1947 年），从附在上面的一个小纸条上得知，利奥波德曾打算对它进行修改，并作为一篇附录附在书中。但是他的猝死使这个愿望未能实现，这篇序也从未正式出版。

读者将不难看出，两篇序的中心思想并无差别，只是 1948 年的序的表述更为精确和简练。1947 年的长序用了四分之三的篇幅记叙了作者写作每篇文章时的背景和自我经历，它们显然是有助于读者去理解作者所要表达的思想和主题的。

另外，作者在这篇序中还提到了梭罗、缪尔等一系列专写自然的作家，并暗示了自己对"自然写作"（nature writing）的看法。实际上，在关于什么是"自然写作"的问题上的分歧，也一直是自 1941 年以来利奥波德与出版社编辑之间的争论所在。有心的读者大约自己就能从《沙乡的沉思》中发现利奥波德与以往的"自然写作"作家之间的差别，并体会到利奥波德苦心坚持了八年的立场和标准。

不过，谁也不知道，利奥波德为什么舍弃了这篇长序，而写了另一篇短序。

注释

1 Home Sapiens（拉丁文），意为人类。

2 根据内容，这里说的应是书中的《在云霄》，见本书第二部分。

3 利奥波德成为威斯康星大学教授是在 1933 年，不是 1931 年。

4 伯罗斯，美国历史上有两位名叫伯罗斯的作家，一个是 Edgar Rice Bur-
  roughs（1875—1950），《泰山》的作者；另一个是 John Burroughs（1837—
  1921），博物学家和自然文学作家。此处应指后者。

5 哈得逊（William Flenry Hudson，1841—1922），英国博物学家、作家。

利奥波德和《沙乡的沉思》

"一声深沉的、骄傲的嗥叫，从一个山崖回响到另一个山崖，荡漾在山谷中，渐渐地消失在漆黑的夜色里。这是一种不驯服的、对抗性的悲哀，和对世界上一切苦难的蔑视情感的迸发。"

这是美国著名科学家奥尔多·利奥波德（Aldo Leopold，1887—1948）在《像山那样思考》（《沙乡的沉思》第二部分）中的一段文字。每次读到这段文字，心中总有一种悲凉之感。这个世界——我们生活的世界，曾经和正在经历着多少苦难，又曾经和正在发生着多少对抗！不论是胜者、强者，或是败者、弱者，都共存于这个苦难和对抗的世界之中。胜者的喜悦往往建立在败者的悲哀之中，然而狂喜的胜者却不知道，在败者的悲哀之后还有着某种比情感更为深沉的东西。能否体会到它，是需要具备一种客观性的。利奥波德从那只垂死的母狼的嗥叫中听到和感到的，是对世界的忧虑，也是对站在狼这类动物的对立面的人的忧虑。他在忧虑中沉思着。

然而，利奥波德并不是一位只坐在书斋中沉思默想的哲人。他是科学家，是森林学家，是有着丰富经验的猎人和观察家。他的思考建立在他对自然的观察和感情之上，他的忧虑则出自他对生命——人和其他生物的生命——的热爱。

《沙乡的沉思》是他思考的结晶，也是他的忧和爱的表达。他被称作美国新保护运动的"先知"，被誉为"美国新环境理论的创始者"。不过，这位名扬四海的新环境理论家，在我国还鲜为人知。在现今全球性的生态危机中，对利奥波德及其著作的介绍应该是非常必要的。

一 生平

奥尔多·利奥波德，1887 年 11 月 1 日生于美国衣阿华州伯〔顿市一个德裔移民的家庭。他的父亲拥有一个课桌生产公司，母亲是一位受过良好教育的家庭妇女。伯灵顿位于密西西比河畔，自然环境十分优美；加之，利奥波德的父亲又是一个户外活动的爱好者，因此，利奥波德从幼年起就与野外生活有着密切的联系。他对大自然的兴趣和对野外生活的热爱，使他没能实现父母要他继承家业的愿望，而在 1906 年成为耶鲁大学林业专业的研究生。1909 年，在获取林业硕士学位后，利奥波德成为联邦林业局的工作人员，并被派往亚利桑那和新墨西哥做林业官。1912年，他成为新墨西哥北部的卡森国家森林的监察官。同年，他与一位他所热恋的西班牙裔姑娘埃斯泰拉·波格瑞结了婚。在1913年4月，他在野外工作时遇到洪水和暴风雪，睡在潮湿的地上，得了严重的关节炎。错误的治疗差一点儿使利奥波德失去了生命，不得不在家里养息了十八个月。1919年，他升为地区林务官助理。

利奥波德在西南部工作到1924年，这一年，他接受林业局的调遣，成为设在威斯康星州麦迪逊市的美国林业生产实验室的副主任。这个实验室是联邦林业局的一个研究所。1928年，由于认识上的分歧，利奥波德脱离了林业局，转而从事他特别感兴趣的野生动物管理研究。他得到一家狩猎器械生产研究所的资助，在美国中北部的八个州里进行考察。30年代初，全国性的大萧条也使利奥波德失了业，但就在这最困难的时期，他完成了《野生动物管理》一书的写作。1933年8月，他成为威斯康星大学的教授，一直到1948年4月逝世。

利奥波德个人思想的发展和形成经历了三个阶段：保护主义者（1909—1924）；向生态学思想的转变（1924—1933）和生态观的形成（1934—1939）。

利奥波德在耶鲁读书和在西南部工作的时期，正值美国历史发生着变革。19世纪后期，美国经过一百年的发展，已经实现了工业化，农村人口大量涌向城市，社会生活发生了巨大的变化。在经济变革之中，传统的价值观念也受到了冲击。人们留恋已逝去的田园生活的静谧，却又不愿放弃工业化所带来的舒适；人们对财富的过于集中不满，却又希望发迹的机会也能降临到自己头上。于是一个社会改革运动开始了，它要求社会正义，要求限制个人垄断，要求关怀下层的人民，也要求限制个人对社会资源和财富的掠夺。这就是美国历史上的进步主义时期，大体上在老罗斯福到威尔逊执政之时（1900—1920）。

进步主义时期的改革运动包括很多方面，资源保护运动则是一个重要部分。资源保护运动的主要领导者是吉福德·平肖，老罗斯福总统的林业局长。运动的根本宗旨是，从长远的经济利益考虑，对资源要进行"聪明的利用和科学的管理"。限制个人对国家资源的滥用和掠夺，在良好的管理下，使其为全民所用。它的根本目的在于发展经济。因此，根据人的需要，所有的资源都被分为有用和无用、有利和无利的两大类别。这是保护主义的原则。这一运动在当时取得了巨大的成效，并得到了学术界和整个社会的广泛支持。

早年的利奥波德是资源保护运动的热情追随者，对把资源分为"有用"和"无用"、"有利"和"无利"的保护主义原则确信不疑。除了在林业工作中坚定不移地遵循保护主义原则之外，他的保护主义思想还表现在他对食肉动物的态度上。他认为，野生动物也是一种资源，如果有足够的认识和财政上的支持，就能和林业一样带来巨大的收入。因此，为了发展对人们有用的动物，就必须消灭那些对这些动物不利的食肉动物，如狼、山狮等。他说："那时我很年轻，而且正是在不动扳机就手痒的时期。那时，我总认为，狼越少，鹿就越多，因此，没有狼的地方就意味着是猎人的天堂。"

然而，也就在这个时期，利奥波德注意到一个问题：西南部的土壤侵蚀。在任林务官助理时，他发现，沿着布鲁河（亚利桑那东部的一条河流）的两岸，约有百分之九十的可耕地被水冲蚀了。而且，在他去过的西南部的三十条河流中，有二十七条已被破坏或彻底毁坏。他认为，"土壤的侵蚀对西南部经济的发展前途是一个威胁"。他开始意识到，土壤侵蚀的原因不能简单地归结于自然的变化，人的行为——对土地的不明智的使用也是非常重要的。他开始注意环境的内在联系，尤其是人的行为对环境的影响。这时，他已认为，人需要树立一种使用土地的责任感。他说："我们要从总体上去尊重它（土地），不仅把它当成一个可供使用的东西，而且还把它当成一个具有生命的东西。"

利奥波德的这种从总体上看问题的思想，开始与当时从经济利益出发的林业局的指导思想发生分歧。1924 年，他被任命为联邦林业局设在威斯康星的林业生产实验室的副主任，从某种意义上说，这个新任是违背利奥波德的真正心愿的。因为这个实验室的工作目的是发现能够产生更高的经济效益的方法，而利奥波德更热心于去发现如何在野生动物保护上履行人的责任。终于，1928 年，他脱离了林业局。从此，他专门致力于野生动物的管理研究，并成为这门学科的创始者。

从 1928 年到 1931 年间，他曾在一家狩猎器械公司研究所的资助下，到中北部各州进行考察，这对他认识野生动物和土地共同体之间的内在联系很有启发。1933 年，他又曾回到已经离开十年多的西南部。他发现，这里的问题和他离开时的情况没有什么两样。这使他进一步感到树立一种新意识——重新认识人和土地关系的必要性。

1933 年，利奥波德被聘为威斯康星大学农业管理系的野生动物管理教授，开始了他生活中的又一新里程。他的生态观日臻成熟。1935 年，有三件事情标志着他的思想的转变。

这年 1 月，他与著名的自然科学家罗伯特·马歇尔（Robert Marshall）一起创建了荒野学会，这是一个旨在保护和扩大日渐受到损害的荒野地区的组织。利奥波德认为，这个学会的成立既有思想意义，也有政治意义，它标志着一种新的态度，即"对人在自然中的位置上的谦恭意识"。这种态度还包括要保护那些食肉动物，如狼和灰熊。曾几何时，这些动物还是利奥波德主张灭绝的，但现在，他却意识到，它们是维持生态系统的正常功能的基础。

这年秋天，利奥波德获得了一笔去德国考察林业和野生动物管理的研究金。他在德国住了三个月。当时德国的高度人工化的管理体系，以及从生态和审美角度上所付出的费用，特别是对鹿、森林的尊重态度，给他留下了极为深刻的印象，从而更激励了他去重新评价本国事情的热情。

同年 4 月，利奥波德在威斯康星河畔购买了一个荒弃了的农场。在此后的十几年里，这个地方和它上面的一所破旧的木屋便成了利奥波德和他的一家——妻子和五个孩子在周末和假期可暂时逃避那"过分"现代化了的城市的"净土"。然而，利奥波德购买这片农场的动机，是想要了解为什么尽管政府提供着可观的贷款，而这一带的农民还要迁往他乡。他决意在这里重新恢复生态上的平衡。这是一项复杂而艰巨的任务。每年他和家人都要亲手栽种上千棵松树。第一年（1936），由于干旱，三个月里就死了百分之九十五。还有一年，兔子又毁掉了四分之三。此外，这些树还不断受到洪水和火灾的威胁。重建是艰辛的，却也伴随着许多欣喜的发现。例如，1942年3月，一场大火几乎蔓延到农场的整个沼泽，大多数松树都遭到大火的袭击。到了夏天，它们一棵棵地死去。利奥波德砍掉和烧掉了那些已死和正在死去的树，以免它们危及那些完好的树。就这样，丧钟仍敲个不断。然而，火灾不光带来死亡，它也带来生命。柳树、白杨、野李子树、盐肤木和榛树又重新发芽了，黑草莓、兰草等一天天增多。第二年夏天，利奥波德惊喜地发现，在一棵死了的松树旁边，四棵短叶松已经长了八英寸高，显然，这是因为松果受热而崩裂，从而松籽得以自然萌发生长了。

木屋经验对于利奥波德绝不是无足轻重的。正是在这里，当终于认识到生命与死亡、发展和停滞中的种种深不可测的因素时，他在与土地打交道的过程中，形成了一种高尚的对待土地的谦恭态度。他对什么是对待土地的个人决定的基础，进行着认真的思索。他深切地感到，需要改变人们使用土地的态度，因此，必须要改变人们关于土地的概念。

第二次世界大战期间，当他的大部分学生被动员上了前线时，利奥波德专心著述。他一生中的大部分文学和哲学方面的文章都是在这个时期完成的。他力图在这些文章中总结自己过去的经验和教训，寻求树立人们对土地的责任感的方式，并欲通过它来影响政府关于土地和野生动物的管理方针。他的基本观点——土地伦理观业已形成。他渴望公众能接受它，也渴望他的这些文章能以书的形式与公众见面。然而，直到1948年，在他死去之前，他都未能看到这本书的出版。

二　呼唤

1948年4月17日，利奥波德接到了一个长途电话，他从1941年就开始寻求出版的书终于被牛津大学出版社接受了。他非常兴奋。两天后，他带着妻子和最小的一个女儿来到他的乡间"别墅"种树。这是他每年春天都要进行的旅行。农场里洋溢着春意：白头翁花在开放，红柳在抽芽，山雀在求偶……即使在朦胧的月夜里，也能感到生命的存在——从沼泽地里不时传来大雁的咕咕声。利奥波德在这里种树、观察、读书……人和大自然都是生气勃勃的。然而，灾难不期而至。4月21日上午十点，邻居农场起了大火，利奥波德去救火……当天晚上，麦迪逊的报纸上登出的头条消息是："奥尔多·利奥波德教授在扑救草场大火中去世了。"实际上，他是在奔赴火场的途中，因心脏病猝发而突然死去的。

一位科学家的离世，似乎并未引起多大波澜，除了给他的家庭和朋友留下悲哀和空虚外，大约也只引起了同行的遗憾。曾因大火引起喧闹的农场早已沉寂下来，搏斗后的大自然又在繁息着。这是自然的辩证法。

一年以后，一本薄薄的书《沙乡的沉思》（*A Sand County Almanac*）问世了，这是利奥波德思想的结晶。

《沙乡的沉思》包括三个部分：

一、《一个沙乡的年鉴》，是利奥波德对他的"木屋"经历的追述。在这一部分，利奥波德以一种抒情的文学手法，按着一年四季的顺序，生动地描述了发生在这个普通的沙地农场上的事情。在这里，既有为争夺生存权利的搏斗，也有为维持共同的生存之地的相互配合和让步。展现在我们面前的是一个在和谐的共同体内，由它的普通成员们所演奏着的生命交响曲的图景。那些往往被普通人所忽视的事物，通过作者那深邃的眼睛和富有鉴赏力的耳朵而变得绚丽多彩，栩栩如生。

二、《随笔——这儿和那儿》，是作者对其致力于科学研究的一生中为追求科学的生态观而经历的教训和痛苦的追忆。它所涉及的都是作者曾经工作和生活过的地方：从威斯康星到衣阿华，从俄勒冈到犹他，从亚利桑那到新墨西哥，从伊利诺伊到马尼托巴……几乎遍布北美大陆。在这一部分，作者一方面为大自然无穷的魅力和活力所倾倒，另一方面，又为人类为自身的利益而无视和蹂躏自然的有意或无意的行为而感叹。在这里，有对那已逝去的自然共同体的和谐的惋惜（《沼泽地的哀歌》），也有对那曾经酝酿和产生着生命力的生物学风暴的消失的哀悼（《关于一个鸽子的纪念碑》）；有对自己认识上的错误的虔诚忏悔（《像山那样思考》），也有对国家指导方针政策失误的无情批判（《在云霄》）。在我们跟踪作者思绪的过程中，那些人们习以为常的事物——不论是深沉的鹤唳狼嗥，或是斑驳的鹿骨熊皮；也不论是泥泞沼泽中的芦苇，或是贫瘠沙乡中的野花，都具有了深刻的内涵，从而促使我们更加客观地从整体上去思考人类与自然的关系以及在自然中的地位。

三、《结论》，是作者观察和思考的理性概括。这一部分包括四篇文章，它们分别从美学、文化传统及伦理的角度论述了人与自然、人与土地之间的关系，《土地伦理》是最后一篇，也是利奥波德思想的基石。

在《土地伦理》中，利奥波德从三个方面论述了他的观点：

1. 利奥波德认为，人的伦理观念是按照三个层次来发展的。最早的伦理观念是处理个人之间的关系的，后来则是处理人和社会之间的关系。这两个层次的伦理观都是为了协调各部分在相互竞争，但又共生在一个共同体之间的活动，从而达到共存的目的。但是，随着人类对其生活环境的认识，逐渐出现了第三个层次：人和土地的关系。可是，绝大多数人还未认识到这一伦理层次的必然性。从习惯上和传统上，土地只被看作是人的财产。基于这种认识，长期以来，人和土地的关系都是以经济为基础的，因此，人只需要特权而无需尽任何义务。这样，就需要改变人们关于土地的观念。

2. 紧接着上面的论述，利奥波德提出了土地共同体的概念。他认为，土地不光是土壤，它还包括气候、水、动物和植物。人则是"这个共同体的平等一员和公民"。在这个共同体内，每个成员都有它继续存在的权利。或者"至少是在某些方面，它们要有继续存在于一种自然状态下的权利"。

3. 最后，利奥波德指出，人应当改变他在土地共同体中的征服者的面目，而成为这个共同体中的一员。这便是土地伦理观。"它暗含着对每个成员的尊敬，也包括对这个共同体的尊敬"。

因此，利奥波德这样来概括他的土地伦理的涵义："一个事物，只有在它有助于保持生物共同体的和谐、稳定和美丽的时候，才是正确的；否则，它就是错误的。"所谓和谐，是指这个共同体的完整和复杂——保留至今尚存的一切生物；所谓稳定，则是土地的完好无损——维持生物链的复杂结构，以使其能具有发挥功能和自我更新的作用；美丽，则是伦理上的动力——不要仅着眼于经济，还要从更高的价值观上去看问题。和谐、稳定和美丽是不可分割的三位一体。

在历史上，这样从伦理的角度提出人和自然关系的标准还是第一次。佛教中有不准杀生的戒律，但它是从尊重生命的角度上提出的；自然主义者们，如美国的先验论哲学家梭罗（Thoreau）主张保护荒野，是从审美的角度提出的；20世纪初的美国保护主义者们主张保护资源，则是从经济角度提出的——保护对人类有用的东西。而利奥波德的尊重土地、热爱土地的理论，是从总体上提出的，客观认识人和自然关系的生态学的哲学结论。它是向人类发出建立新的伦理意识的呼唤。

三 先知

利奥波德的呼唤在当时并未能引起应有的反响。这也难怪。《沙乡的沉思》问世于1949年，这正是美国在第二次世界大战后的黄金时代。从战争中获得经济复苏的美国，在战后西欧各国实力衰落的情况下，经济获得了空前的发展，整个社会达到了空前的富裕，科学技术也达到了空前未有的新水平。人们不仅对自身的智慧和力量信心十足，而且对征服和利用自然说，的前途也是充分乐观的。在战后的二十年间，对大多数人来还未曾想过要将自己置于自然共同体的普通一员的位置上去。

再者，生态学的意识，或者说是生态学的概念，在当时也是一个新事物。尽管生态学这个词在1866年就出现了，但是，直到20世纪30年代，它还只是生物学的一个分支，并且很少为普通人所知道。30年代后，生态系统的概念出现了。它认为，生态系统，除了生物（动物和植物），还包括土壤、水、气候，以及人类。但是，直到60年代，这个理论还主要停留在论述上，很少产生实际的效用，因此，并未被普通人所认识。即使在那些认可了这种生态系统论的人们中间，利奥波德的理论也被很多人概念化了。美国环境史学家苏珊·福莱德（Susan Flader）说："他们不仅不认为人类在了解和控制这个系统时应采取一种谦恭的态度，而且还强调人在这个生态系统中是一个例外的、具有实力的因素，人不仅有能力去打乱这种均衡，而且还能通过科学去创造新的、具有广泛的不同特点的更适合于他所需要的和得到的东西。"

然而，到了60年代，在繁荣、富裕的社会中所隐藏的各种不安因素突然汇聚起来，成为一支巨大的冲击力量，震撼着传统的精神支柱和价值观念——民权斗争、反主流文化、女权运动……使这个社会动荡不安。

就在这时，人们又发现，他们生活的自然环境也不是安全无恙的。1962年，生物学家雷切尔·卡逊（Rachel Casson）发表了她的著名作品：《寂静的春天》。她运用生物链的原理揭示了滴滴涕（DDT）中毒素的聚集过程，从而说明，它不仅能杀死害虫，也能杀死那些食取染上滴滴涕毒素的害虫的鸟类，并危害到食用染上滴滴涕的作物制成的食品的人类及其子孙后代。卡逊的书是生态学的警钟，在美国公众中引起了极大的震动，生态学的词汇开始普及了，对生态学的研究也进一步深入。

1971年，另一本书《封闭的循环》［作者巴里·康芒纳（Barry Commoner）］进一步从生态学的角度揭示了现代科技对人类生活环境的副作用。接着，1973年，中东石油禁运，出现了能源危机。环境和生态成为越来越多的人所关心的话题。一个群众性的环境保护运动出现了。为了区别20世纪初的资源保护运动，这个60年代末、70年代初的群众运动又被称作新环境保护运动。

新的运动需要新的理论。这个新的理论应该为人们提供一个认识上的武器，既要能切中旧意识的要害——以经济价值为基础的偏见，又要提供一个改变人是自然的主人的新的人和自然的关系的观点。这时，利奥波德的"土地伦理"恰似茫茫夜空中的北斗，真正显出了它的光彩。这颗星早就有了，但是，当人们在浩瀚的宇宙中进行探险旅行时，曾经长期被那实际不存在的海市蜃楼而弄得眼花缭乱，从而未能察觉到它的存在。

1974年，第一本研究利奥波德理论的专著：《像山那样思考：奥尔多·利奥波德和对鹿、狼及森林的生态观的演变》出版。作者苏珊·福莱德在充分论述了利奥波德理论的形成过程后，特别指出：利奥波德的最终目的是"试图进行各种调节，以恢复一种自我调节的系统，目的在于使各种调节成为不必要的"。这似乎是一种认识从必然走向自由的过程。利奥波德无疑是一个认识上的先知。因此，他成了美国新环境运动的思想上的"无形的领导者"也是顺理成章的。

利奥波德的土地伦理学是一个科学上的结论，但是，在他论述人与土地共同体的关系时，又加入了充分的想象力——尽管，这种想象力也并没有脱离科学的分析。加之他对当今世界过分重视经济价值的倾向的严厉批判，便很容易地被戴上了"理想主义"甚至"天真"的帽子。也有人对利奥波德对土地所采取的谦恭态度不以为然，认为这是一种无所事事的对自然界顶礼膜拜的"安分守己的善良公民"的表现。

前者的批评使我想起歌德的一句话："一个伟大的自然科学家根本不可能没有想象力这种高尚资禀。我指的不是脱离客观存在而想入非非的那种想象力，而是站在地球的现实土壤上，根据真实的已知事物的尺度，来衡量未知的设想的事物的那种想象力。"利奥波德正是运用这种想象力提出了一种新的用以衡量人和自然之间关系的新尺度。尽管就现今人类对自然、对环境的认识来看，这个尺度确实太高，但是，从最近国际科学界发出的一系列保护臭氧层、保护生物圈的紧急呼吁来看，人们已经意识到某些尚在混沌中的错误了。土地伦理已经不是一个不可企及的乌托邦思想，它所期以实现的稳定、和谐、美丽的土地共同体，也不是一个想象中的伊甸园了。

至于第二种批评，则更使我加强了这样一种信念，习惯于只向自然索取，并陶醉于做自然的主人的人类，现在确实应该冷静下来，重新思索自己在大自然中的位置了。也许，利奥波德的话——"在这种情况下，可能没有什么比稍稍轻视一下过多的物质享受更有意义的了"，对我们是一个启发。

侯文蕙

1989 年于兰州大学

本书中出现的动植物名称

（英、拉、汉对照）

alder *Alnus* 桤木（桤木属）

alfalfa *Medicago sativa* 紫苜蓿

angleworm（earthworm） *Lumbricus* 蚯蚓（正蚓属）

ant *Formicidae*（family） 蚂蚁（蚁科）

Antennaria *Antennaria* 蝶须（蝶须属）

apple *Malus* 苹果（苹果属）

asparagus *Asparagus officinalis* 芦笋

aspen *Populus tremuloides* 杨

Atlantic salmon *Salmon salar* 鲑

auk *Alcidae* 海雀（海雀科）

avocet（American） *Recurvirostra americana* 红胸反嘴鹬

banana *Musa* 芭蕉（芭蕉属）

Baptisia　*Baptisia*　北美巴布豆（赝靛属）

barred owl　*Strix varia*　横斑林鸮

bass　*Micropterus*　鲈鱼（黑鲈属）

basswood　*Tilia americana*　北美椴树

beaver　*Castor canadensis*　河狸

beech　*Fagus*　水青冈（水青冈属）

beechnut（tree）　*Fagus grandifolia*　美国水青冈

begonia　*Begonia*　秋海棠（秋海棠属）

bitterbrush　*Purshia tridentata*　北美野蔷薇

bittersweet　*Celastrus scandens*　南蛇藤

black duck　*Anas rubripes*　绿嘴黑鸭

blackberry　*Rubus*　悬钩子（悬钩子属）

blue aster　*Aster cordifolius*　蓝紫菀

blue jay　*Cyanocitta cristata*　冠蓝鸦

blue-winged teal　*Anas discors*　蓝翅鸭

bluebell　*Mertensia virginica*　滨紫草

bluebill　*Aythya affinis*　小潜鸭

bluebird　*Sialia sialis*　东蓝鸲

bluejoint grass　*Calamagrostis canadensis*　拂子茅

bluestem　*Agropyron Smithii*　须芒草

bobcat　*Lynx rufus*　北美野猫

bottle gentian　*Gentiana Andrewsii*　安氏龙胆

bramble　*Rubus idaeus*　覆盆子

briar   *Rubus*   悬钩子（悬钩子属）

brook（trout）   *Salvelinus fontinalis*   美洲红点鲑

brown miller（moth）   *Lepidoptera*（order）   蛾（鳞翅目）

buck（male deer）   *Odocoileus virginianus*   雄鹿

buckwheat   *Fagopyrum esculentum*   荞麦

buffalo   *Bison bison*   美洲野牛

bulrush   *Scirpus*   莞草（莞草属）

bunchgrass   *Gramineae*（family）   禾本科

bur oak   *Querus macrocarpa*   大果栎（橡树）

burro deer   *Odocoileus hemionus*   黑尾鹿

bush clover   *Lespedeza*   胡枝子（胡枝子属）

buzzard（bl. vulture）   *Cathartes atratus*   红头美洲鹫

cachinilla   *Tessaria sericea*   菊科植物

calabasilla   *Cucurbita foetidissima*   野南瓜

cantaloup   *Cucumis Melo*   甜瓜

cardamine   *Cardamine*   碎米荠（碎米荠属）

cardinal   *Richmondena cardinalis*   主教雀

cardinal flower   *Lobelia cardinalis*   半边莲

carp   *Cyprinus carpio*   鲤

catalpa   *Catalpa speciosa*   梓树

cattail   *Typha latifolia*   香蒲

cheat grass   *Bromus tectorum*   雀麦

cherry　*Prunus*　李子（李属）

chestnut　*Castanea*　栗（板栗属）

chickadee　*Paras atricapillus*　黑头山雀

chinch bug　*Blissus leucopteris*　长蝽

chinese elm　*Ulmus parvifolia*　榔榆

chipmunk　*Tamias striatus*　花鼠

chub　*Hybopsis*　察布鱼（鮈鲹属）

citrus　*Citrus*　柑桔（柑桔属）

clay-colored sparrow　*Spizella pallida*　泥色雀鹀

cliff-rose　*Cowania mexicana*　墨西哥蔷薇

clover　*Trifolium*　三叶草（三叶草属）

coffeeweed　*Leguminosae*（family）　豆科

compass plant　*Silphium laciniatum*　指南花[1]

cone-flower　*Compositae*（family）　雏菊（雏菊科）

cony　*Ochotona princeps*　鼠兔

coon　*Procyon lotor*　浣熊

coot　*Fulica americana*　美洲瓣蹼鹬

cork pine　*Pinus*　松（松属）

cormorant　*Phalacrocorax auritus*　双冠鸬鹚

corn　*Zea mays*　玉米

cottontail　*Silvilagus floridanus*　棉尾兔

cottonwood　*Populus deltoides*　三角叶杨

cougar（puma）　*Felis concolor*　美洲狮

coyote　*Canis latrans*　郊狼

crabgrass　*Digitaria*　马唐草（马唐属）

cranberry　*Vaccinium macrocarpon*　蔓越橘

crayfish　*Cambarus*　蝲蛄（螯虾属）

crow　*Corvus brachyrhynchos*　乌鸦

cutleaf Silphium　*Silphium laciniatum*　指南花

cypress　*Taxodium distichum*　落羽杉

dandelion　*Taraxacum officinale*　蒲公英

deermouse　*Peromyscos maniculatos*　拉布拉多白足鼠

deer（whitetail）　*Odocoileus virginianus*　鹿

dewberry　*Rubus villosus*　悬钩子（软毛覆盆子）

dog-fennel　*Eupatorium capillifolium*　泽兰

dogwood（WB red osier）　*Cornus stolonifera*　楝木

dolphin　*Delphinidae*（family）　海豚（海豚科）

dove　*Columbidae*（family）　鸽子（鸠鸽科）

draba　*Draba*　葶苈（葶苈属）

dragon-head　*Physostegia virginiana*　青兰

duckhawk（peregrine）　*Falco peregrinus*　游隼

duckweed　*Lemna*　浮萍（浮萍属）

eagle　*Haliaeetus leucocephalus*　白头海雕

earthworm　*Lumbricus*　蚯蚓（正蚓属）

egret　*Casmerodius albus*　大白鹭

el tigre（jaguar）　*Felis onca*　美洲豹

Eleocharis (spikemsh)　*Eleocharis*　荸荠属

elk　*Cervus elaphus*　驼鹿

elm　*Ulmus*　榆（榆属）

English sparrow　*Passer domesticus*　家雀

falson　*Falco*　隼（隼属）

fern　*Pteridophyta*（order）　蕨类

field sparrow　*Spizella pusilla*　原野雀

fig　*Ficus*　无花果（榕属）

fir　*Abies*　冷杉（冷杉属）

flowering spurge　*Euphorbia corollata*　花大戟

Forster's tern　*Sterna forsteri*　加拿大燕鸥

fox（a wild canid）　*Canidae*（dog family）　狐（犬科）

fox sparrow　*Passerella iliaca*　狐色带鹀

foxtail　*Setaria*　狗尾草（狗尾草属）

fringed gentian　*Gentiana crinita*　龙胆草

frog　*Anura*　蛙（无尾目）

fruit-fly　*Drosophila*　果蝇（蝇属）

Gambel quail　*Lophortyx gambelii*　黑腹翎鹑

geranium　*Geranium*（or *Pelargonium*）　老鹳草，天竺葵（天竺葵属）

goat　*Gapra*　山羊（山羊属）

godwit　*Limosa haemastica*　棕塍鹬

goldenrod　*Solidago*　一枝黄花（一枝黄花属）

goldfinch　*Spinus tristis*　美洲金翅雀

goose　*Branta*　雁（黑雁属）

gopher　*Citellus tridecemlineatus*　黄鼠

goshawk　*Accipiter gentilis*　苍鹰

grama（grass）　*Bouteloua*　垂穗草（垂穗草属）

grape　*Vitis sps.*　葡萄（葡萄属）

grizzly bear　*Ursus horribilus*　棕熊

grosbeak　*Pheucticus ludovicianus*　玫胸白翅斑雀

ground hemlock　*Taxus canadensis*　加拿大红豆杉

ground squirrels　*Citellus*　小黄鼠（黄鼠属）

grouse　*Tetraonidae（family）*　松鸡（松鸡科）

gull　*Larus*　鸥（鸥属）

gyrfalcon　*Falco rusticolus*　白隼

hairy（woodpecker）　*Dendrocopos villosus*　毛发啄木鸟

hawk（red-tailed）　*Buteo（jamaicensis）*　红尾鹰（鵟
属）

hawthorn　*Crataegus*　山楂（山楂属）

hazel（nut）　*Corylus*　榛树（榛属）

hemlock　*Tsuga canadensis*　铁杉

hermit thrush　*Hylocichla guttata*　隐士夜鸫

heron　*Ardea herodias*　大蓝鹭

hickory　*Carya*　山核桃（山核桃属）

holly　*llex decidua*　冬青（灌木）

horned owl *Bubo virginianus* 大雕鸮

imperial woodpecker *Campephilus imperialis* 帝啄木鸟

Indian pipe *Monotropa uniflora* 水晶兰

indigo bunting *Passarina cyanea* 靛蓝彩鹀

jackpine *Pinus banksiana* 短叶松（北美短叶松）

jacksnipe *Steganopus tricolor* 姬鹬

jaguar *Felis onca* 美洲豹

javelina *Pecari angulatus* 西猯（西猯属）

jay *Cyanocitta cristata* 冠蓝鸦

Jersey（New）tea bush *Ceanothus americanus* 北美
鼠李

jewel weed *Impatiens* 凤仙花（凤仙花属）

joe-pye weed *Eupatorium porpureum* 泽兰

junco *Junco hyemalis* 灰蓝灯草鹀

juniper *Juniperus* 刺柏（刺柏属）

killdeer *Charadrus vociferus* 北美鸻

kinglet *Regulus* 戴菊鸟（戴菊属）

leadplant *Amorpha canescens* 灰毛紫穗槐

leatherleaf *Chaemaedaphne calycolata* 地桂

Lespedeza *Lespedeza* 胡枝子（胡枝子属）

lilac *Syringa vulgaris* 丁香

Linaria *Linaria canadensis* 柳穿鱼草

lion *Felis concolor* 美洲狮

locust（tree） *Robinia* 洋槐（洋槐属）

lupine *Lupinus perennis* 羽扇豆

Lycopodium（club moss） *Lycopodiaceae*（family） 石松（石松科）

lynx *Lynx canadensis* 猞猁

mallard *Anas platyrhynchos* 绿头鸭

mammoth *Mammuthus* 猛犸（猛犸象属）

maple *Acer* 槭，枫（槭属）

marmot *Marmota flaviventris* 旱獭

marsh wren *Cistothorus platensis* 短嘴沼泽鹪鹩

marsh hawk *Circus cyaneus* 白尾鹞

marten *Martes americana* 美洲貂

meadow mouse *Microtus pennsylvanicus* 田鼠

meadowlark *Sturnella magna* 东美草地鹨

Mearns'quail *Cyrtonyx montezumae* 彩鹑

merganser *Mergus* 秋沙鸭（秋沙鸭属）

mescal（bean） *Sophora secundiflora* 侧花槐

mesquite *Prosopis juliflora*（=*chilensis*） 牧豆树

milkweed *Asclepias* 马利筋（马利筋属）

mimulus *Mimulus ringens* 沟酸浆

mink *Mustela vison* 北美水貂

mole *Scalopus aquaticus* 美洲鼹

moss *Bryophyte* 苔藓（苔藓类植物）

mountain lion（puma） *Felis concolor* 美洲狮

mountain mahogany *Tsuga mertensiana* 大果铁杉

mountain sheep *Ovis canadensis* 加拿大盘羊

mud-minnow *Umbra limi* 泥荫鱼

mullet *Mullidae*（family） 羊鱼（羊鱼科）

muskellunge *Esox masquimongy* 北美狗鱼

muskrat *Ondatra zibethicus* 麝鼠

nettle *Urtica dioica* 荨麻

nighthawk *Chordeites minor* 夜鹰

nightshade berry *Solanum nigrum* 龙葵

nutcracker *Nucifraga columbiana* 加州星鸦

nuthatch *Sitta* 鸭（鸭属）

oak *Quercus* 橡树（栎属）

onion *Allium cepa* 洋葱

oriole *Icterus* 黄鹂（拟黄鹂属）

osprey *Pandion haliaetus* 鹗

otter *Lutra canadensis* 水獭

owl *Strigidae*（family） 猫头鹰（鸱鸮科）

oystershell scale *Lepidosaphes ulmi* 野蜂（蛎盾蚧）

partridge *Perdix perdix* 灰山鹑

pasque（flower） *Anemone patens* 白头翁花

passenger pigeon *Ectopistes migratorius* 旅鸽

pelican *Pelecanus erythrorhynchos* 鹈鹕

peony *paeonia albiflora* 芍药（白花芍药）

pheasant *Phasianus colchicus* 环颈雉

phlox *Phlox* 北美天蓝绣球（天蓝绣球属）

pickerelweed *Pontederia cordata* 雨久花

pileated woodpecker *Dryocopus pileatus* 北美黑啄木鸟

pine *Pinus* 松（松属）

pine weevil *Pissodes strobi* 象鼻虫

pinonero（pinyon jay） *Gymnorhinus cyanocephalus* 蓝头鸦

plover（upland） *Bartramia longicauda* 鸻鸟（高原鹬）

poison ivy *Rhus toxicodendron* 毒漆藤

popple *Populus tremuloides* 杨

prairie chicken *Tympanuchus cupido* 草原榛鸡

prairie clover *Petalostemum sps* 草原苜蓿

prairie dog *Cynomys* 草原犬鼠

prickly ash *Zan americanum* 美洲花椒（美洲花椒）

prothonotary warbler *Protonotaria citrea* 蓝翅黄森莺

puccoon *Lithospernum canescens* 紫草

purple ironweed *Vernonia* 斑鸠菊（斑鸠菊属）

pyrola *Pyrola asarifolia* 鹿蹄草

quack-grass *Elytrigia repens* 偃麦草

quail *Colinus virginianus* 山齿鹑

rabbit *Sylvilagus floridanus* 穴兔

raccoon　*Procyon lotor*　浣熊

ragweed　*Ambrosia*　豚草（豚草属）

rail　*Porzana carolina*　黑脸田鸡

rainbow（trout）　*Salmo gairdneri*　硬头鳟

raven　*Corvus corax*　渡鸦

red birch　*Betula nigra*　岸黑桦

red bunchberry　*Cornus canadensis*　加拿大楝木

red dogwood　*Cornus stolonifera*　楝木

red pine　*Pinus resinosa*　多脂松

red shitepoke　*Grus canadensis*　沙丘鹤

red squirrel　*Tamiasciurus hudonicus*　红松鼠

redhead　*Aythya americana*　美洲潜鸭

redwing　*Agelaius phoeniceus*　红翅黑鹂

redwood　*Sequoia sempervirens*　北美红杉

robin　*Turdus migratorius*　旅鸫

rough-legged hawk　*Buteo lagopus*　毛脚鵟

ruffed grouse　*Bonasa umbellus*　披肩鸡

Russian thistle　*Salsola kali*　猪毛菜

sage　*Artemesia*　艾蒿（蒿属）

sagittaria　*Sagittaria latifolia*　慈姑

sago　*Potamogeton sps.*　眼子菜

sandhill crane　*Grus canadensis*　沙丘鹤

sandwort　*Arenaria*　蚤缀草（蚤缀属）

saw-whet owl *Aegolius acadicus* 棕榈鬼鸮

sawfly *Pristiphora erichsonii* 叶蜂（落叶松叶蜂）

screech owl *Otus asio* 鸣角鸮

scrub oak *Quercus* 矮橡树（栎属）

sedge *Cyperaceae*（family） 莎草（莎草科）

sheep（domestic） *Ovis aries* 绵羊

sheep-sorrel *Rumex acetosella* 酸模

shooting-star *Dodecatheon meadia* 北美仙客来

showy lady's-slipper *Orchis spectabilis* 拖鞋兰

shrike *Lanius ludovicianus* 呆头伯劳

side-oats grama *Bouteloua curtipendula* 垂穗草

skunk *Mephitis mephitis* 臭鼬

smartweed *Polygonum sps* 水蓼

smelt *Osmerus mordax* 胡瓜鱼

snipe *Capella gallinago* 扇尾沙锥

snow goose *Chen hyperborea* 雪雁

song sparrow *Melospiza melodia* 歌带鹀

sowthistle *Sonchus* 苦苣菜（苦苣菜属）

soybean *Glycine max* 大豆

sparrow hawk（kestrel） *Falco sparverius* 美洲隼

sphagnum moss *Sphagnum* 水藓（泥炭藓属）

spiderwort *Tradescantia* 鸭跖草（紫露草属）

sporobolus（a grass） *Sporobolus* 鼠尾粟（鼠尾粟属）

spruce *Picea* 云杉（云杉属）

squirrel *Sciurus* 松鼠（松鼠属）

starling *Sturnus vulgaris* 紫翅椋鸟

sturgeon *Acipenser fulvescens* 鲟

sugar maple *Acer saccharum* 糖槭

sunflower *Helianthus* 向日葵（向日葵属）

swallow *Hirundo* 燕

swan *Olor columbianus* 天鹅

sweet fern *Myrica asplenifolia* 杨梅

sycamore *Platanus occidentalis* 一球悬铃木

tamarack *Larix laricina* 落叶松

tassel-eared squirrel *Sciurus aberti* 松鼠（缨耳松鼠）

teeter-snipe *Scolopacidae*（family） 鹬（丘鹬科）

thick-billed parrot *Rhynchopsitta pachyr hycha* 厚嘴鹦哥

thrasher *Toxostoma rufum* 褐矢嘲鸫

thrush *Turdidae*（family） 鸫（鸫科）

tobacco *Nicotiniana tabacum* 烟草

tornillo *Thymus vulgaris or prosopis pub* 百里香

towhee *Pipilo erythrophthalmus* 棕胁唧鹀

trailing arbutus *Epigaea repens* 五月花

tree sparrow *Passer montanus* 树麻雀

trefoil *Desmodium* 山蚂蟥（山蚂蝗属）

trout *Salmo* 鳟鱼（鳟属）

turkey *Meleagris gallopavo* 吐绶鸡（火鸡）

twin flower *Linnaea borealis* 北极花

upland plover（bartramia longicauda） 高原鹬

veronica *Veronica* 婆婆纳（婆婆纳属）

vetch *Vicia sps* 野豌豆（野豌豆属）

vireo *Vireo* 绿鹃（绿鹃属）

Virginia rail *Rallus limicola* 弗吉秧鸡

wahoo *Euonymus atropurpureus* 紫果卫矛

western grebe *Aechmophorus occidentalis* 西䴙䴘

wheat *Triticum* 小麦（小麦属）

wheatgrass *Agropyron* 冰草（冰草属）

whisky-jack（gray jay） *Perisoreus canadensis* 灰噪鸦

white cedar *Thuja occidentalis* 北美崖柏

white pine *Pinus strobus* 北美乔松

whitetail（deer） *Odocoileus virginianus* 白尾鹿

whitethroat（sparrow） *Zonotrichia albicollis* 白喉带鹀

whooping crane *Grus americana* 美洲鹤

widgeon *Anas americana* 赤颈鸭（美洲赤颈鸭）

wild bean *Strophostyles* 野豇豆

wild bee *Apis mellifera* 野蜂（西方蜜蜂）

wild lettuce *Lactuca canadensis* 野莴苣（加拿大莴苣）

wild potato *Ipomoea pandurata* 野红薯

willet *Catoptrophorus semipalmatus* 半蹼白翅鹬

willow *Salix* 柳（柳属）

wolf *Canis lupus* 狼

wood duck *Aix sponsa* 林鸳鸯

woodcock *Scolopax minor* 小丘鹬

wren *Troglodytes aedon* 莺鹪鹩

yellow birch *Betula lutea* 黄桦

yellow warbler *Dendroica petechia* 北美黄林莺

yellowlegs *Tringa flavipes* 小黄脚鹬

yew Taxus 红豆杉（红豆杉属）

注释

1 一般译为"罗盘草"。——编者注

2010 版后记

曾记得，当这本书于 1997 年由吉林人民出版社再版时，我搬入学校新分的住房尚不到一年。比起位于交通要道上的旧居，新屋更为宽敞明亮，而且建在浮山脚下，远可望海，近可仰山，虽离市场马路较远，却少了许多的嘈杂。欣喜之余，我给自己的新居起了一个雅号——松庐，因为在我家后窗之外，隔着一条路，有一片野生的松林。林子不大，大约一里方圆，除了青岛当地特有的那种松树——黑松以外，还杂生着少量的槐树。林中有不少鸟，多是城里常见的喜鹊和麻雀，有时也有燕子飞过。但在春天，偶尔还能听到布谷鸟和某种莺雀的叫声。曾几何时，每当我向窗外望去时，都会感到庆幸——在这个繁华的都市里竟然还能保留着这样一片野生的林地！当时在为新版写后记时，我特意注上了日期和住地——1997年10月3日于青岛浮山松庐。令我哭笑不得的是，当书印出来之后，原来的"浮山"变成了"浮小"！不过，不管怎样，"松庐"仍在。

十二年后的今天，我又坐在松庐里为这本书的第三版写后记。然而，时过境迁，这松庐之名也似有杜撰之嫌了：市区不断耸立起来的高楼遮掩了山海，隔断了视线，而更令人失落的是，窗外那片曾令我无比庆幸的松林已经不见……五年前的秋天，两台电铲开进了松林，当我和另外两位在这里居住的老师发现并去制止时，整个林地已是狼藉一片：那本是枝干横展，树冠如伞盖的针叶浓绿的黑松，横七竖八地倒在地上，有的被拦腰铲断，有的树根裸露……如今，原来的林地上遍布着垃圾和丛生的杂草；不过地边上还有一株槐树和一棵黑松——那是在洗劫中被我们截留下来的幸存者。

"残山剩水无态度"。在松林消失后的日子里，我常常站在窗前，默默地望着那两棵树。利奥波德曾说，"在松树中有很多悄悄话和邻居之间的闲聊。"我不知道，在这棵槐树和黑松之间是否也有什么悄悄话？如果有，它们会说些什么？是在怀恋逝去的伙伴，还是在担心自己的未来？此刻，在这个灰暗的冬日里，那株槐树在冷风中摇曳着。在它那光秃秃的树枝中有一个衰朽的喜鹊窝——不知它的主人去了哪儿？槐树孤零零地立在那里，陪伴它的是那棵顽强的要将其枝叶伸入苍穹的黑松。在它们身后，是一幢幢高耸入云的水泥建筑，密布如林；

那是这片林地的所有者——青岛市南区软件园。据解释，他们之所以要破坏这块林地，是要在它上面建立一个人工的绿化带。他们将挑选最好的"有观赏价值的植物"去代替原来长在那里的野生的乱糟糟的黑松。

这种解释似乎是无可非议的，因为这正是我们的现代城市发展模式：人工象征着文明，技术象征着进步，规划象征着秩序。而我为那片消失的松林所流露的忧虑不过是怀旧的感伤。所以，我们的城市规划者们宁可用高价去购买用人工抑制扭曲的黑松盆景，将其置放在精心规划的公园花坛里，而不肯保留一个自由生长的枝干横生、树冠如伞盖的黑松树林。但是，他们忘了，有"观赏价值"的黑松盆景的原材料正是那"乱糟糟的"野生黑松。

"现在我们所面临的问题是：一种平静的较高的'生活水准'，是否值得以牺牲自然的、野外的东西为代价。"这是利奥波德在六十年前提出的问题，今日看来，不仅仍然存在，而且变得越来越严重了。我们不得不思考这些问题。也许，在这种时候来读利奥波德的书，会有更深的体会。

这个中译本在1992年初版（经济科学出版社）中使用的书名是《沙乡的沉思》，意在避免原书名中的 Almanac（年鉴）在读者中产生错觉，以为这是一部工具书。在1997年由吉林人民出版社再版时，根据编辑的建议，采取了直译——《沙乡年鉴》。这次三版，按照编辑尚飞先生的意思，又恢复了初版时的书名。就我个人而言，是很赞同这个决定的。因为它不仅能避免上述的错觉（实际上确实就发生了——有些资料库硬是把《沙乡年鉴》归入到了年鉴类），而且更能体现书中的寓意。另外，这次再版，使我有机会对全书又进行了一次较详细的校订，对个别词句重新做了推敲，并修改了几处错误，以免继续贻误读者，这是特别令我高兴的。

在这个版本中，我仍保留了吉林版中的附录。因为我觉得，它们对读者理解本书会有帮助。附录一和附录二尽管发表年代较早，却可以使读者更全面地了解当时的时代风貌和书中的内容。

今天，与1992年本书初版时相比，在中国，利奥波德的名字已不再是"鲜为人知"了（见附录二）。尤其令人兴奋的是，本书的多篇文章被选入到了大学人文读本和中学教材之中，如《大雁归来》（人教版的初中语文）和《像山那样思考》（江苏版的高中语文），这意味着有更多的中国青少年会接触到一位伟大的环境先哲的思想，同时激励他们去思考我们本国的事情，并重新检验我们的文化。

我的挚友，苏珊·福莱德教授，一如既往地对本书的出版给予了支持，不仅在百忙中修改了她曾为中文版写的序，而且还亲自校对了附录中动植物的英文和拉丁文名称；编辑尚飞先生为本书出版付出的劳动和心血以及与译者的真诚协作使我感动；利奥波德基金会还专为新版提供了清晰的插图光盘。在

此，我谨向他们，以及所有关心此书出版的家人和亲友致以
谢意！

侯文蕙

2009 年 11 月 30 日于青岛浮山松庐